비뢰도

飛雷刀

비뢰도 16

검류혼 新무협 판타지 소설

2판 1쇄 찍은 날 § 2005년 12월 9일
2판 1쇄 펴낸 날 § 2005년 12월 19일

지은이 § 검류혼
펴낸이 § 서경석

편집장 § 문혜영
편집책임 § 장상수

펴낸곳 § 도서출판 청어람
등록번호 § 제1081-1-89호
등록일자 § 1999. 5. 31
어람번호 § 제2-0777호

주소 § 경기도 부천시 원미구 심곡1동 350-1 남성B/D 3F (우) 420-011
전화 § 032-656-4452   팩스 § 032-656-4453
http://www.chungeoram.com
E-mail § eoram99@chollian.net

ⓒ 검류혼, 2005

ISBN 89-5831-871-6 04810
ISBN 89-5831-855-4 (세트)

※ 파본은 본사나 구입하신 서점에서 교환하여 드립니다.
※ 저자와 협의하여 인지를 붙이지 않습니다.

飛雷刀

FANTASTIC ORIENTAL HEROES

검류혼 장편 신무협 판타지 소설

16

풍신(風神)의 발동

잘 들어라.
'풍신(風神)'을 쓰기 위해서는
먼저 자연의 법칙을 이해하는 것이 중요하다.
자연을 인간의 몸으로 체현하는 것이다.
인간의 몸을 자연과 동조시켜 가장 강력한 힘을 불러일으키는 것이다.

풍신은 기술의 법주를 초월한 기술이다.
그것은 측량할 수 없을 정도로 강하고 장대한 힘이다.

비뢰도(飛雷刀)

최종비전오의(最終秘傳奧義)

풍신(風神) 발동(發動)!

그 순간 비류연의 눈이 번쩍 떠졌다.
비류연의 전신에서 엄청난 힘이 방출되면서
나선으로 얽혀 있던 기가 거대한 용권풍이 되어 포효하기 시작했다.
주위의 자갈과 먼지가 날뛰는 용권풍 안으로 빨려 들어갔다.

'이… 이것이 인간의 기술이란 말인가?'

목차

노학 잠행 _9

사람 낚시 _35

모용휘의 고민 _54

믿을 수 없는 소동, 믿을 수 없는 비무 _76

검후(劍后)의 신위(神威) _87

검후, 검을 들다 _96

검후의 검, 마침내 뽑히다 _103

작열! 검후의 필살오의! _114

검문(劍紋) _129

검후의 인증(認證) _136

두 번째 계약 _144

제3관 수화관(水火關) _155

끝없는 망상 _169

공저물사(空底物事) _174

오행관 최종 관문 중토관(中土關) _189

공포(恐怖), 절망(絶望), 비탄(悲嘆) _204

암살(暗殺) _224

진성곤 임성진의 일격 _239

안명후, 눈을 뜨다… 그리고……. _250

우승의 행방 _271

은가면의 정체 _278

새로운 재생 _293

풍신(風神) 발동 _303

에필로그 _313

끝나지 않은 종언… 그리고 새로운 시작 _325

노학 잠행

'젠장! 젠장! 젠장!'
마음의 바닥[心底]을 뚫고 분출된 욕과 불평불만의 혼합 용천수는
멈출 기색이 일절 없는 모양이었다.

노학은 불같이 분노했다. 현 사태의 원인이자 결과인 '당사자' 앞에서는 감히 기를 못 펴던 이 분노란 녀석은, 아무도 보지도 듣지도 않다는 이 절호의 기회를 놓치지 않았다.
'크오오오오오! 이 소화자 님께서 전생(前生)에 무슨 업(業)을 쌓았기에 요딴 시각 이딴 장소에 덩그러니 방치당하지 않으면 안 되는 거냐고! 왜!'
노학은 시랑(豺狼)처럼 그르렁거렸다.
어둠이 갉아먹다 남긴 '언월'의 편린(片鱗)과 별의 운행이 지금은 세상 사람 대부분이 감미로운 잠의 품에 안겨 있을 시각임을 간접적으로 지각시켜주고 있었다.
때를 놓치고 있다는 것, 일상(日常)이라 불리는 순환(循環)적 흐름

에서 소외되어 있다는 것은 매우 큰 불행이었다. 특히 그것이 자의가 아닌 타의에 의한 것일 때는 더욱더!

'왜?'

목이 쉬어도 좋았다. 찢어져도 상관없었다. 당연한 권리였다. 소리쳐 한탄하고 싶었다. 하지만 그를 옭아맨 상황은 이런 미미한 자위(自慰)조차 허락지 않았다.

왜냐고? 제기랄! 이유는 알고 있었다. 그것은 자신이 거지라는 신분의 소유자라서가 아니었다. 나이 때문도 아니었다. 퍼석퍼석하게 메마른 마음이 용기를 짜내지 못했기 때문이다. 빌어먹을 대사형에게 덤벼들 용기, 거역하고 대항할 결의가 부족했던 것이다. 동료들이 들었다면 '만용(蠻勇)'이라 고개를 흔들었을 바로 그 용기가!

'하지만……'

지난 삼 년 동안 이런 '상념'을 품었던 이가 비단 자신만은 아니었음을 그는 잘 알고 있었다.

대사형으로부터의 해방! 그로부터 발생하는 무한한 자유!

상상만으로도 뇌 속으로 마약이 분비되는 듯한 열락(悅樂)이 심신(心身)을 휘감는다. 허나 정신의 바닥 전면에 걸쳐 빈틈없이 적층되어 있는 이 앙금은 아직 한 번도 수면 밖으로 나와 밝은 빛을 보지 못했다.

방법이 전혀 없었던 것은 아니었다.

그날, 희생양을 선별(選別)하는 과정은 엄숙한 분위기 속에서 매우 경건하고 신중하게 진행되었다. 지옥의 문 앞에 빙 둘러 모인 주작단원들은 모두 침묵의 서원을 세운 채 서로를 바라보았다. 그들의 얼굴에 비장한 기운이 떠올랐다.

"그럼 시작할까?"

현운의 말이 시발점이 되었다.

"가위 바위 보!"

"가위 바위 보!"

"보!"

"보!"

"보!"

심혈을 기울인 서른여섯 번의 반복 작업 끝에 겨우 희생양이 탄생되었다. 지옥의 문을 가장 먼저 두드리고 염라왕의 분노를 제일 처음 맞닥뜨릴 사람으로 남궁상이 정해졌다. 동료들은 친구를 애도하며 마음속으로 장문의 제문(祭文)을 낭독했고, 그의 봉분에 세울 비문(碑文)을 궁리했다.

"나쁜 놈들, 얼굴 관리들 좀 해라! 속 다 보인다!"

남궁상으로서는 안도감과 해방감에 웃음을 참느라 얼굴이 실룩실룩한 친구들에게 지킬 의리 따위는 가지고 있지 않았다. 위가 뒤집혔는지 속이 쓰려왔다. 그는 매우 못마땅한 시선으로 문을 바라보았다. 조금만 건드려도 화상을 입을 것만 같은 느낌이 들었다. 하지만 배후(背後)에서 친구의 가면을 쓴 배신자들은 눈빛으로 자신의 등을 떠밀고 있었다.

똑똑똑!

마침내 용기를 쥐어짜낸 남궁상이 문을 두드렸다.

"들어와!"

 방 저편에서 대사형 비류연의 목소리가 들려왔다. 다행히 화상을 입지는 않았지만 마음은 천근 바위에 짓눌린 듯 무거웠다.

"흐흠… 흐흠… 흐으음……. 재미있군, 아주 재미있어."

 비류연이 이런저런 생각을 굴리며 혼잣말로 중얼거렸다. 남궁상, 현운, 진령, 당삼, 당문혜, 일공, 청문, 조천우, 이자룡, 금영호, 단목수수, 화설옥, 황보우연, 노학, 남궁산산, 모용휘. 누구 하나 남 부럽지 않은 신분과 배경을 지닌 이들이었지만, 비류연을 앞에 둔 그들의 얼굴은 긴장으로 잔뜩 굳어져 있었다. 자칫 경계를 소홀히 했다가는 잡아먹힐지도 모른다고 생각하는지도 몰랐다. 평소라면 비류연의 호출을 어떻게든 피해보려고 애쓰는 그들이었지만, 오늘만큼은 자신들을 하나로 묶은 모종의 용건 때문에 어쩔 수 없이 단체 방문한 터였다.

 대표로 용건을 전한 사람은 남궁상이었고, 그 용건을 들은 후 비류연은 턱을 만지작거리며 서성거리기 시작했다. 지금 자신이 전해들은 말을 음미하기라도 하듯.

"흐흠, 그러니깐 '간단히' 말해 너희 자신이 독립된 하나의 자아임을 증명하고 싶다 이거지?"

 '어렵게를 잘못 말한 거겠지!' 라고 생각했지만 현명하게들 그걸 입 밖으로 내뱉지는 않았다.

"예!"

 옹기종기 모여 앉아 있던 주작단 모두가 고개를 끄덕였다. 다른 천

관도(天館徒)들에게는 선망의 대상이면서도 대사형 비류연 앞에서는 한없이 작아지고 마는 그들이었기에, 그 괴리감을 끝내 견디지 못하고 드디어 나선 것이다. '자신들을 인정해달라!' 그것이 이들이 함께 내건 조건이었다. 그런데 대표로 희생양 한 마리만 제단에 바치지 않고 열여섯 명 몽땅 온 것을 보면 아직 무의식적인 공포를 극복하지는 못한 모양이었다.

"흐, 흐으음……."

비류연은 매우 흥미롭다는 시선으로 주작단 열여섯 명의 면상을 두루 훑었다. 드디어 때가 된 것일까? 제대로 된 제자라면 스승의 품으로부터 벗어나고자 하는 본능이 있어야 한다. 그 정도 기개도 지니지 못한 의지박약한 놈은 요절을 내든가 파문을 시키든가 무슨 수를 내야 한다. 그러나 그것을 순순히 용납하지 않는 것 역시 사부된 자의 도리! 사부는 절벽에다 제자를 밀어 떨어뜨리는 존재지, 끌어 올려주는 존재가 아니다. 손이 없나 발이 없나! 초죽음이 되더라도, 엉망진창 누덕누덕 덕지덕지가 되더라도, 바락바락 기어 올라오는 것은 제자 본인의 몫이다. 물론 현재 비류연의 신분은 노사부가 아니었고, 이들의 숨겨진 진의 역시 그쪽 방면은 아닌 듯하지만, 어쨌든 그는 제자이자 사제 들인 이들의 의도에 적극적으로 동조해줄 의무가 있었다.

비류연은 예상외로 간단히 고개를 끄덕였다.

"좋아, 그렇게 해주지!"

순간 팽팽했던 긴장감이 폭발적인 기쁨의 탄성으로 화해 마구잡이로 분출되어 나왔다. 하지만 이들의 기쁨을 순간 이상으로 유지시켜

줄 만큼 비류연은 자비롭지 않았다.

"단!"

한 마디의 단호한 목소리가 그들의 기쁨에 찬 환희를 단숨에 반 토막 냈다.

"한 가지 조건이 있다."

"조건…이요?"

남궁상이 대표로 반문했다.

"물론! 이 세상에 공짜가 있다고 생각하냐? 뭔가를 얻기 위해서는 그에 상응하는 대가를 지불하지 않으면 안 되지. 그것이 불교에서 말하는 인과(因果)의 법칙(法則)이자 등가교환(等價交換)의 법칙 아니겠느냐?"

씨익!

비류연의 입가에 불길한 기운이 풀풀 날리는 미소가 그려졌다.

남궁상을 위시한 열여섯 명의 주작단원은 '정말이지', '될 수 있으면', 그 조건이라는 것을 모르고 넘어갔으면 싶었다.

남궁상이 좋아서 대표역을 자처한 것은 결코 아니었다. 서로가 대표직을 안 하겠다고 이리저리 미루다 보니 그 와중에 가위바위보 실력이 모자라 이렇게 된 것뿐이었다. 다들 대표역을 무슨 저승행 일착 보증수표쯤으로 여기는 듯했다―그리고 그것은 솔직히 현실과 크게 다를 바 없는 사실이었다. 그는 자신과 같은 구룡의 한 명이자 책임 분담의 미덕을 내팽개친 무당말코 현운을 향해 불만스런 시선으로 힘껏 한 번 째려봐주었다. 친구라는 말 앞에 '이전'이란 단어를 붙여야 하나 말아야 하나 하는 문제에 대해 고민하면서…….

"무, 무슨 조건이죠?"

밀리는 기색이 역력한 '궁상'을 그의 연인 진령이 거들며 대신 물었다. 하지만 사랑의 힘으로 악(惡)을 물리치기엔 그 사악함이 너무나 거대했다.

"증거를 보여야지!"

당연한 걸 뭣 하러 물어보냐는 말투였다.

"증거요?"

"그래, 증거!"

웃고 있던 얼굴에서 미소가 사라졌다. 구름처럼 가벼웠던 기풍이 느닷없이 바위처럼 무거워졌다. 비류연이 물었다.

"네가 너임을 너는 스스로 증명할 수 있겠느냐?"

제사(祭祀)를 집전하는 제사장 같은 깊은 울림을 지닌 목소리가 비류연의 입에서 흘러나왔다. 그의 평소 목소리로는 상상할 수 없을 정도로 장중한 목소리였다.

"너희 개인의 정체성을 확립(確立)했다고 자신하느냐?"

다시 한 번 모두들 고개를 끄덕였다. 깊게 생각해본 뒤의 대답이 아닌 것만은 분명했다. 그래도 그들은 젊었고 자신감에 가득 차 있었다. 비류연은 이 뜨거운 젊음의 열기에 찬물을 끼얹지 않으면 안 되었다. 자신도 마찬가지로 젊다는 사실을 잊어버리기라도 한 듯.

"대답은 잘하는구나! 하지만! 말은 목젖을 울리고 혀를 놀려 내뱉기만 하면 되는 덧없는 것! 반면 행동은 아무나 할 수 있는 게 아니지. 좋다! 그렇게 자신 있다면 증명해 보여라. 너희가 스스로 자신을 확립했음을, 누구에게도 의지하지 않고 홀로 설[立] 수 있음을!"

증명(證明)!

매우 편리하게도 무인에게 있어 자기 증명 수단은 단 하나뿐이었다. 이쯤에서 주작단원들도 그 사실을 깨닫고 있었다.

"대사형! 그, 그 방식은 저희에게 너무 불리합니다!"

진령이 항의했다. 나머지도 그녀의 의견에 적극적으로 동조하고 있음이 확연했다. 사실 비류연을 무력으로 제압할 만한 능력이 있었다면 이런 상황까지 오지도 않았다. 아무리 봐도 승산이 없었다.

"기회를 주지! 치사하다는 소린 듣기 싫으니깐."

그럴 작정이라면 이미 때는 늦어 있었다. 단지 그의 귀에 전해지지 않았을 뿐이지, 아마 수천 번도 더 사람들 입에 오르락내리락했으리라.

"기회요?"

"그래! 한꺼번에 덤벼도 좋다!"

"전부요?"

"그래, 전부!"

"열여섯 명 모두?"

"그래, 열여섯 명 모두. 아픈 사람 있으면 다 나은 다음에 해도 좋다. 일 끝난 다음에 시시한 변명 듣고 싶진 않거든."

"진검(眞劍)으로요?"

그 질문에 대한 대가로 남궁상은 머리에 따끈따끈한 혹 하나를 달아야 했다.

"장난하냐? 당연히 진검 승부지. 장난감 가지고 어떻게 제 실력을 발휘해?"

아무래도 진심인 모양이었다. 남 보기에 무모해 보이기까지 하는 저 터무니없는 자신감. 과연 안하무인의 화신 다웠다.

그렇다면 해볼 만했다. 나락까지 떨어졌던 절망이 부끄러운 줄도 모르고 희망으로 변신해 다시 기어나왔다. 삼 년 전과는 틀렸다. 그들도 지난 삼 년 동안 막강한 타의와 적극적 자의를 통해 단련에 단련을 거듭해왔던 것이다. 무수한 사선도 거쳤다. 그때의 말랑말랑한 애송이들로 보면 곤란했다. 이제 그들이 얼마나 달라졌는지를 보여줄 때였다. 약간의 쓴 맛과 함께!

"좋습니다, 대사형!"

그들이 동의했다. 그 정도 조건이라면 승산이 있다고 여겨졌던 것이다.

"단, 조건이 있다."

비류연이 다시 말했다.

"또 조건입니까?"

당장에 불만이 터져 나왔다. 하지만 이들의 목소리는 이미 불안에 휩싸인 채 오돌오돌 떨고 있었다. 예감이 좋지 않았다.

"십육 대 일은 너무 불리하잖아. 그래서 나도 조력자를 하나쯤은 써야지. 게다가 그쪽 역시 너희들에게는 스승이나 마찬가지잖아. 그러니 그쪽 스승 역시도 뛰어넘어야 하지 않겠어?"

"그, 그 말씀은······. 그 조력자라는 게, 설마 그 사람이란 게 염도 노사님을 가리키는 건 아니겠죠?"

불안과 초조가 한데 뒤섞인 남궁상의 질문에 나머지 단원들의 안색이 대변했다. 그런 최악의 전개는 사양이다. 모두 그렇게 생각하고 있음에 분명했다. 그딴 전개는 상상만하는 것으로도 정력이 쇠잔하는 악몽(惡夢)이었다.
 "아니, 그 사람 맞아."
 그러나 비류연은 서슴없이 순진무구하게 고개를 끄덕임으로써 그들의 기대를 산산조각 내버렸다.
 "그 사람 말고 또 누가 있겠어? 안 그래?"

 '차라리 입만 산 허풍쟁이였으면 좋았을 것을······.'
 최저최악(最低最惡)을 날마다 갱신(更新)하는 학관 내의 평판과는 달리 그들의 대사형은 단순한 빈껍데기가 아니었다. 그리고 그들에게 있어서는 그것이 더 큰 문제였다. 그들은 소문의 허위성을 기뻐할 처지가 못 되었던 것이다.
 자기증명(自己證明)!
 그 결과에 대해서는 두 번 다시 떠올리는 것조차 끔찍했다.
 '대사형 비류연! 약관 이십일 세! 무공 불명. 사문 불명. 내력 불명.'
 알고 지낸 지 이 년이 넘었지만 알아낸 것은 거의 없었다. 터무니없이 위험한 남자라는 사실만 빼고. 그는 소문이란 게 얼마나 실체와 멀리 떨어질 수 있는지 보여주는 좋은 예였다.
 동료들이 손발을 봉하는 동안 궁상이와 말코도사 현운이 그동안 연마한 비장의 합격술을 펼친다고 달려들었다가 삼 주 반 동안 병상 신세를 져야 했다. 그나마 나머지는 전치 이 주로 끝낼 수 있었다.
 왜 귀찮다고 염도 노사까지 불러오는 거냔 말이다. 그러면 반칙 아닌가? 하지만 패자 유구무언이라 했으니, 그들은 감히 불평할 수 없었다.

증명 실패(證明失敗)! 인증 불가(認證不可)! 그리고…….

쫄따구 계속 결정!

결론은 그렇게 났다. 불행하게도 그들은 아직 한 번도 행동으로서 자신들을 증명하지 못한 것이다. 그리고 작은 혁명은 실패로 돌아갔다.

노학은 지금 자신의 처지와 길거리에 구르는 돌멩이 중 어느 것이 더 나은지 증명할 자신이 없었다. 그것은 매우 슬프고 비참한 노릇이 아닐 수 없었다. 자신이 정말 한심해졌다.

'그 정도 기개도 능력도 없었으니 지금 이렇게 마천각 놈들 불침번이나 서주고 있는 거겠지.'

이 짓도 벌써 이 주일. 이때까지는 아무런 징후도 찾아볼 수 없었다.

딸깍!

그때 지극히 예민하게 개방되어진 그의 귀에 미약한 울림 하나가 감지되었다.

'응? 이 소리는!'

노학은 얼른 상념을 끊고 다시 숙사를 향해 시선을 돌렸다.

끼이이이익!

이 주일 동안 한 번도 열리지 않았던 문이 조심스레 비밀스런 신음을 토하고 있었다.

'드디어 움직였다!'

조심스럽게 문을 열고 나온 사람은 두 사람이었다. 아마 대공자 비가 속한 1조의 조원이 분명하리라.

'그러고 보니… 나도 1조였지…….'

새삼스럽게 그 사실을 상기하며 노학은 신경을 집중했다.

대공자 비, 확실히 그자는 괴물이었다. 어쩌면 비류연과 동류의 인간인지도 모른다. 뭐, 그래도 그쪽은 이쪽에 비해 실속이 있는 것 같지만… 속을 알 수 없다는 점에서 둘은 똑같았다.

'쳇, 너무 멀군.'

거리가 멀어 누구인지는 확인할 수 없었다. 알아낸 것이라고는 두 사람 다 남자라는 쓸데없는 정보뿐이었다. 하지만 그건 지금부터 천천히 한 꺼풀씩 벗겨가며 알아내면 될 일이었다.

'드디어 나도 따뜻한 방에서 잘 수 있게 되는 건가!'

지극히 소박한 소망을 꿈꾸며 노학은 밤의 그림자에 몸을 숨긴 채 조심스레 두 사람의 뒤를 밟았다.

'어디까지 가는 거지?'

그들은 매우 용의주도하게 움직이고 있었다. 이동 시 소음을 내는 따위의 짓을 할 만큼 그들이 어리석지 않다는 것은 분명했다. 이십 장씩 전진할 때마다 사방을 경계하는 것도 잊지 않았다. 멈출 때는 주변으로부터 매우 효율적으로 몸을 숨길 수 있는 장소를 택해 머물렀다. 하루 이틀 해본 솜씨가 아님이 분명했다. 은신잠행(隱身潛行)에 관해서는 항상 최고 학점을 받았던 노학은 확실히 알 수 있었다. 저 두 사람은 전문적인 수업을 받은 숙련자였다.

'어라, 이쪽은?!'

그들은 멈출 기색이 없는 듯 계속 나아갔고, 건물이 밀집되어 있는 거주구를 지나 서쪽 숲 속으로 들어갔다. 밤의 숲은 장애물투성이였다. 노학은 소리를 내지 않기 위해 엄청난 신경을 써야만 했다. 조금만 방심해도 자신을 노출시킬 위험이 있었다.

만약의 사태에 노출된다면? 그는 전력의 세불리(勢不利)를 무시하고 싸울 만큼 무모하지는 않았다. 그의 임무는 적의 섬멸이 아니라 정찰이었다. 고양이처럼 살금살금 다가갔다가 빼꼼 훔쳐보고 다시 살금살금 빠져나오는 것이 그가 해야 할 일이었다. 그 이상의 일을 할 의무도 권한도 없었다.

만일 상대가 악의(惡意)로 무장하고 있을 경우 두 가지 결과를 가정할 수 있었다. 하나는 그의 발이 상대보다 빠른 경우, 그는 목숨을 구할 수 있을 것이다. 두 번째, 자신이 적보다 느릴 경우, 그는 아마 오늘 뜨는 해와 내일 지는 달을 볼 수 없을 것이다. 그래도 한 가지 다행스러운 점은 뜀박질이라면 누구에게도 뒤지지 않을 자신이 있다는 것이었다.

긴장으로 인해 심장이 격렬하게 날뛰고 있었다.

'이건, 새 등장인물인가?'

일찍 자고 일찍 일어나지 않는 나쁜 어린이는 두 사람만이 아니었다. 이들이 도착한 장소에는 또 다른 하나가 기다리고 있었다.

"잠룡물용(潛龍勿用)."(잠자는 용은 쓸모가 없다)

"후우승룡(後雨昇龍)."(비가 온 후에 용이 난다)

의심스럽기 짝이 없는 삼 인은 삼 장 거리를 두고 간단하게 암호를 주고받았고, 서로를 확인했다. 1조 조원으로 추측되는 둘은 홍매곡의 서쪽 외곽 숲으로 들어간 후 복면을 썼기 때문에 상대방으로서는 다른 확인 방법을 거쳐야 했던 것이다. 공평하게도 기다리고 있던 인물 역시 복면으로 얼굴을 가리고 있었다. 그는 덩치가 곰 같았다. 1조 숙소에서 나온 둘도 다부진 체격에 작은 키가 아니었는데, 이 거인은 그들보다 머리 두 개 정도는 더 큰 듯했다.

'저런 덩치가 홍매곡에 있었던가?'

노학은 화산지회 참가자 전원의 얼굴과 이름을 기억하고 있었다. 앞으로 강호 정보의 삼분의 일 이상을 총괄한다는 개방의 중책을 맡으려면 이 정도 재주는 기본적으로 소지하고 있어야 했다. 그러나 기억의 편람을 뒤져 봐도 저 덩치는 나오지 않았다.

'그렇다면… 설마 관리인?'

화산지회의 운영에 대한 모든 것을 담당 관리하며 이곳의 질서와 치안을 유지하는 관리자들, 그들은 자신들을 가리켜 율령자라 칭했다.

'설마 내부와 선이 닿아 있었단 말인가? 아냐아냐. 그건 말도 안 되는 소리지. 장소가 장소니만큼, 그리고 그동안 입은 피해도 피해라 불확실한 신분을 지닌 사람은 쓰는 법은 없어. 게다가 외부와의 접촉도 최소한으로 한정되어 있고…….'

율령자 대부분은 이곳 화산에서 자라 화산에서 죽는다고 한다. 이곳이 그들의 고향이자 삶의 터전이었다. 짊어진 임무와 희망은 오직 하나, 진정한 무인의 탄생. 그들은 그 목적을 위해 유일한 생을 바친다.

'하지만 만의 하나 그 설마가 사실이라면…….'

정말 위험한 일이 발생할지도 모를 일이었다.

'꿀꺽! 이거 성가시게 될지도 모르겠는데…….'

한 치 앞도 분간할 수 없는 어둠, 미약한 달빛이 거의 쓸모없는 어두운 밤하늘만큼이나 예감이 좋지 않았다.

"나머지 하나는?"

복면 쓴 덩치가 묻자 둘은 어깨를 한 번 으쓱하더니 오히려 반문했다.

"그건 이쪽 대사야! 약속 시간을 어기다니 어떻게 된 거지?"

둘 중 키가 큰 쪽이 불쾌감을 감추지 않은 채 물었다. 아무래도 신중과는 거리가 먼 다혈질적인 체질이 분명했다.

'또 한 명이 있었나?'

노학은 귀를 쫑긋 세운 채 그들의 대화에 귀를 기울였다. 덩치는 키 큰 사내의 무례한 물음에 약간 화가 난 듯했다. 그가 덩치의 질문에 대해 무척 퉁명스럽게 대꾸했던 것이다.

"몰라. 우리 모두의 소속이 틀리다는 것을 알고 있을 텐데? 우리는 각자가 어느 쪽에 속해 있는지 대략적으로만 알 뿐, 누구인지 정확한 신분은 알지 못한다는 사실을 벌써 잊은 건가? 때문에 임무 수행 시 각자의 지위도 동등하다는 사실을 잊지 말도록. 난 너희들에게 명령받는 존재가 아냐! 그러니 행여나 명령을 내릴 생각은 하지 마. 내가 받는 것은 '혈옥패(血玉牌)'의 권위에 의거한 명령뿐, 새파란 애송이들의 입에서 나오는 희언이 아니란 말야!"

"뭐라고! 지금 한판 떠보자는 거야?"

덩치의 대답은 그렇지 않아도 성격 급한 사내를 도발시키기에 충분한 것이었다. 다른 한쪽이 둘 사이의 험악한 분위기를 조정하지 않았다면 싸움으로까지 번졌을 게 분명했다.

'그렇다면 이야기는, 적어도 이들은 서로 다른 세 계통에 몸담고 있다는 거군. 도대체 어디에 소속되어 있는 걸까? 그리고 이런 곳에 모여 무엇을 꾸미려는 거지? 왜?'

그러나 노학의 사고 활동은 길게 이어지지 못했다. 그때 숲 속에서 부스럭 하는 소리가 작게 울려 퍼졌던 것이다. 그것은 고수들의 단련된 청각을 곤두서게 하기에 충분했다.

쉬익!

곰 같은 체구의 덩치가 확인도 없이 어둠을 향해 즉시 암기를 뿌렸다. 뒤룩뒤룩한 몸집에 걸맞지 않은 재빠른 행동이었다. 게다가 한 발에 죽지 않으면 미안하다고 생각했는지 친절하게 다섯 개를 동시에 던졌다. 덩치는 분명 상당히 민첩한 곰임에 틀림없었다.

"누구냐?"

덩치가 어둠에 잠긴 풀숲을 향해 물었다. 목소리 역시 곰과 닮아 있었다. 그는 소리와 기척으로 어둠 속의 누군가가 아직 건재함을 확인한 듯했다. 세 사람이 잔뜩 긴장하고 있는 게 이십 장 너머까지도 전해지고 있었다.

부스럭부스럭!

다시 풀숲을 헤치는 소리와 함께 또 한 명의 복면인이 어슬렁거리며 나타났다. 잔뜩 긴장하고 있는 세 명과 다르게 상당히 긴장감 없는 태도였다.

"환영 인사치고는 너무 화려하군요. 자칫 잘못했으면 죽을 뻔했습니다요."

새로 나타난 사내의 음성은 남자임에도 간드러지는 목소리라 무척 징그럽게 들렸다.

"죽으라고 던진 거다."

새로운 복면인의 너스레에 덩치는 당연하지 않냐는 투로 내뱉듯 말했다.

"네에, 그렇군요. 어쨌든 이건 돌려드리죠. 다음 요리할 때 써야 하지 않겠습니까? 다음부턴 조심하세요. 진짜로 죽을 뻔했으니깐."

'목소리'가 '곰'에게 손을 뻗어 뭔가를 전해주었다. 좀 전에 곰이 던진 암기가 분명했다. 덩치의 떨떠름한 얼굴로 미루어보아 다섯 개 모두 잡아낸 게 분명했다. 곰이 패배감에 약간 부르르 떨었지만 포효하지는 않았다.

"늦었군."

작은 쪽이 말했다.

"지금까지 붙잡혀 있었답니다. 일 때문에 말이죠. 이 야심한 밤에 말입니다. 너무하지 않아요? 이런 꼭두새벽까지 초과 근무라니… 정말 사람을 너무 부려먹는다니깐요. 녹봉(祿俸)도 올려주지 않으면서 말이죠."

그가 이런저런 넋두리를 늘어놓았다. 참으로 속 편한 사람이 분명했다. 노학은 나머지 세 명이 이 말 많은 마지막 남자를 절대로 좋아할 리 없다는 데 전 재산을 걸 용의가 있었다. 그의 넋두리는 지겹도록 계속되고 있었다.

"정말 심하다니깐요. 진짜 너무하죠? 이런 야심한 밤에 누가 야습 따위를 하겠어요? 그런데도 책임을 지고 있는 사람들은 관도들의 안

전을 위해 야간 순찰을 돌지 않으면 안 된다니, 누가 그들의 생명을 노리고 있기라도 한답니까?"

'너희들은 빼고 말이지…….'

"정말이지 그 얼음땡이 아저씨는 피도 눈물도 없는 사람처럼 냉정하다니깐요. 사람을 너무 마구 부려먹어요."

'헉! 얼음땡이?!!'

노학은 그 말을 결코 가볍게 흘려 들을 수 없었다. 갑자기 온몸에 소름이 쫘악 돋았다. 오한이 들기 시작했다. 이 경우 '얼음땡이'란 별명이 가리킬 만한 사람은 한 명밖에 없었다.

얼음땡이, 야간 순찰, 책임 있는 지위… 이런 단서들을 미루어 추정해볼 때 그것이 누구를 지칭하는지는 명백했다.

'서, 설마… 우리 일행 안에?!'

결코 간과할 수 없는 사실이었다. 노학은 그가 누구인지 알아내기 위해 귀를 바짝 세웠다. 그가 지금 알아낼 수 있는 것은 저 작자가 천무학관 일행 오십여 명 중 빙검 관철수는 아니라는 사실뿐이었다. 그것만이라도 알아낸 게 그나마 다행이라면 다행이었지만……. 맙소사! 적과의 동침(同寢)이라니! 좋은 기분일 리 없었다.

'그렇다면 누구지? 명문 정파 출신의 늦기한 아저씨? 아니면 한때 흑도 출신이었던 과거가 있는 성깔 나쁜 고독한?'

어느 쪽이든 재미없는 이야기가 될 터였다.

'아아, 싫다. 이야기가 점점 더 위험해지고 있잖아!'

위험한 일을 너무 많이 아는 것은 그만큼 생명에 대한 위협도 더불어 증가한다는 것을 뜻한다. 마냥 기뻐할 수만은 없는 노릇이었다.

'에휴, 내 팔자야. 아무래도 이제 와서 발을 뺀다는 것은 불가능한 것 같군!'

마지막에 온 네 번째 남자는 이런 일에 종사하는 사람치고 무척 말이 많은 편이었다. 그는 업계의 중요 가치인 침묵의 무게에 대해 그다지 신경쓰고 있지 않은 듯 행동하고 있었다. 그래서 노학은 그를 편의상 '수다쟁이'라고 칭하기로 했다. 멀리서 귀만 쫑긋거려야 하는 자신에게 그는 매우 고마운 존재였다. 그리고 덩치 큰 쪽은 '곰', 자신이 쫓아온 둘은 키 차이에 따라 '큰 놈'과 '작은 놈'으로 구분하기로 했다.

수다쟁이를 제외한 나머지 셋이 수다쟁이의 입을 틀어막는 가장 효과적이고 간단한 방법에 대해 암묵적 동의가 끝났을 무렵, 그 작자가 입놀림을 멈췄다. 한마디만 더 했어도 그의 이빨은 남아 있지 않았을지도 모른다. 인내의 한계를 느낀 나머지 세 명이 어떻게든 그의 아구창을 아작냈을 것이 틀림없었기 때문이다. 그래도 수다쟁이가 입을 멈추자 드디어 그들은 본론으로 들어갈 수 있었다.

"주인님께서 알고 싶어하신다. 용은 언제쯤 날아오를 수 있단 말인가?"

"비가 폭포가 되면."

'곰'이 대답했다. 선문답 같은 알쏭달쏭한 대답이었다.

자신들이 꾸미고 있는 음모가 무엇인지 단순명쾌하게 설명해주면 얼마나 좋은가! 그러면 자신 같은 정탐병들이 훨씬 수월하게 일할 수 있지 않겠는가. 친절 봉사 정신이 결여되어 있는 그들에 대화에 노학은 투덜거릴 수밖에 없었다.
"비는 순조롭게 내리고 있나?"
노학이 쫓아온 두 놈 중 '작은 놈' 쪽이 '곰'에게 물었다.
"곧 폭포가 될 걸세."
"시일은?"
"앞으로 삼 주일 정도?"
"너무 길어. 좀 더 단축시킬 수는 없어? 그런 땅 파는 일에 뭔 놈의 시간이 그렇게 많이 걸린단 말야?"
'큰 놈' 쪽이 불평을 토했다.
"함부로 나서지 마라!"
놀랍게도 작은 놈 쪽이 제지하는 한마디에 건들건들하던 큰 놈 쪽이 금세 얌전해졌다. 덩치는 커도 권위는 작은 놈보다 못한 모양이었다.
"재촉하지 마. 은밀함을 요하는 일이라 쉽지 않다구."
"그쪽 상황은 어떤가?"
이번에는 작은 놈이 수다쟁이에게 물었다.
"좋은 도구가 하나 생겼죠. 저번에도 한 번 썼던 중고품이긴 하지만 쓸모가 있을 겁니다."
"중고품이란 건 이미 한 번 실패한 것 아닌가?"
수다쟁이가 고개를 끄덕였다.
"그래도 증오를 품고 있는 사람만큼 이용하기 편리한 것도 드물죠. 게다가 질투에 눈이 먼 자라면 더더욱 금상첨화. 전 정말 감정에 휩쓸려 이성이 마비된 사람이 사랑스럽다니깐요."

"하긴 그렇군."

작은 놈이 동의했다.

"하여튼 일을 서두르도록. 아직 특별한 움직임은 보이지 않지만 기밀 유지에 만전을 기해야 하는 것을 잊지 말고. 이것은 그분의 뜻이기도 해."

'그분' 이란 단어가 나오자 제멋대로 안하무인이던 곰과 수다쟁이가 갑자기 순한 양처럼 양순해졌다. 그 말이 지닌 힘 때문이리라.

"그분의 의지대로!"

두 사람이 합창하듯 동시에 대답했다.

"그럼 다음번 접선 일을……."

"아, 잠깐! 그 전에……."

작은 놈이 두 사람을 제지했다.

"무슨 일인가?"

"아, 별건 아니고, 그냥 쥐새끼가 한 마리 숨어 있는 듯해서!"

작은 놈이 옆에 있던 큰 놈에게 눈짓으로 신호를 보냈다.

"거기 누구냐!"

촤라라라락!

'큰 놈' 이 허리에 손을 대는가 싶더니 무언가를 휘두르자 은빛 사슬이 노학이 숨어 있는 곳을 향해 매서운 속도로 날아갔다.

쇠사슬은 은빛 뱀처럼 요사한 빛을 발하며 허공을 꿰뚫었다. 은빛 뱀은 끝이 없는 실타래처럼 주욱 늘어났다. 차가운 은빛의 강철 비늘을 전신에 두른 잔혹한 뱀은 날카로운 이빨에 독기를 품고 사악하고 격렬하게, 그리고 그보다 더 흉폭하게 노학이 있는 나무를 향해 매섭게 날아갔다. 그것은 마치 살아 있는 생물처럼 재빨랐고, 밤의 공기를 진동시킬 만큼 위력적이었다.

'헉!'

노학은 다급하게 숨을 삼키며 기겁했다. '아차' 하는 사이에 쇠사슬이 그의 전신을 감싸고 있었던 것이다. 쉭쉭, 위협적인 소리를 내며 쇠사슬은 영민하게 움직였다. 스스로의 의지를 지닌 존재처럼.

촤라라라락!

길게 늘어난 쇠사슬이 거대한 이무기처럼 나무 전체를 휘감았다. 미처 빠져나가지 못한 노학은 쇠사슬의 차가운 감촉을 느끼며 몸을 떨어야 했다.

"합!"

쇠사슬을 부리던 '큰 놈'이 짧은 기합 소리와 함께 쇠사슬을 잡아당겼다.

촤라라라락! 휘리리리릭! 쉬리리리릭!

콰지지직!

맹렬한 마찰음을 내며 은빛 사슬은 자신이 구속하고 있던 아름드리나무를 단숨에 갈아먹었다. 야수의 이빨처럼 날카롭고 흉폭하게! 그와 함께 산산이 부서진 나뭇조각들이 후두둑 비처럼 바닥에 떨어졌고, 고이는 대신 수북이 쌓여갔다.

철썩!

요란한 타격음과 함께 남자의 뺨이 크게 왼쪽으로 돌아갔다.

'작은 놈'이 '큰 놈'의 뺨을 갈긴 것이다. 무인에게는 죽음보다 더한 수치였지만 '큰 놈'은 감히 반항하지 못했다.

"조심스럽지 못하구나, 다섯째! 우리의 일이 얼마만큼 은밀함을 요구하는 것인지 벌써 망각했느냐? 이래서는 율령자들의 시선을 끌 수도 있어. 그들이 천둥보다 더 큰 소리를 듣고도 잠을 깨지 않을 만큼 게으르고 무능력한 자들이라고 난 믿지 않는다."

작은 놈은 큰 놈의 부주의함을 매섭게 힐문했다. 쥐새끼를 잡으라고 했지, 덤으로 잠자던 온 산의 사람들을 몽땅 두들겨 깨우라고 하지는 않았던 것이다. 이래서는 이곳 관리자들의 이목이 집중되는 것을 피할 수가 없다.

"죄, 죄송합니다, 대형."

이 사람 앞에서는 야생마 같던 그의 거친 기질도 힘을 발휘하지 못한다. 그는 온순하고 헌신적인 조랑말로 전변하는 것이다.

"그럼 이제 어쩌죠, 대형?"

큰 놈이 물었다.

"만일 들킨다면 무공 수련을 한 것으로 얼버무려야지. 그럴싸한 변명을 찾을 수 없다면 말이야. 하지만 그 전에 이 자리를 빠져나가는 것을 더 추천하고 싶군."

곰의 말이었다.

"다음부턴 조심해라. 다음엔 뺨만으로 끝나지 않을 것이다!"

큰 놈은 감히 대꾸하지 못했다.

"그건 그렇고, 어떤 쥐새끼였는지 면상이나 좀 볼까?"

곰이 파괴된 생명의 잔해 더미 위로 걸어가며 말했다.

"흥, 소용없어. 이미 가루가 되어버렸을걸?"
 큰 놈이 우쭐거리며 말했다.
"그래요, 정말 소용없게 됐군요."
 잔해를 살피던 수다쟁이가 한숨을 내쉬며 비웃듯 말했다. 하지만 그도 마냥 비아냥대고만 있을 수는 없는 일이었다.
"빗나갔군."
 작은 놈이 싸늘한 목소리로 말했다.
"서, 설마! 그럴 리가 없습니다. 제 일격이 실패로 끝날 리가……."
"그럼 저 텅 빈 사슬은 어떻게 설명할 거냐?"
 작은 놈이 한 곳을 가리켰다. 은빛 사슬이 콱 물고 놓아주지 않고 있는 그것은 너덜너덜해진 웃옷이었다. 하지만 그 안의 내용물은 어디에도 없었다.
"이, 이럴 수가……."
 큰 놈의 입에서 망연자실한 목소리가 흘러나왔다.

"휴우, 뭔 놈의 자식들이 저리도 흉폭하다냐……."
 노학은 한시라도 빨리 그곳으로부터 떨어지기 위해 열심히 발을 놀렸다.
 하마터면 잘 다져진 고깃덩이 신세로 전락할 뻔했다. 구사일생이었다. 조금 전을 생각하면 간담이 서늘했다. 아직도 그 충격의 여파로 몸의 여기저기가 불에 덴 듯 화끈화끈했다.
 거지들은 구걸을 한다거나 정보 수집을 하다 보면 종종 잡혀서 묶이는 경우가 있었다. 그래서 개방 내에서는 그 상황을 타개하기 위한 기술이 자연스럽게 발달했는데, 이번에 그 해박(解縛) 수법이 빛을 발한 것이다. 노학은 절체절명의 순간, 번개처럼 스스로의 어깨 관절을 뽑아 몸을 축소시킨 다음 사슬의 구속에서 빠져나와 그 위기를 모면했던 것이다. 조금이라도 늦었다면… 그의 생명은 이미 윤회의 수레바퀴 속으로 굴러 떨어졌을 것이다.

에취!

반라의 몸에 찬바람을 맞자 자연스럽게 재채기가 터져 나왔다. 한시라도 빨리 따뜻한 방 안으로 들어가 몸을 녹이고 싶었다. 감기는 질색이었다.

"이제 어쩌지?"

나무의 시체가 쌓여진 무덤 위에서 곰이 물었다. 집회가 새어나갔다. 쥐새끼가 어디까지 들었는지는 알 수 없지만, 또 어디까지 알아냈는지 알 수 없지만, 입을 막아야 했다. 이번 일에 보안은 생명이었다.

"십 년에 걸쳐 계획한 대사다! 이런 일로 중도하차하는 건 용납할 수 없어!"

곰의 목소리는 자연 거칠어져 있었다.

"쥐새끼를 놓쳐버린 책임도 있고 하니 이번 건은 우리들이 책임을 지도록 하지."

"어떻게 말인가? 이미 쫓아가기는 늦었을 텐데?"

작은 놈은 차가운 시선으로 너덜너덜해진 웃옷을 바라보았다. 여기저기 기워진 누더기. 하지만 옷이 그렇게 된 것은 사슬의 책임이 아니었다. 사슬의 폭풍에 갈갈이 찢겨 나가기 전에도 그 옷은 덕지덕지 기워진 누더기였음에 틀림없었다. 작은 놈은 그 걸레 조각을 조심스레 들어올렸다. 여기저기 거칠게 찢겨 나가긴 했지만 곳곳의 불규칙한 누빔들은 분명 기억 속에 남아 있었다.
"이런 구걸하기 딱 좋은 걸레를 걸치고 있는 자들은 극히 드물지!"
작은 놈의 눈이 어둠 속에서 차가운 단도처럼 빛났다.

사람 낚시

금요관 시험 당일.
노학은 졸린 눈을 억지로 잡아뜯으며 자리에서 일어났다. 그리고 곧
세수를 한 뒤 옷을 갈아입고—놀랍게도—아침을 먹기 위해 식당으로 향했다.

화산규약지회는 절차에 따라 순조롭게 진행되고 있었다. 덕분에 아침밥을 굶고 시험을 치르거나 하는 야만적인 사태는 일어나지 않고 있었다.
"좋은 아침이오. 잠은 잘 잤소?"
등 뒤에서 들려온 목소리에 식당으로 걸어가던 노학의 발걸음이 우뚝 멈추었다. 그는 서서히 고개를 돌려 뒤를 돌아보았다. 그곳에는 의외의 인물이 서 있었다. 자신과 같은 1조인 마천칠걸의 우두머리 마검익 추명이 허리를 곧추세운 채 당당하게 서 있었다. 그리고 그 옆에는 그보다 키가 약간 더 큰 사내가 건들건들한 태도로 서 있었다. 오걸인 쇄풍검 오추였다.
'저 두 사람이 이른 아침부터 웬일이지?'

하룻밤 사이에 자취도 없던 친밀감이 느닷없이 태어나 안부를 물으러 온 것이 아닌 것만은 분명했다.

"물론 귀신이 와서 두들겨 깨워도 모를 정도로 푹 잤소. 황제가 주최한 연회에서만 나온다는 '만한전석'을 먹는 꿈을 꾸고 있었는데, 다 먹기도 전에 깨고 말았지만. 눈을 뜨고 한참 후에야 그 사실을 알고 눈물로 베게를 적셔야만 했소. 그런데 갑자기 그건 왜 묻소? 불면증 상담이라도 하시려고 그러는 거요?"

"물론 아니오. 다만 몸 상태가 나쁘다느니, 수면이 부족하다느니 하는 핑계로 우리의 발목을 잡는 일이 없었으면 하기 때문이오."

"내 몸 상태는 최고조요! 댁들이나 나중에 그런 핑계 대지 마시오."

노학이 화가 나서 퉁명스럽게 대꾸했다.

"그건 그렇고, 옷이 좀 바뀐 것 같소? 본인이 잘못 본 거요?"

노학이 잠시 몸을 흠칫 떨었지만, 금세 평정을 되찾고는 자연스럽게 대답했다.

"하하하하! 아, 이 옷 말이오? 별거 아니오. 그냥 심기일전하는 마음으로 목욕재개를 하고 큰 맘 먹고 옷까지 새 걸로 갈아입었소."

노학은 뒤통수를 긁적이며 최대한 가볍게 대답했다. 하지만 지금 그의 옷깃 아래쪽 근육은 긴장으로 굳어져 있었고, 겨드랑이에서는 식은땀이 흘러나오고 있었다.

"쳇, 거지 주제에 새 옷이라니… 건방지게시리!"

건들거리며 가시 있는 말을 내뱉은 이는 오문추였다. 추명이 말리지 않았다면 노학은 그의 아구창이 얼마나 튼튼한지 시험해보고 싶은 충동을 이기지 못했을지도 모른다.

"추, 경망스럽게 행동하지 마라!"

말은 그렇게 하지만 노학은 추명이 자신을 전혀 존중하지 않고 있다는 데 전 재산을 걸 수도 있었다. 그의 존중은 말뿐이었고, 그는 지금 거지를 경멸하는 마음을 그나마 감추기 위해 안간힘을 쓰고 있는 게 분명했다. 그렇지 않다면 다음과 같은 말을 덧붙이지는 않았을 것이다.

"혹시나 하는 마음에 미리 경고해두겠소. 만일 당신이 당신 자신의 실수나 모종의 불행으로 행여 사고를 당했을 때 누군가가 당신을 구해줄 것이라 믿고 있다면, 그런 맹신은 별로 추천할 바가 못 된다는 것이오. 그리고 만의 하나라도, 어리석다는 소리를 듣는 것도 무릅쓰고 그런 상황을 시험해보려 한다면, 그것은 결코 현명한 행동이 못 될 거라는 것이오. 명심해두기 바라오."

"명심하겠소. 걱정하지 마시오. 시랑(豺狼)한테 도움을 받을 수 있을 거라고 기대할 만큼 우둔하지는 않으니 말이오. 고의로 사고나 내지 않으면 다행이라는 사실도 충분히 숙지하고 있소. 개방의 거지를 너무 무시하지 말았으면 좋겠소."

다시 한 번 두 사람의 시선이 허공중에 부딪쳤고 불꽃을 내며 연소되었다.

"마지막으로 한 가지만 더 말해두겠소."

"귓구멍 파고 잘 듣겠소."

"만일 이번 관문에서 당신의 우행(愚行)이 우리 조와 나의 주인을 위험에 빠트릴 경우 당신은 나의 손이 얼마나 무정한지 깨달아야 할 것이오. 그때까지 당신이 죽지 않고 살아 있다면 말이오."

얼음장처럼 차가운 목소리였지만, 노학은 쫄지 않았다. 그러기에는 그동안 당해왔던 단련 쪽이 훨씬 지독했던 것이다. 자신들 주작단원이 쫄고 겁먹고 오그라들어도 되는 경우는 대사형 비류연과 염도노사 앞에서뿐이었다. 그 이외의 어떤 상황에서도 누구 앞에서도 자신감 상실은 절대로 허용되지 않았다.

"그건 충고요 아니면 협박이요? 그도 아니면 범행 예고요? 셋 중 어느 쪽이오?"

"마음대로 상상하시오. 하지만 잊지는 마시오!"

이런 불길한 대화를 잊을 수 있을 리가 없었다.

늑대와 승냥이는 그 길로 등을 돌렸고, 자신의 주인이 있는 곳으로 돌아갔다. 작은 승냥이 쪽은 돌아가면서도 맹수답게 그르렁거리는 것을 잊지 않았다.

"시건방진 거지 새끼! 혹시나 절벽에서 손을 미끄러뜨리는 바보 짓을 한다 해도 너 따위 거지 놈을 구해줄 사람은 아무도 없을 거다!"

노학은 무척이나 친숙한 두 개의 등을 바라보며 딱딱하게 얼굴을 굳혔다. 추명의 말이 그의 뇌리를 떠나지 않고 계속해서 남아 있었던 것이다.

그는 추명의 말에 본심 내지 그에 준하는 마음의 단편이 담겨 있음이 틀림없다고 판단했다.

그리고 그의 판단은 적중했다. 그러나 그는 자신의 통찰력을 기뻐할 틈이 전혀 없었다. 그리고 실제로도 전혀 기쁘지 않았다.

왜냐하면… 추명의 호언대로 그들 중 어느 누구도 자신에게 도움의 손길을 뻗으려 하지 않았던 것이다.

빌어먹게도 그들의 말은 그대로 이루어졌다.

이 감각은 뭘까?
방금 건 뭐였지? 그리고 지금은 뭘까?
모든 것이 느리게 느껴졌다.
이게 생사의 경계에서만 체험할 수 있다는 주마등이라는 건가? 일상의 순간이 지금 이 시간 그에게는 영원(永遠)이 되어 있었다. 그의 심리적 시간이 평상시와 전혀 다르게 흘러간다는 것만은 명백했다.
개방의 비전 보법인 '취팔선보'도 육체의 지지점을 확보할 수 없고 중심도 지탱할 수 없는 허공에서는 무용지물에 불과했다.
고의일까? 역시 고의겠지? 그래, 고의가 틀림없어.
고의가 아니라고 주장하기에는 모든 상황이 기분 나쁠 정도로 잘 맞아떨어졌다. 다만 놀라운 것은 저들이 1조를 실격으로까지 몰고 갈 이 사태를 기꺼이 감내하기로 했다는 사실이었다. 우승으로 다가가는 계단에서 두세 계단 아래로 미끄러지는 희생을 감내하면서까지 그들은 자신의 입을 봉할 필요가 있었던 것이다. 그렇다면 자기 조에서 자신을 구하기 위해 기꺼이 희생을 감내할 사람이 나오기를 기대하는 것은 어리석은 행동이었다. 혹시나 살아날까봐 작대기로 밀어내지나 않으면 다행이었다. 그런데 자신이 들었던 이야기에 그런 희생을 감당하면서까지 살인멸구하지 않으면 안 될 중요한 정보가 들어 있단 말인가?
하지만 이제 그게 다 무슨 소용인가? 그 정보가 중요하면 어떻고 중요하지 않으면 어떤가? 자신의 손에 쥐어진 생명줄은 끊어졌고, 자신은 허공중에 둥둥 떠 있다. 발아래에서는 죽음이 열렬한 환영 행사를 펼치고 있었다.

역시… 죽는 건가……. 생각이 거기에 미치자 갑자기 무지무지하게 열이 뻗치기 시작했다. 가슴속에서 열불이 타올랐다. 그 분노와 원한은 일을 여기까지 오게 한 최초의 원인을 향해 집중되었다. 그렇다! 잊어서는 안 되었다. 자신을 이 꼴로 만든 모든 원흉을! 이 모든 게 다 망할 놈의 대사형 비류연 때문이었다.

이제 곧 죽을 건데 막 나간들 어떠하리! 거리낄 게 없었다. 제행무상(諸行無常)이라 했다. 일체의 모든 사물은 고정불변하지 않고 끊임없이 변화하는 법, 죽으면 모두 다 먼지처럼 무상하게 흩어지게 되는 것이다. 그러니 자신의 이런 막가파식 행동도… 죽으면…….

'그래! 이제 죽을 건데 거리낄 게 뭐가 있는가!'

그동안 쌓였던 심화나 풀어버리고 가는 게 미련도 덜 남을 것 같았다. 추락하는 거지에도 입은 달려 있는 것이다. 그래서 그는 힘차게 외쳤다.

"야, 비류연! 이 씨발 놈아! 이 빌어먹을 대사형아! 잘 먹고 잘 살아라! 니 똥 굵다!"

곧 죽을 사람답지 않게 씩씩하기 그지없는 고함이었다. 생애 마지막이 될지 모를 최후의 불평불만이었다. 대답 따위는 기대하지도 않았다. 그냥 화풀이에 불과했고, 이런 무의미한 행동으로 마음의 응어리가 눈곱만큼이라도 풀리면 남는 장사라고 생각했다. 그런데 하늘에서 응답이 있었다. 그리고 그것이 노학에게는 크나큰 불행이었다.

"나 불렀냐?"

하늘에서 들려온 무심하면서도 너무나 자연스런 목소리. 생사의 경계에서 들으면 환청으로 치부하기 딱 좋은 목소리였다.

하지만 그 목소리는 멀리서가 아니라 바로 귓가에서 들려오고 있었다. 환청이라고 치부하기엔 너무도 생생한 목소리. 어리둥절해진 노학이 고개를 돌리자 거기에 '그것'이 있었다.

"히에에에엑! 대, 대사형!!!"

유령이라도 본 것 같은 반응이었다.

그는 절벽을 마치 평지처럼 달려 내려오고 있었다. 절벽과 그의 몸은 거의 직각을 이루고 있었다.

여긴 절벽이란 말이다. 인간은 절벽을 밟고 달려서는 안 된다. 그것은 절벽에 대한 모독인 것이다. 인간은 다만 떨어질 뿐. 그러나 지금 비류연은 그런 일반 상식에는 관심 없다는 듯 만장단애의 자존심을 마구마구 짓밟으며 달려 내려오고 있었다.

'이제 이 사태를 어찌 해결하지?'

추락으로 경황이 없는 와중에도 노학은 마지막이 될지도 모를 고민을 하지 않을 수 없었다.

이대로 죽는 게 대사형 손에 살아남는 것보다 훨씬 행복한 일일지도 몰랐다. 그리고 그 유혹은 차마 떨쳐버릴 수 없을 정도로 매력적이었다

"잡아!"

다시 비류연이 손을 내뻗었다. 그러나 한 사람은 자유낙하 중이었고 다른 한쪽은 변칙적인 달리기로 거리를 좁히고 있는 중이라 그 일도 쉽지 않았다.

'저 손을 잡아야 되나 말아야 되나…….'
지금 추락해 이대로 피떡이 되어 죽느냐, 아니면 구출된 다음 대사형 손에 맞아 죽느냐… 제삼의 선택은 없었다.
실로 고민되는 순간이었다.
'에잇! 나도 모르겠다.'
노학은 눈을 질끈 감고 손을 내밀었다. 그러나 비류연은 노학이 뻗은 손을 잡지 않고 재빨리 뒤로 뺐다. 노학의 눈이 크게 부릅떠졌다.

그것은 순전히 본능적으로 행한 행동이었다. 방금 그게 뭐였지? 비류연은 어리둥절한 생각이 들었다. 바람이 세차게 그의 몸을 때리고 있었고, 자신의 사제는 좀 전보다 훨씬 멀리 떨어져 있었다. 거의 다 잡은 상황에서 놓쳐버리고 말았던 것이다.
하지만 그것은 어쩔 수 없는 선택이었다. 노학의 죽음을 방조할 생각은 전혀 없었지만 그는 본능적으로 일 촌도 채 남겨놓지 않았던 상황에서 손을 빼야 했던 것이다.
무언가가 그와 노학 사이를 지나갔다. 그것은 형체는 없었지만 칼날과도 같은 날카로운 기를 품고 있었고, 만일 정면으로 부딪쳤다면 매우 치명적일 게 분명했다.
그는 자신의 감을 신뢰하고 있었고 그에 따라 행동했다. 만일 그럴 시간이 있었더라면 비류연은 힐끗 고개를 들어 저 위에 매달려 있는 1조의 조원들은 하나씩 훑어봤을 것이다. 누군가가 노학이 살아나는 것을 매우 못마땅하게 여기고 있다는 것만은 확실했다. 어쩌면 자신이 그에게 명한 잠행 감시에 어떤 성과가 있었는지도 모른다. 아직

보고받기 전이었지만 그런 느낌이 들었다.

이런저런 상념이 교차하는 와중에도 비류연의 눈은 먹이를 노리는 매처럼 노학에게서 떨어지지 않았고, 그의 발 또한 잠시도 멈추지 않았다. 비류연은 아직 노학에게서 들어야 할 게 있었고, 그 때문에라도 그는 반드시 살아야 했다.

이미 '직지질주(直地疾走)'의 수법으로는 더 이상 거리를 좁히는 게 힘들어 보였다. 떨어지는 속도가 너무 빨랐고, 좀 전의 암습으로 인해 순간적으로 균형을 잃은 게 큰 타격이었다.

"누가 죽게 둘 줄 알아!"

자기 물건은 자기가 잘 간수해야 하는 법이다.

휘릭!

비류연이 오른손을 뻗자 그 끝에서 투명하게 반짝이는 은빛 실이 노학을 향해 뻗어나갔다. 진기의 조작에 의해 '절(切)'이 아닌 '박(縛)'의 속성(屬性)을 지닌 뇌령사가 추락하는 거지의 몸을 그물처럼 휘감았다.

'걸렸다!'

손끝으로 '어신'이 왔다.

비류연은 내심 쾌재를 부르며 다시 왼손에서 뇌령사를 뽑아내 가장 가까운 곳에 있는 나무를 향해 날려 보냈다. 눈부신 속도로 날아간 뇌령사가 나무에 단단하게 묶인 것을 확인한 다음 그는 속도를 떨어뜨리기 위해 두 발의 용천혈에 진기를 집중하기 시작했다. 이 모두가 눈 깜짝할 사이에 일어난 일이었다.

비류연의 몸이 멈추자 오른쪽 어깨에 엄청난 부하가 걸렸다. 그 끝에 노학이 달려 있기 때문이었다. 이대로 잘못 버티면 어깨가 상할 수도 있었다. 비류연은 허리의 힘을 이용해 몸을 회전시키며 우수(右手)를 풍차처럼 있는 힘껏 크게 휘둘렀다.

자신의 몸을 축으로 떨어지는 힘을 역이용해 노학을 강제로 회전시킨 것이다. 그리고 이 일견 무모해 보이는 방법을 통해 비류연은 다시 노학을 위로 던져 올릴 수 있었다. 무식하게 버티는 것보다 훨씬 현명하고 경제적인 방법이었다.

낙하하는 힘과 속도와 방향을 모두 꿰뚫지 않으면 할 수 없는 재주였다. 조금이라도 호흡이 늦으면, 그대로 떨어지는 힘에 휘말려 그 자신도 함께 저승길 동무가 될 수도 있는 일이었기 때문이다.

위로 다시 던져진 노학의 몸이 어느 순간 정지했다. 위로 던져진 힘과 아래로 당겨진 힘이 평형을 이룰 때 일어나는 한순간의 현상이었다. 비류연은 이 적시의 기회를 놓치지 않고 가볍게 노학의 몸을 받아들었다. 그제야 다시 중력의 영향을 받은 노학의 몸이 비류연의 몸에 하중을 가중시켰다. 하지만 그에 대해 이미 방비하고 있던 비류연은 무사히 그의 몸을 지탱할 수 있었다.

그래서 노학은 다행스럽게도 당장 죽지 않고 조금 후에 죽을 수 있는 기회를 손에 넣게 되었다.

"대… 대사형!"

노학이 감격해서 외쳤다. 언젠가 비류연의 손에 살해당하고 말 거라는 강박증을 앓고 있던 노학으로서는 설마 그 예비 살인자가 목숨을 걸고 자신을 구해줄 줄은 상상도 못했다. 비류연은 감격의 도가니에 빠져 있는 노학을 보며 싱긋 웃어준 다음 그의 귓가에 뜨거운 숨결을 불어넣어주었다.
"무사해서 다행이다. 그런데… 빌어먹을 누구라고? 너 좀 있다 나하고 면담 좀 하자!"
노학은 웃어야 될지 울어야 될지 알 수가 없었다. 그래서 가장 편한 방법을 택하기로 했다. 기절해버린 것이다.
"야, 임마! 정신 차려! 저 위까지 내가 너 떠메고 올라가야겠냐, 엉?"
그러나 노학은 끝내 눈을 뜨지 않았다.
"너 올라가서 두고 보자!"
비류연은 으드득 이빨을 간 다음 절벽 위를 향해 기어 올라가기 시작했다.

이승과 저승을 순식간에 왔다 갔다 한 것 때문인지 아니면 긴장이 일순간 풀려서인지, 아직 정신을 차리지 못한 노학을 들쳐메고 걸어오는 비류연을 보며 효룡은 감탄사를 터트렸다. 비류연은 최악의 상황에서(어느 누구도 노학이 살아날 거라 생각지 않았다) 놀라운 기술로 노학을 구해냈을 뿐 아니라 기절한 그를 떠메고 그 절벽을 기어 올라온 것이다.
비류연의 얼굴은 그동안 치른 노고에 땀으로 뒤범벅이 되어 있었다.
"류연, 자넨 정말… 그런 무모한 짓을 잘도 하는군."
"무모?"
비류연은 영문을 알 수 없다는 얼굴로 반문했다. 그런 비류연의 얼굴에는 의아함이 깃들어 있었다. 무슨 황당한 소릴 지껄이냐는 그런 표정이었다. 무모라니! 그딴 건 평소 그가 품고 있던 신념과 가장 어긋나는 행동이었기에, 자신이 그런 행동을 했다는 효룡의 주장을 그대로 인정해줄 수가 없었다.

"이봐, 룡룡! '무모'란 자신의 능력에 걸맞지 않은 일을 비이성적이고 무뇌충적인 감정으로 행하는 일련의 행동 양식을 뜻하는 거야. 나랑은 관계없다고. 게다가……."

"게다가?"

"사부가 하는 일은 제자를 착복하는 것만이 아니라고 생각하거든."

"엥? 사부라니?"

"아, 그런 게 있어!"

비류연이 건성으로 대답했다.

이 친구는 가끔 가다 알아먹지 못할 소리를 지껄인다. 그 점이 효룡으로서는 항상 불만이었다. 상대가 알아먹지 못하는 소리는 말하기 혹은 지껄이기일 뿐 대화라 할 수 없기 때문이다.

"그럼 지금 벌인 자네의 행동은 뭔가? 자네는 지금 그건 무모함이 아니라고 말하고 있는 건가?"

"당연하잖아! 당연한 걸 그렇게 반복해서 물으면 입 안 아파? 난 내가 할 수 있는 일을 그냥 한 것뿐이야. 할 수 있다고 생각했기 때문에 한 것이지. 무모하곤 상관없다고. 그 증거로 상처 하나 없이 말짱하잖아. 게다가 이 애물단지 녀석도 무사하고 말야! 내가 미쳤다고 이 망할 거지 녀석이랑 동반 자살할 위인으로 보이냐?"

노학은 아직도 정신을 잃은 채 쓰러져 있었다. 대사형은 제 녀석을 떠메고 땀을 바가지로 흘리며 저 까마득한 절벽을 기어 올라왔는데, 쫄따구 녀석은 팔자 좋게 기절해 있다니… 차마 더 이상은 두고 볼 수가 없었다.

"어이, 아직도 정신 못 차렸냐?"

찰싹찰싹!

비류연이 한심하다는 얼굴로 제자 겸 사제인 거지의 뺨을 두드렸다. 살과 살이 쫙쫙 달라붙는 소리가 범상치 않았다. 확실히 제대로 때리고 있는 모양이었다.

"이, 이봐… 그분은 자네 선배라고……."

어둠이 드리운 뒷세계에서 일어난 제반 상황을 제대로 알지 못하는 효룡이 기겁질색하며 비류연의 행동을 말렸다.

찰싹찰싹!

그러나 비류연은 거리낄 게 없었으므로 자신의 행동을 멈추지 않았다.

"으… 음……."

그래도 노학은 신음 소리만 간헐적으로 내뱉을 뿐 정신이 돌아올 기미를 보이지 않았다. 한심한 녀석. 겨우 그 정도로 인사불성이라니… 그동안 너무 안이하게 단련시켰나? 자신의 솜방망이 같은 부드러움을 잠시 책망하고 반성하는 비류연이었다.

"확 던져버릴까?"

이제 슬슬 짜증이 나기 시작하는 모양이었다.

"이제부터라도 좀 더 강하게 단련시키지 않으면……."

그는 진심으로 그렇게 생각하고 있었다. 주작단의 앞날에 애로 사항이 꽃필 듯했다. 단지 이 잔혹한 사실을 아직 모르고 있다는 게 주작단으로서는 행복하다면 행복한 일이었다.

비류연이 열심히 특별 특수 강화 특훈에 대해 계획을 짜고 있을 때 어느새 다가온 나예린이 등 뒤에서 그를 불렀다.

"류연……."

"어, 예린! 무슨 일 있어요? 안색이 안 좋은데?"

"……."

묵묵부답. 나예린은 수심 어린 얼굴을 한 채 서 있었다. 차갑다기보다 무거운 기운이 그녀의 주위를 감싸고 있었다. 그녀는 비류연과 눈을 마주치는 것을 피하고 있었다.

"왜 그래요? 무슨 일 있어요?"

"모릅니다!"

찬바람이 날릴 정도로 차가운 대꾸. 옆에서 듣고 있던 당사자 아닌 효룡마저 으슬으슬해지는 그런 목소리였다. 평소의 그들이 알고 있던 그녀와는 다른 사람이 그곳에 서 있었다.

"화…났어요?"

아무래도 그녀는 화가 나 있는 것 같았다. 그렇다면 왜 화가 나 있는 걸까? 비류연이 분위기 파악에 소질이 없다는 것은 금방 밝혀졌다.

"와아, 화났다! 그렇죠?"

비류연이 불난 집에 부채질을 했다.

"모, 몰라요! 화 안 났어요!"

나예린이 소리쳤다. 대답은 그렇게 했지만 당황하는 모습이 역력했다.

"봐요! 화났잖아요!"

비류연은 뭐가 그리 즐거운지 빙그레 미소까지 지으며 말했다.

"아니에요. 절대로!"

나예린이 약간 토라진 얼굴로 고개를 홱 돌렸다. 진짜 화난 모양이었다. 헌데 차가운 한옥 같은 그녀의 얼굴이 약간 상기되어 있었다.

나예린 자신도 자신의 이런 행동이 이해가 가지 않았다. 무사해서 다행이라고, 상처가 없어 다행이라고 말해주고 싶었는데…….

그에 앞서 그런 무모한-본인은 절대 아니라고 주장하지만-행동을 저질러 자신을 놀래킨 그에 대한 화가 더 큰 듯했다.

마침내 그녀는 새침한 얼굴로 고개를 홱 돌렸다.

"몰라요! 이제 당신이 죽든 말든 상관 안 하겠어요! 그럼 안녕히!"

그녀는 그렇게 선언한 다음 총총 걸음으로 가버렸다. 말릴 새도 없었다.

"이크, 진짜로 화났네!"

비류연은 찔끔하며 어깨를 움츠렸다.

"흐음, 왜 저리지? 이상하네? 룡룡, 넌 알겠냐?"

"아니, 모르겠군."

효룡이 도리도리 고개를 저었다. 비류연은 자신이 질문의 대상을 잘못 골랐다는 사실도 몰랐다. 애초에 숙맥인 효룡에게 물은 것조차 실수인 것이다.

"거참, 이상하군……."

평상시답지 않은 그녀에 행동에 비류연은 어안이 벙벙할 뿐이었다. 그의 눈은 여전히 멀어져 가는 그녀의 우아한 자태에 맞추어져 있었다. 그런 그의 입가에 가느다란 미소가 맺히는 것을 그는 스스로 인지하지 못하고 있는 듯했다.

그때 왼쪽으로 오 장쯤 떨어진 곳이 웅성웅성 소란스러워지기 시작했다. 시비가 붙은 것이다. 1조 사람들이 모여 있는 곳이었다.
주역을 담당하고 있는 사람은 믿기지 않게도 평소 순하기로 정평이 난 남궁상이었다.

"이 살인자! 왜 줄을 끊었지? 말해봐!"
남궁상이 달려들었다. 하지만 노학의 생명줄을 끊은 장본인인 오문추 역시 순순히 잡혀줄 마음이 없었다. 그는 보법을 밟으며 신형을 뒤로 뺐다. 하지만 남궁상의 손은 집요했다. 그는 오문추의 열두 변화를 모두 읽어냈고, 현란한 금나수법을 동원해 그의 멱살을 움켜쥐는 데 성공했다
"이, 이놈이!"
오문추의 시뻘게진 얼굴에서 욕이 튀어나오려 했다. 설마 이런 놈에게 멱살을 잡힐 줄은 상상도 못했던 것이다.
"자, 이제 그 이유를 말해보실까? 나를 납득시키지 못한다면 당신은 아마 각오를 해야 할 거야."
멱살을 잡고 있는 남궁상의 눈이 분노로 인해 칼날처럼 시퍼렇게 빛나고 있었다. 거친 기질의 사내 오문추조차도 지금 그의 서늘한 눈빛을 정면으로 쐬자 기세가 한풀 꺾이고 말았다.
"자, 이제 대답을 들어볼까!"
남궁상이 으르렁거리며 말했다.
"어쩔 수 없는 선택이었다."
대답을 한 사람은 멱살을 잡힌 오문추가 아니라 그의 대형인 마천

일걸 마검익 추명이었다.

"뭐라고? 한 사람의 생명이 달린 구명줄을 함부로 끊은 게 어쩔 수 없는 선택이었단 말인가?"

"그렇다. 이번 경우 시시비비는 명백하다. 실수를 한 것도 그고, 조 전체를 위험에 빠트린 것도 그다. 그의 부주의가 조 전체를 위험에 빠트린 것이다. 오히려 우린 그 때문에 모두 죽을 뻔했다."

추명의 목소리는 매우 단호했다. 그의 신념에는 추호의 흔들림도 없는 것처럼 보였다.

"그의 실수란 말인가?"

"그렇다. 그는 자신의 잘못이 아니라는 것을 입증하지 못했다. 이쪽으로서는 가장 현명하고 타당한 판단을 한 것이다. 아니면 당신은 우리가 그를 고의적으로 살해하려 했다고 주장하고 싶은 건가?"

그럼 아니라는 거냐, 이 살인자 놈들아! 남궁상은 그렇게 외치고 싶었다. 하지만 이렇게 많은 사람 앞에서 무턱대고 그 이야기를 꺼낼 수는 없었다. 증거가 없는 주장은 그냥 가설일 뿐인 것이다. 그것이 입증되기 전까지는. 지금 그것을 까발려봤자 흥미로운 음모론 이상의 것은 되지 못한다. 조원 간의 단결을 해치려는 악적으로나 몰리지 않으면 다행이었다.

"그럼 아니라는 건가?"

하지만 지고 싶지 않은 마음에 남궁상은 조금 무리하고 말았다.

"어린애처럼 상상력이 풍부한 건 좋지만 이번 경우는 좀 지나친 것 같군."

추명이 비아냥거리는 말투로 말했다. 넌 아직 몽상에 빠져 있는 어린애라는 우회적인 욕이었다. 남궁상은 어금니를 깨물어야만 했다.

"이쪽이 그런 짓을 했다는 무슨 명확한 증거라도 있나? 이 경우, 사건에 휘말려 이성보단 감정이 앞서 있는 당사자의 말은 신빙성이 적으니 제쳐두고, 다른 증인이라도 있나?"

"그, 그건……."

그런 게 있을 리 없었다. 그리고 저쪽은 일부러 노학의 말에 대한 신빙성까지 떨어뜨리고 있었다. 이대로 가면 나중에 노학이 무슨 말을 하든 정신적 충격에 의한 헛소리 정도로밖에 치부되지 않을 것이다.

"그럼 자네는 그 한 사람의 실수에 휘말려 우리 여덟 명이 모두 죽어야 했다는 말인가?"

"그, 그건……."

남궁상은 갑자기 말문이 막혀버리고 말았다. 추명의 추궁에 반박할 말이 궁했던 것이다.

"그 정도 말발에 기세를 꺾다니……. 왜 좀 더 체계적으로 반박하지 못하는 건지… 쯧쯧쯧!"

비류연은 그 모습을 보며 혀를 찼다. 그가 보기에 자신의 사제는 감정이 너무 앞서 있었고, 이성은 너무 뒤처져 있었다. 그런 상태에서 내뱉는 말은 아무리 옳은 말일지라도 사람들에게 신뢰를 줄 수가 없다. 우민들을 제외하고는.

"우리도 그 생명줄을 끊는 순간 이번 관문을 포기하는 것과 마찬가지였다. 하지만 그럼에도 그럴 수밖에 없었다. 왜냐하면 한 사람을 위해 조원 전체를 위험에 빠트릴 수는 없었기 때문이다. 자네 말대로라면, 그 하나를 위해 우리 모두가 목숨을 내놓아야 했다는 건가? 그런 개죽음을 택하지 않았기 때문에 자네는 우리를 비난하는 건가?"

"그… 그건……."

서슬 퍼렇던 남궁상의 기세는 매우 한시적이었던 모양이다. 이제는 기세에서도 밀리고 있었다.

사실이 그러했다. 1조와 7조 모두 이번 관문에서 최하 점수를 받았다. 그렇게까지 말하자 남궁상은 더 이상 항의할 수가 없었다.

"그럼 이야기는 끝난 듯하군! 그럼 이만. 가자!"

추명이 휙 돌아서더니 성큼성큼 앞으로 걸어가기 시작했다. 칠걸 중 세 명이 그 뒤를 따랐다. 남궁상은 멀어지는 그들의 등을 노려보면서 어금니를 으드득 깨물기만 할 뿐 저지하거나 가로막지 못했다.

최종적으로 남궁상의 패배였다.

"아무런 준비 없이 홧김에 덤비니깐 이기지 못하는 거야! 스스로를 다스리지 못하는 자가 남을 이길 수 있을 리 없지. 어리석은 놈!"

비류연은 멀리서 조용히 그 광경을 지켜보기만 했다. 그는 처음부터 모든 것을 지켜보고 있었지만 아무런 의견도 제시하지 않았다. 아무래도 이녀석들은 총체적인 정신 재무장이 필요할 듯했다.

"그래도 일단 받은 건 돌려줘야겠지?"

빚을 지고는 못 사는 성미였다.

"무슨 꿍꿍이가 있는지 낱낱이 파헤쳐주마!"

모용휘의 고민
-친애의 정-

기(氣)란 무엇인가?
팔괘(八卦)란 무엇인가?
음양(陰陽)이란 무엇인가?

자연(自然)이란 무엇인가?

태극(太極)이란 무엇인가?

스스로 그러한 것, 즉 자연(自然)이란 어떤 다른 원인도 가지지 않는 자기 자신을 원인으로 하는 것인가? 그렇다면 그것은 유(有)의 반대 개념인 무(無)가 존재할 수 없다는 것인가? 자연은 시작도 끝도 없는 것인가? 그렇다면 일반적으로 무(無)라 칭하는 것은 상대적인 무(無)인가 아니면 절대적인 무(無)인가? '유생어무(有生於無)'에서의 '무'는 없는 것조차 없는 무, 즉 상대적인 무가 아니라 고정되어 있지 않은 무형성(無形性)을 뜻하는 절대적인 무(無)를 의미하는 것인가? 고정되어 있지 않다는 것은 무엇으로든 변할 수 있다는 뜻이다. 그렇다면 제일 원인이라고도 감히 칭할 수 있는 도(道)의 성질을 무형성이라고 봐도 이상은 없는 것인가?

그런데 이런 사변적인 사고가 무공의 발전과 무슨 상관이 있단 말인가? 이처럼 난해한 것에 대한 해답을 굳이 찾아야 할 필요가 있는가? 무사(武士)는 그저 근골(筋骨)을 강철처럼 단련하고 검을 바람처럼 빠르고 날카롭게 휘두르기만 하면 되는 것 아닌가?

멋모르던 어린 시절, 세상에 대해 아무런 의심도 품지 않았던, 그저 주어진 대로 흘러가던 그때라면 그렇게 제멋대로 납득해버리는 데 아무 문제도 없었을 것이다. 그러나 참된 고수는 육체의 단련만으로 다다를 수 있는 경지가 아니라는 것을 누구보다 잘 알고 있는 지금은 차마 그럴 수가 없었다. 그것은 눈앞에 닥친, 어느 날 문득 깨닫고 보니 자기 앞에 놓여 있는 거대한 문제점을 회피하는 행위이기 때문이다. 비겁자가 될 수는 없었다. 그러나… 이미 비겁자인지도 몰랐다.

"후우……."

모용휘의 입에서 나지막한 한숨이 새어나왔다.

요즘 이 천재 청년(누구와는 다른 타칭)은 고민에 휩싸여 있었다. 그를 괴롭히고 있는 화두들 때문이었다. 물론 이런 행위는 엄청난 심력의 소모를 가져왔다. 그렇다면 성과가 있었는가? 이런 화두의 가장 큰 문제점이자 열받는 점은 쏟아부은 고민만큼의 해답이 나오는 게 아니라는 점이었다. 한마디로 엄청나게 밑지는 장사였다. 이렇게 절망적으로까지 밑지는 장사는 세상을 다 뒤져봐도 아마 없을 것이다.

물론 이런 것에 대한 결론이 그토록 짧은 시간 안에 단순명쾌하게 매듭지어질 수 있는 성질의 것이었다면, 그에 대한 담론(談論)이 수백 년 동안 이어지지는 않았을 것이다. 하지만 이 화두를 뛰어넘지 못하면 다음 단계로 넘어갈 수 없다는 것 역시 받아들일 수밖에 없는 강요된 현실이었다.

'물극필반(物極必反)……'

모든 성질은 그 극(極)에 이르면 반대로 변한다는 뜻. 그것은 세상이 순환하는 방식이라고 했다. 물(物)이 극에 이르면 우기성(偶奇性: 패리티)은 보존되지 않는다. 음과 양이 완전한 균형을 이루는 경우는 존재하지 않는다. 완전한 균형은 어떤 의미에서 존재하지 않는 것이다. 그리고 이 경우 존재해서도 안 된다. 그것은 곧 세계의 정지, 동결을 의미하기 때문이다. 완전한 대칭성은 보존되지 않고, 그 때문에 세계는 끝없는 순환을 반복하며 결코 멈추는 일이 없다.

'세계를 이해하는 것이 나를 이해하는 것이고, 나의 본질을 이해하는 것이 곧 세계를 이해하는 것이지. 괜히 인간의 몸을 소우주라 하고, 스스로 그러한 것, 즉 자연(自然)을 대우주라 칭하는 것이 아니다.'

자신을 혁중이라 소개한 노인은 그렇게 말했다. 정체불명의 노인……. 노인은 현 강호 최강의 무공을 전수해주겠다고 했다. 그 진전을 이은 자는 명실상부한 강호 제일인자가 될 수 있다는 호언과 함께. 그리고 지금 자신이 말한 것은 그 무공으로 들어가는 입문 과정과도 같다고 했다. 나중에 그 노인이 율령자를 통솔하는 장이라는 것을 알았을 때 얼마나 놀랐던가!

거짓말이라고 생각하지는 않았다. 그것이 정말로 태극신군 무신 혁월린의 진전이라면 충분히 그럴 자격이 있었다. 노인의 신분이 그 말의 신빙성을 더욱 높여주고 있었다. 하지만 자신은 받아들일 수 없었다.

'말씀은 고맙습니다. 미숙한 반쪽짜리 무사인 저를 그렇게까지 높이 평가해주시다니 영광입니다. 하지만 그럴 수는 없습니다. 전 아직 제가 익히고 있는 것조차 완전히 소화해내지 못했습니다. 그런데 어찌 그런 신공을 전수받을 자격이 되겠습니까?'

거절해버리고 말았다. 말은 그렇게 했지만 사실 두려웠던 것인지도 모른다. 그것을 전수받는다는 것은 막중한 책임과 의무를 떠안는다는 것을 의미했다. 그래도 그것은 감내할 용의가 있었다.

하지만……

그보다 더 두려운 일이 있었다.

그 일이 자신이 얼마나 초라한 존재인지 확인하는 계기가 될지도 모른다는 자기 불확신의 두려움이었다. 자신의 미숙함을, 한계를 자각하게 될까봐 무서웠다. 그는 벌써 몇 번의 좌절을 맛보았다. 한 번은 자신이 한때 멸시하던 친구에게, 한 번은 어둠 저편의 얼굴 없는 존재에게.

그렇다. 솔직히 말해 그 신공을 제대로 소화해내지 못할지 모를 자신의 미래가 두려웠던 것이다. 또 한 번 좌절을 맛보면 그때는 정말로 무너질 것만 같았다. 그래서 움츠러들었고, 본심과는 다른 표면적인 이유를 내세워 거절했던 것이다.

노인은 크게 화내거나 하지 않았다. 그렇다고 해서 포기한 것 같지도 않았다. '하늘이 내린 이런 절호의 기회를 차버리다니, 정신나간 놈!' 이라고 욕하지 않은 것은 고마운 일이었다. 다만 화두 하나를 인연의 끈으로 남기고 떠났다. 곰곰이 생각하다 보면 깨달음을 얻을 수 있을지도 모른다는 말과 함께.

시작과 끝에 남기고 떠난 의문은 뇌리 속에 각인이라도 된 듯 잊혀지지 않았고, 덤으로 머릿속을 뒤죽박죽으로 만드는 용한 재주가 되었다. 해답이 보이지 않는 의문은 출구 없는 어둠의 미로나 매한가지였다.

"나의 그릇[器]이라는 게 겨우 이 정도였나? 겨우 이따위 인간에게 사람들은 함부로 영재니 천재니 하는 말을 낭비했단 말인가?"

자신에 대한 불신의 싹이 트자, 이 잡초는 무서운 속도로 번식을 시작하더니 금세 그의 마음 전체를 뒤덮어버렸다. 자신의 능력에 대해 이처럼 회의해본 적은 아직까지 한 번도 없었다. 지금까지 한 번도 좌절을 겪어보지 못한 만큼 내성도 부족했다. 때문에 이번에 그가 느끼는 절망감은 이루 말할 수 없을 정도로 참담한 지경이었다.

물론 그는 평소 자기 자신에 대해 자부심을 지니고는 있었지만 자만하지도 않았고, 겸허의 미덕을 잃고 오만방만해졌던 적도 없었다. 그런 상태로 심신이 쏠리는 것을 그는 철저한 자기 통제를 통해 용납하지 않았던 것이다. 태산북두보다 높고 까마득한 존재인 할아버지의 위광이 섣부른 자만을 막아주는 '방패'가 되어주었던 것이다.

하지만 같은 세대에서는 한 번도 업신여김을 당해본 적이 없었다. 그 정도로 녹록한 수업을 쌓지는 않았던 것이다. 그는 혈통의 그림자에 의존할 만큼 나약하지도 뻔뻔하지도 않았고, 자신의 능력을 키울 수 있는 사람은 오직 자신뿐이라는, 평범하면서도 의외로 잘 알려져 있지 않고 실천은 더더욱 안 되는, 방치된 진리를 제대로 터득하고 있었다. 그가 검술 정진에 쏟은 땀은 한두 말짜리 저울로 달 수 있는 것이 아니었다. 끊임없이 노력할 수 있는 것 역시 재능이라고 했던가? 천부적인 재질에 부단한 노력까지, 그것이 지금껏 칠절신검 모용휘를 만들어온 원동력이었다.

그런데 그 재능과 노력이 최초로 벽에 부딪힌 것이다. 충격이 없을래야 없을 수 없었고, 그 충격은 그의 정신의 근간까지 뿌리째 뒤흔들 정도로 강력한 것이었다.

이번에 그가 느낀 무력감은 일찍이 그가 경험해보지 못했던 충격이었다. 자기 자신을 믿지 못하게 되는 그 순간 세상은 모든 희망을 잃고 회색빛으로 변한다.

답답했다. 숨이 막힐 정도로 갑갑했다. 일찍이 이토록 고독했던 적은 한 번도 없었다.

"할아버지……."

모용휘는 그의 무인으로서의 표본이자 목표인 검성 모용정천을 떠올렸다. 조부는 힘들 때면 언제나 떠올리는 것만으로도 마음의 위안이 되어주는 든든한 지주였다. 하지만 이번에는 약발이 다했는지 더더욱 외로워지기만 할 뿐이었다. 고독이 파도처럼 밀려왔다. 길이 보이지 않는 자신의 내면을 걷는다는 것은 망망대해에 홀로 떠 있는 것과 다를 바 없는 일이었다. 그는 자신이 등대의 불빛을 찾아 헤매는 표류 선원처럼 느껴졌다. 갑자기 할아버지가 미칠 듯이 보고 싶었다. 그리움이 범람한 황하(黃河)처럼 그의 마음을 휩쓸었다.

"왜 그러느냐? 울 것 같은 표정을 하고서? 뭔가 풀리지 않는 의문이라도 있느냐?"

처음에는 환청(幻聽)인가 싶었다. 무척이나 그리운 울림, 자애가 가득 담긴 목소리였다. 한참을 멍하니 있은 후에야 그는 그것이 착각에 의한 귀 울림이 아니라는 사실을 알아차렸다.

　모용휘의 고개가 세차게 뒤로 돌아갔다. 아무런 기척도 없이 배후를 내준 것이 화산에 와서 벌써 두 번째였다. 그러나 그런 건 아무래도 좋았다. 지금은 그 때문에 놀란 게 아니었다. 그는 믿을 수 없다는 듯 자신의 눈을 비볐다.

"…할아버지?"
　손을 뻗으면 닿을 그곳에 그가 이 세상에서 가장 존경하고 친애하는 한 사람이 서 있었다.
　바로 조부인 검성 모용정천이었다.
"혹시 이거 꿈인가요?"
　얼떨떨한 목소리로 바보 같은 질문을 하고 말았다.
"허허, 녀석하고는. 너답지 않게 왜 그리 눈을 크게 뜨고 있는 게냐? 귀신이라도 본 듯한 얼굴이구나!"
　실제로 그런 느낌이었다. 가장 보고 싶었으면서도, 가장 만나보기 괴로운 사람이 의식을 뛰어넘어 현실 속에 나타난 것 같은 착각이 들었다.
"허허허, 녀석! 꿈인지 아닌지, 실제인지 가짜인지는 직접 확인해보면 되지 않겠느냐?"
　백발의 노인은 만면에 인자한 웃음을 띤 채 천하를 안을 듯 두 팔을 활짝 벌리며 너털웃음을 터트렸다.
　꿈이… 아니었다.
"하, 할아버지!"

갑자기 목이 메어왔다. 눈물이 쏟아질 것 같았다. 그러나 남아 대장부로서 눈물을 보일 수는 없었다. 그런 추태를 할아버지 앞에서 보일 수는 없었다. 검성의 핏줄은 함부로 눈물을 보여서는 안 되는 것이다. 그러나 모용휘는 끝내 참지 못하고 아이처럼 검성의 품으로 달려들었다. 강호에서 칠절신검이라 불리며 완벽에 가깝게 절제된 생활과 절도 있는 행동을 해온 바른생활 청년도 조부 모용정천 앞에서는 귀여운 응석받이 손자에 불과했던 것이다. 평소 그를 냉막하기 그지없는 인물로 알고 지내던 사람들이 보면 기절초풍할 일이었다.
"허허허, 녀석. 이 년 정도 안 봤다고 그새 어리광이 늘었구나!"
검성은 자애롭게 웃으며 품안에 안겨온 손자의 등을 토닥여주었다.

북받쳐 오르던 그리움이 어느 정도 가시자 그제야 모용휘는 자신을 놀라게 한 지금의 상황이 어떤 연유로 발생되었는지 궁금해지기 시작했다. 그는 그 의문을 해소하기 위한 여러 가지 방법 중 '당사자에게 직접 묻는다' 는 가장 빠르고 효과적인 방법을 택하기로 했다. 강호 나들이가 뜸하던 검성이 이곳에 온 이유가 궁금했던 것이다.
"녀석, 내가 누군지 그새 잊은 모양이구나."
질문에 대한 검성의 대답이었다.
"검성(劍聖)의 칭호를 가지고 계신 무림 최고의 검호(劍豪)이자 천무삼성의 한 분이며, 저의 자랑스런 조부님이십니다. 소손이 어찌 그 사실을 잊을 수 있겠습니까?"
모용휘가 공손하게 대답했다.
"허허, 그런데도 너는 그런 질문을 하느냐?"

조부의 핀잔에 모용휘는 그제야 깨닫는 바가 있었다.

"그렇군요. 소손이 우문(愚問)을 던졌습니다."

현 무림에서 검성 모용정천이 가지 못할 장소 따위는 어느 곳에도 존재하지 않았다. 특히나 그곳이 화산규약지회가 열리는 화산 천무봉이라면 더욱 그랬다. 지난 백 년 동안 화산지회 최고의 귀빈으로 대접받았던 천무삼성이었다. 이번에도 역시 본가로 정중한 초청장이 보내졌을 것이다. 다른 시시한 행사는 몰라도 삼성이 참석하지 않은 화산지회가 있었다는 이야기는 들어본 적이 없다. 항상 이 일에만은 변함없는 신경과 관심을 쏟고 있다는 증거였다.

물론 이곳뿐만 아니라 강호에서 열리는 모든 크고 작은 행사 때마다 천무삼성에게는 가장 극진한 예를 담은 초청장이 보내진다. 세 사람이 참석하든 안 하든 그건 중요한 문제가 아니었다. 물론 그런 일이 일어나면 그쪽에서는 크나큰 광영이 되겠지만 그런 큰 기대는 잘 품지 않았다. 요는 그것을 보냈느냐 보내지 않았느냐는 것이다. 그것이 무림의 전설에 대한 최소 최저한의 예의인 것이다.

"아참, 저쪽에서 할애비의 친구들이 기다리고 있다. 더 기다리게 만들었다가는 무슨 객쩍은 소릴 들을지 모르니 얼른 가봐야겠다. 너도 나와 함께 가도록 하자. 오랜만에 보는 반가운 얼굴이라 그 친구들도 좋아할 게다."

"할아버지의 지인들이시라면……."

조부 검성의 지인으로 이곳 화산 천무봉에 함께 올라올 만한 사람은 많지 않았다. 금세 두 사람의 형상이 그려졌다.

"설마 그 두 분께서……."

검성이 고개를 끄덕였다.

"그 친구들 아니면 또 누가 있겠느냐? 백 년이 지나도록 끊어지지 않은 끈질긴 인연이지, 허허허. 너도 인사는 해야지? 꽤 오래된 것 같은데……."

"예, 그 두 분과는 십 년 만에 뵙게 되겠군요."

"그래, 네가 그 지붕에서 굴러 떨어진 지도 벌써 십 년이로구나!"

"하, 할아버지… 그 이야기는……."

검성이 추억에 잠긴 눈으로 중얼거렸고, 모용휘는 당혹스러운 듯 얼굴을 붉혔다. 까맣게 잊고 있던 과거가 떠올랐던 것이다.

옛날 그 세 사람과 처음 조우했을 때 모용휘는 열두 살짜리 코흘리개 어린아이에 불과했다. 하지만 그는 무가의 자손이었고, 다섯 살 때부터 체계적으로 무공을 익혀 나가고 있었다. 때문에 다른 무가의 핏줄들과 마찬가지로 무림에 관련된 수많은 기인이사의 이야기를 끊임없이 들으며 자라났다.

수많은 기인이사나 전설적인 고수들에 관한 이야기는 아이들에게 꿈을 심어주고 목표를 설정해주는 긍정적인 효과가 있어서 항상 장려되고 있었다. 하긴 그런 이야기들 이외에 또 무슨 이야기를 해줄 수 있겠는가? 그리고 그중에서도 단연 으뜸으로 인기 있었던 것이 현 강호의 살아 있는 전설 천무삼성에 관련된 이야기들이었다. 모용세가의 자손으로서 자부심을 높이기 위해 문중 어른들은 시간이 날 때나 아이들이 이야기를 조를 때면 언제나 검성 모용정천의 신화와 같은 무용담을 귀에 못이 박히게 들려주었다.

세가와 분가와 호법가의 자손들 중 그 이야기에 흥미를 보이지 않은 이는 아무도 없었다. 그리고 검성의 이야기에는 감초 같은 두 조연—두 사람이 들었다면 분명 길길이 날뛰었을—검후와 도성의 이야기도 빠지지 않았다. 그런 이유로 모용휘 역시 전설적인 무림의 영웅 검성 모용정천과 그의 믿음직스런 동료이자 조력자인 도성, 검후의 이야기를 나무가 햇살을 받듯 자연스럽게 들으면서 자랐고, 그들은 그의 마음속 영웅들이 되었다.

때문에 그가 태어난 후 처음으로 도성과 검후가 모용세가를 방문해 천무삼성의 회합을 집 뒤뜰에서 가졌을 때 얼마나 선망 어린 눈빛으로 세 사람의 회합을 지켜봤던가……. 그 회합을 가장 열렬하게 훔쳐봤던 당사자가 바로 모용휘였다. 그리고 결국 들켰던 것이다. 하지만 세 사람 중 어느 누구도 그를 나무라거나 하지 않았다. 오히려 훔쳐보다 들킨 것에 당황하다 지붕에서 굴러 떨어지는 그를 구해주기까지 했다.

"세월은 유수와 같다더니… 네가 그 지붕에서 굴러 떨어지다 검후의 도움을 받은 것도 벌써 십 년이 되었구나! 그 두 사람도 좋아할 거다. 똘똘하다며 널 무척이나 귀여워했었지."

"예, 그 때문에 다른 아이들에게 시기도 많이 받았지요."

어린아이의 세계에서는 당연한 일이었다. 하지만 주변의 시샘에도 아랑곳하지 않을 정도로 아이는 전설과의 만남이 기뻤었다.

"모용씨 집안에 잘난 애들이 많지만 자네의 검을 이을 아이는 이 아이뿐인 것 같군."

"허허허, 정말 그렇게 생각하나? 이 아이는 장손도 아닌 셋째 손자인데?"

"흥, 왜 이러시나? 자기도 이미 다 알고 있으면서 음흉하게시리."

"허허허, 이거 탄로나 버렸나? 사실 저 아이에겐 기대가 크다네. 내 진전은 저 아이에게 돌아갈지도 모르겠군."

"그게 실전되는 것보다 낫지."

"그러고 보니, 이 누이에게도 진전을 이을 만한 아이가 있다고 했잖은가?"

"분명 나가 녀석의 딸내미라고 들었는데……?"

"그래요. 그 아이라면 저의 모든 것을 가져갈 수 있을 거예요. 더 나아가 저를 뛰어넘게 될지도 모르겠어요. 하지만 아직 마음이 닫혀 있으니… 그 닫힌 마음이 열리기 전에는 새로운 경지로 진입할 수 없다는 게 아쉬워요. 어떤 좋은 계기가 있어야 할 텐데……."

그때 결심했다. 절대 할아버지의 기대를 저버리지 않는 아이가 되겠다고. 절대 그 이름을, 그 세 분의 기대를 저버리지 않겠다고. 절대로!

'그런데 지금 이 한심한 모습은 도대체 뭐란 말인가?'

'과연 이대로 괜찮은 것인가, 모용휘?'

괜찮을 리 없지 않은가! 심장에 비수를 꽂고 어떻게 멀쩡할 수 있겠는가!

'그때의 맹세를 잊어버렸단 말인가?'

물론 잊지 않았다. 그 맹세를 잊는다는 것은 곧 자기 자신의 자아를 폐기한다는 것과 다름없는 의미였다.

한 가지 확실한 것은 이대로는 안 된다는 것이다. 바뀌지 않으면 안 된다. 그렇다면 어떻게?

'어차피 세상을 규정하는 것은 자신의 마음이야! 식(識)의 전변(轉變), 즉 마음의 인식을 바꿈으로써 세상을 바꿀 수 있지. 어차피 세계란 마음의 체를 거치지 않고서는 아무런 의미도 획득할 수 없으니깐. 무의미 그 자체지. 뭐, 그게 또 세상의 매력이긴 하지만.'

그렇게 말한 게 누구였더라? 비류연이었나? 그녀석의 가벼운 입에서 나온 말치고는 너무 유식하고 지나치게 심오한 기색이 있어 오히려 더 깊이 생각해보지 않았던 말이다. 그의 말대로였다. 자기를 바꿀 수 있는 건 최종적으로 자기뿐이다. 남이 대신해 바꿔줄 수 있을 만큼 세상은 친절하지 못하다. 태어날 때부터 지니고 있던 세계라는 백색 종이 위에 그림을 그려도 된다고 허락받은 것은 자기뿐이었다.

'이대로 세 분의 기대를 저버려도 되는 것인가? 너는 너 자신이 누구의 손자인지 잊고 있었던 게 아닌가? 너는 자랑스런 모용세가의 자부심을 망각하고 있지는 않았나?'

그런데 지금 모습은 어떠한가? 자신이 더욱더 한심하게 느껴졌다.

'아직 포기하기는 이르다. 자신의 피를 믿고, 자기 자신을 믿어라! 자기 자신조차 믿지 못하는 놈이 무엇을 할 수 있겠는가?'

역시 이대로 포기한다는 것은 불가능했다. 그렇게 결심을 굳히고 나자 갑자기 온몸에서 믿을 수 없을 정도의 힘찬 활기가 샘솟아 나왔다.

길이 정해지면 그 위를 걸어갈 뿐. 필요한 것은 미지의 길에 발을 내딛을 용기와 중도 포기하지 않는 인내, 지루함과 싸워 이길 끈기였다.

그리고 자랑은 아니지만, 인내와 끈기라면 남들보다 조금 자신이 있는 모용휘였다.
 '그래, 아직 시간은 충분해. 난 아직 젊어. 조급해할 필요는 없는 거야. 한 걸음씩 한 걸음씩 앞으로 나아갈 뿐!'
 풀이 죽어 있던 마음이 기지개를 펴고 다시 용기가 솟아났다. 덩달아 표정도 밝아졌다.
 '녀석, 드디어 고비를 극복한 모양이구나!'
 무인이라면, 아니 삶을 살아가다 보면 누구나 한 번쯤 겪는 고비였다. 그러나 그는 자신의 손자를 믿었고 조용히 지켜만 보았다. 그리고 그의 손자는 그의 기대에 충분히 보답했다. 검성은 대견스러운 눈빛으로 자신의 사랑스런 손자를 바라보았다.
 남의 손에 이끌려 가기만 하던 코흘리개 어린아이가 이제 자신의 두 발로 자신의 길을 걷는 어른이 된 것이다.

 웅성웅성웅성!
 함께 걸어가고 있던 모용씨의 조손 눈앞으로 일단의 무리가 군집을 이루고 있는 것이 보였다.
 "무슨 일이지? 앞쪽이 상당히 소란스럽구나."
 여기저기서 사람들이 분주하게 움직이고 있었다. 그들은 삼삼오오 짝을 짓고는 시시각각 의견을 교환하고 있었다. 찬찬히 살펴보면 복잡해 보이는 움직임이 한 지점을 중심으로 퍼져 나가고 있음을 알 수 있었다. 남녀노소를 가리지 않은 일단의 인간군은 어느 한곳을 중심으로 원을 그리며 모여 있었던 것이다.
 중인의 술렁거림이 십 장 이상 떨어진 검성과 모용휘의 눈에도 확실히 보였다. 수다스럽지는 않았다. 오히려 그곳에서 흘러나오는 기운은 황당과 경악이 일시에 폭발한 후 남겨진 잔향에 가까웠다.
 그리고 두 사람 역시 그곳에서 놀라운 광경을 목격했다.
 "이, 이것은!!!"
 자신이 목격한 광경에 모용휘는 할 말을 잊었다. 그의 머릿속에는 지금의 상황을 표현할 만한 어떤 언어도 떠오르지 않고 있었다. 그제야 다른 사람들이 왜 그리 어처구니없어 하는지도 납득할 수 있었다. 저런 상황을 보고도 황당함을 느끼지 않는다면 어딘가 문제가 있는 것이다.
 "무엇 하느냐? 어서 검을 뽑아라!"
 고아하게 생긴 중년 여인이 누군가를 손가락으로 지목한 채 소리치고 있었다. 그리고 그 대상은 모용휘도 익히 잘 알고 있는 친구 비류연이었다.
 우아한 자태를 잃지 않고 있는 여인은 남에게 어떤 강압적인 요구를 할 그런 성격의 소유자로는 보이지 않았다. 그러나 지금 그녀는 확실히 단호한 목소리로 그것을 요구하고 있었다. 그런데 모용휘가 혼란을 느낄 정도로 더욱 당황스러운 것은 그 중년 여인의 얼굴이 그의 기억 속에 존재하는 인물이라는 것이었다. 그 여인의 얼굴은 잊을 수 없는 얼굴이었다. 십 년이 지났는데도 세월이 그녀를 비켜갔는지 그 여인은 전혀 나이를 먹은 흔적이 없었다. 세월의 풍상도 그녀의 얼굴에 나이를 새기는 데는 실패한 듯했다. 한편, 저편으로 나예린이 얼음의 봉황이라는 별호에 걸맞지 않게 당황한 얼굴로 초조하게 서 있는 모습이 눈에 들어왔다. 그리고 그 옆에선 동문 사자인 독고령이 그녀를 진정시키고 있었다.

　모용휘는 무심결에 검성의 얼굴을 바라보았다. 조부 역시 약간 굳은 얼굴로 그 둘의 모습을 물끄러미 바라보고 있었다.

"허허, 이건 또 무슨 짓궂은 장난인가?"

　검성의 입에서 나지막한 실소가 흘러나왔다. 지금 벌어지고 있는 사건이 이 거인에게도 의외의 사태로 분류되고 있음이 분명했다.

　비류연에게 검을 들라고 윽박지르고 있는 여인. 그녀에게는 무수히 많은 칭호가 따라다녔다.

　관음보살의 수호신, 여중제일검, 검각의 주인, 천무삼성의 일좌…….

　그녀를 부르는 이름은 많았다. 하지만 대부분의 사람은 그녀를 존경과 경의를 담아 이렇게 불렀다.

　검후(劍后)!

　도성은 인의 장막에서 조금 떨어진 곳에 자리를 잡고 있었다. 초립을 쓰고 있던 탓에 유명세를 치르지 않아도 되는 상태였다. 검성 역시 사람들이 눈에 띄게 늘어난 곳부터는 초립을 쓰고 있었다. 그렇게 하지 않으면 자칫 낭패를 겪을 수도 있기 때문이었다. 유명인은 언제나 피곤한 법이다.

　도성이 서 있는 그곳은 '현장'이 매우 잘 보이는 명당 자리였다. 그는 자신의 탁월한 선택에 매우 흡족해하며 그곳에서 검성을 기다리고 있었다.

"어, 다녀왔나?"

가까이 다가선 검성의 존재를 살짝 고개를 돌려 확인한 도성이 말했다.
"다녀왔네. 그런데 이건 또 무슨 장난인가?"
천하의 검후가 새파란 젊은이 앞에서 투기를 내뿜고 있다니, 상식적으로 볼 때 있을 수 없는 일이었다.
"아아, 좀 문제가 있어서 말이야."
"문제?"
"제자 사랑이 곧 자식 사랑이라는 거지. 어느 부모나 다 한 번쯤 겪는 일일세."
"음……."
"언제나 딸이 데리고 온 사위는 맘에 안 든다는 거지."
"……?"
나름대로 검성의 이해를 돕기 위한다고 한 것 같은 도성의 말은 이해에 전혀 도움이 안 된다는 점을 빼고는 괜찮은 설명이었다. 그래서 검성은 지극히 당연하게도 자신이 불가해한 영역을 빠져나와 이해 가능한 영역으로 화제가 바뀌었으면 하고 바라게 되었다. 그런 그의 마음을 알아채기라도 한 듯 도성이 물었다.
"그보다 '그'는 어떻게 되었나?"
"아, 의료반에 부탁해 특별히 우리 셋의 방에다 데려다놓았네. 그편이 안전할 듯해서."
"정신은 차렸나?"
검성은 고개를 천천히 가로저었다.
"생명은 건졌네. 하지만 여전히 혼수상태야. 가끔 알아들을 수 없는 말을 잠꼬대처럼 지껄이고는 있는데, 너무 단편적이라 아직 전체 맥락을 파악하지는 못했네."
"알아들을 수 없는 말?"
도성이 반문했고, 친절한 대답을 들을 수 있었다.
"용(龍)을 찾더군."
"용?"
도성은 다시 한 번 반문했고, 검성은 확인 차 다시 한 번 고개를 끄덕여주었다. 아직 그것은 풀리지 않고 있는 수수께끼였고, 부지불식간에 풀 수 있는 문제도 아니었다. 그래서 화제를 다른 곳으로 넘겼다.
"아, 근데 자네 옆에 쫄랑쫄랑 붙어 있는 저 강아지는 누구인가?"
그제야 도성의 시야에 백발이 성성한 친구 옆에서 멀뚱히 서 있는 모용휘의 모습이 들어온 모양이었다.
"내 셋째 손주 녀석일세!"
"아아, 이녀석이 그때 그 코흘리개 꼬맹이인가?"
아직 모용휘에 대한 인상이 기억의 한 켠에 기적적으로 남아 있었던 모양이었다.
"인사드려라, 휘야! 기억나니? 도성 어르신이시다."
"어찌 어르신을 잊을 수 있겠습니까. 오랜만에 뵙습니다, 어르신!"
모용휘는 정중하게 포권을 취하며 깍듯하게 인사를 올렸다.
"오냐, 너도 많이 컸구나!"
흐뭇한 미소를 지으며 도성이 대꾸했다. 사실 검성이 소개해줄 때까지만 해도 도성은 모용휘의 존재를 잊고 있었다. 하지만 그건 그다지 비난받을 일은 아니었다. 백 년 넘게 살다 보면 그런 일은 비일비

재한 것이다.

"요만할 때였던가……. 거 왜 내 허리쯤에 올 때 말이야! 그때 보고 처음인 듯하군. 한 십 년은 족히 된 듯하이. 십 년… 십 년이라… 벌써 시간이 그렇게 흘렀나……."

소년이 청년이 된 것을 보니 그동안 잊고 지냈던 시간의 흐름이 다시 느껴지는 모양이었다.

"다 자네의 방랑벽 때문이지! 하긴 자네 방랑벽을 누가 말리겠나. 하지만 주변 사람도 좀 생각하게. 자네의 변덕 때문에 자네 사위가 자넬 찾기 위해 항상 분주하게 뛰어다니지 않나?"

"아아, 마진가 녀석 말인가? 그녀석은 천무학관 관주 자리를 꿰차고 있는 것만으로도 눈코 뜰 새 없이 바쁠 텐데, 그곳이나 잘 돌볼 것이지 왜 이런 별 볼일 없는 늙은이 뒤나 밟는단 말인가?"

"쯧쯧, 고집불통하고는……."

검성이 안정하고는 거리가 한참이나 먼 친구를 바라보며 혀를 찼다. 그러자 기다렸다는 듯 도성이 발끈했다. 아무리 무림의 전설이라도 기분 나쁜 건 기분 나쁜 것이고, 그는 모함에 대해서는 분연히 일어나 의연하게 항의할 줄 알아야 한다는 주의였다.

"뭐, 고집불통? 그러는 자네는 고집불통 아닌 줄 아나? 멋대로 빠질 생각일랑 하덜 말게. 나보다 더한 쇠고집이 자네니까. 그 사실을 모르는 건 이 세상에서 자네뿐이야!"

"내가 무슨 고집불통이란 말인가? 난 항상 중용지도(中庸之道)를 지키고, 또 실천하려고 노력하고 있다네."

"흥, 다른 사람은 다 자네의 그 찬란한 위광에 혹해 그 말을 믿거나 권위가 두려워 그 말을 믿는 척할지도 모르지. 하지만 난 그 말을 믿지 않아."

도성의 말투는 매우 신랄했다.

"어째서인가? 난 여전히 자네가 그런 오해를 품고 있는 이유를 이해할 수 없군그래."

"왜냐고? 정말 그걸 몰라서 묻나? 아니면 알면서도 모른 척하는 건가? 자네 옛날에 나한테 뭐라고 했나? '이보게, 후식! 검으로 강을 벨수 있을 것 같지 않나?' 했던가?"

"그런 적이 있었지. 그때 자네는 열렬히 비웃었고. 한 팔십 년 전쯤의 이야기 같군."

검성이 순순히 그 사실을 인정했다. 십 년이면 강산도 변한다는데, 강산이 여덟 번씩이나 더 바뀌기 전의 이야기였다.

"하지만 그게 어떻다는 건가?"

"그 뒤가 문제였지. 괜히 내가 비웃은 거에 앙심을 품고는, 그 가능성을 직접 보여주겠다며 기다리라고 한 다음 시간이 얼마나 걸렸는지 벌써 잊었는가?"

만일 그 말을 내뱉은 사람이 검성이 아니었다면 아마 그는 격리 수용되고 말았을 것이다.

"그래도 결국 성공했잖나?"

아무렇지도 않게 검성이 말했다.

"그래, 삼십 년씩이나 걸려서 말이지!"

도성이 씹어 내뱉듯이 말했다. 분명히 사람의 말로 이야기를 나누고 있는데 옆에서 듣고 있는 모용휘로서는 눈만 껌뻑일 뿐이었다.

"그건 자네가 잘못 알고 있는 걸세! 아무리 나라도 그런 일에 삼십 년이나 소모할 만큼 무모하지는 않아. 이십오 년밖에 안 걸렸네! 삼십 년씩이나 안 걸렸어. 그때 자네의 얼굴은 참으로 볼 만했었지. 그것만으로도 이십오 년의 노고는 보람이 있었던 것 같네."

검성은 친절하게 도성이 잘못 알고 있는 점을 정정해주었다. 옆에서 듣고 있는 모용휘로서는 내용의 전말을 전혀 이해할 수가 없었다. 그건 별세계의 이야기였다. 팔십 년 전에 강을 어쨌다고? 그리고 뭐 어쨌다고? 인간 사이에서는 도저히 이루어질 수 없는 대화였다.

"이십오 년이나 삼십 년이나 그게 그거지! 그딴 걸 하기 위해 개벽검(開闢劍)인지 개벽이 검인지 하는 이상한 걸 만들어내질 않나… 그 후로는 아주 재미 들렸는지 '이번엔 바다다!' 하고 헛소릴 지껄이질 않나……."

"아, 그건 아직 성공하지 못했네! 역시 어렵더구만, 어려워. 역시 자연은 위대해……."

"뭐가 어렵다고?"

도성이 매우 의심스럽다는 듯 귀를 잡아 뺐다.

"아아, 그 바다 말이야. 역시 자연의 힘은 광대무량(廣大無量)해. 그 후로 오십 년 동안 매달려봤는데, 역시 쉽지 않더구만. 그래도 수련하는 데는 도움이 많이 된다네. 자네에게도 추천해주지!"

"정중히 거절하겠네."

아무리 자신의 친구지만 지독한 놈이라고 생각하며—그래도 체면상 그런 말을 내뱉지는 않았다—도성은 고개를 절래절래 저었다. 그러자 검성이 말했다.

"하지만 그래도 검후에게는 우리 둘 다 못 미치지 않나. 언제 우리가 한 번이라도 그녀를 이겨본 적이 있었나?"

도성은 잠시 지난 백 년 동안의 과거를 반추해본 다음 천천히 고개를 가로저었다.

"없었지. 한 번도!"

정말 거짓말처럼 한 번도 없었던 것이다. 그는 매우 동정 어린 시선으로 검후와 마주보고 서 있는 비류연을 물끄러미 바라보았다.

"저 친구도 고생 좀 하겠군."

믿을 수 없는 소동, 믿을 수 없는 비무
-검후 대(對) 비류연-

도성의 말마따나 단순히 고생만으로 끝날 문제는 아니었다.
모용휘로서는 이런 터무니없는 일이 감히 질서정연한 이 세계에서
일어날 수 있다는 것 자체가 하늘의 폭거처럼 느껴졌다.

왜 이런 일이 벌어졌는지 모용휘로서는 그 발단을 알지도 못했고 알고 싶지도 않았다. 그의 동거인이 얼마나 바보 같은 짓을 저질렀는지 굳이 알아내 어디다 써먹겠는가? 하지만 단 한 가지 확실한 것은, 사태가 이보다 더 나빠질 수는 없다고 장담할 수 있을 정도로 최악이라는 점이었다.

감히 검후 이옥상에게 대항하다니… 그냥 배를 종횡(縱橫)으로 가르는 안락사 쪽을 택하는 편이 훨씬 더 나았다. 비류연은 절대로 건드려서는 안 될 사람을 건드린 것이다. 이대로 그는 강호에서 영원히 매장당할지도 몰랐다. 무림 구주 강호가 아무리 광활하다지만 검후의 분노를 산 이를 달갑게 받아 들여줄 곳은 아무 데도 없었다.

"뽑아라!"

다시 한 번 검후가 차갑게 일갈했다. 하지만 비류연은 고개를 살짝 숙인 채 여전히 아무런 동작도 취하지 않고 있었다. 똑바로 들어도 제대로 보이지 않는 얼굴인데 그러고 있으면 더더욱 무슨 생각을 하는지 알 수 없게 된다.

"내 말이 들리지 않느냐?"

검후가 또다시 호통쳤다. 그러자 마침내 비류연이 조용히 고개를 들었다. 하지만 여전히 그는 무슨 생각을 하는지 짐작할 수 없는 얼굴을 하고 있었다. 다만 그는 누구라도 피하고 싶어하는 최악의 상황에 직면해서도 침착했고, 당황하거나 두려워하지 않고 있었다.

"사부님, 제발 그만두세요!"

나예린이 달려와 검후의 옷자락을 잡으며 애원했다. 다급한 기색이 역력한 애처로운 목소리였다. 차갑게 두르고 있던 얼음의 가면은 이미 벗겨진 후였다. 그녀는 지금 아무에게도 보여준 적이 없는 얼굴을 하고 있었다. 사부인 검후도 거기에서 예외일 수는 없었다. 그러나 이옥상은 꿈쩍도 하지 않았다.

"너는 물러가 있거라!"

하늘 같은 사부의 엄격한 목소리는 추호의 물러섬도 번복도 있을 수 없다고 말하고 있었다.

"령아, 너는 지금 뭐 하는 게냐? 어서 이 아이를 데려가거라!"

무엇을 해야 할지 안절부절못하고 있던 독고령은 신탁을 받은 무녀처럼 즉시 행동했다. 그녀는 이진설과 함께 자신의 사매를 붙잡아 억지로 떼낸 다음 사람들이 있는 곳으로 데려갔다.

"자, 어쩌겠느냐? 설마 두려운 거냐?"

흘려들을 수 없는 말에 비류연은 반쯤 내리깔고 있던 시선을 들어 검후의 시선을 마주보았다. 하지만 상대방의 도발에 격분하거나 하는 미숙함은 일절 없었다.

예리한 보검을 방불케 하는 검후의 시선이었지만, 비류연은 눈 하나 깜짝하지 않았다. 뭐 깜짝했다고 해서 보이지도 않겠지만…….

앞머리에 가려진 두 눈은 지금 무슨 생각을 하고 있는지, 예단하기 쉽지 않았다.

"전……."

마침내 비류연의 입이 열리는가 싶더니 곧 다시 닫혔다. 그는 두려움이 뭔지 알지 못했다. 문제는 다른 데 있었다. 그답지 않게 그는 우물쭈물하고 있었다.

"왜 그러느냐? 설마 겁을 집어먹은 거냐?"

만일 그렇다면 정말 한심한 놈이라고 이옥상은 생각했다. 이런 한심한 놈이 자신의 애제자 옆에서 꼬물거린다는 것은 참을 수 없는 노릇이다. 그런 것은 사부인 자신이 용서할 수 없었다. 그리고 비류연 역시 그렇게까지 한심한 놈이 되고 싶지는 않았다.

"내가 보고 있는 사람은 겁쟁이였나? 그렇다면 얌전히 꼬리를 말고 패배를 시인할 테냐? 그렇다면 방법은 간단하다. 지금 두 손을 들고 모두가 보는 앞에서 자신이 겁쟁이에다 비겁한 패배자임을 인정하고, 두 번 다시 내 제자의 눈앞에 나타나지 않으면 되는 거다!"

저편에서 그 말을 들은 나예린의 안색이 새파랗게 변했다. 그녀의 사부가 저런 요구를 할 줄은 상상도 못했던 것이다.

"미안하지만 그 말씀엔 따를 수 없네요. 제가 배운 것은 싸우기도 전에 상대를 패배시키는 방법뿐이라서요. 미리 지는 법 따위는 가르쳐준 적도 배운 적도 없습니다. 아무리 유명한 분이라 해도 승리를 거저먹으려 하시면 안 되죠."

"호오, 그래도 배짱이 조금은 있구나! 안심했다."

검후 정도의 초절정 고수쯤 되면 목소리조차 그저 단순한 외침으로 끝나지 않는다. 그 안에 실린 유형 무형의 살기를 보이지 않는 울림으로 변환시켜 상대의 심신을 압박하는 것이 가능하다. 엄청난 존재감과 심후한 내공이 그 불가능해 보이는 일을 가능하게 만드는 것이다. 본격적인 싸움이 시작되기 이전에 상대의 기를 꺾고 의지를 제압하는 이 방법은, 백수의 왕 사자가 우렁찬 포효로 뭇 동물을 제압하는 것과 비슷하다. 방법은 다르지만 원리는 같다. 상대방에게 존재의 우위를 인식시키는 행위인 것이다. 이것은 정신과 정신의 대결, 자아 수성(守成)의 의지력이 약한 쪽이 지는 한판 승부인 것이다. 싸우기도 전에 패하는 것은 그가 할 수 없는 일이었다.

"이제 검을 뽑을 마음이 들었느냐?"

냉엄한 목소리로 검후가 물었다.

"끝내 절 싸우게 만드실 요량인 모양이시네요. 될 수 있으면 당신과 싸우고 싶지 않았는데 말이죠. 싸워야 할 이유도 의의도 없는 싸움이라는 생각도 들고……."

천무삼성의 한 사람이라는 사실은 아무래도 좋았다. 문제는 그녀가 나예린의 사부라니……. 무척이나 껄끄러운 상대였다. 상대가 검후라는 것보다 그쪽이 더 신경쓰였던 것이다. 남들이 그런 그의 생각을 알았다면 자기 목숨은 걱정하지 않고 사후의 일이나 걱정한다고 맹비

난했을 것이 틀림없다. 그러나 검후의 의지는 강철처럼 굳건했다.
"넌 반드시 나와 싸워야 한다. 그리고 패하면 내가 공인했듯이 두 번 다시 저 아이 앞에 나타나지 말아야 한다. 혹시나 스쳐 지나가는 일이 있어도 공기처럼 대해야 한다. 왜냐하면 나 검후 이옥상이 그걸 요구하고 있기 때문이다."

 검후가 한쪽 손으로 독고령의 부축을 받고 서 있는 나예린을 가리키며 단호한 어조로 말했다. 그녀는 어떻게 해서든 자신의 의지를 관철시킬 생각인 모양이었다.
"정말 고집불통이시군요! 제자 분들이 고생 좀 하겠어요."
"그럴지도 모르지."

 검후가 순순히 시인했다. 한편 그녀가 지금 이 순간 독고령에게로 시선을 돌리지 않은 것은 독안봉으로서는 무척이나 다행스러운 일이었을 것이다.
"제가 그 말대로 하지 않으면 강제 집행하실 용의가 있으신가요?"
"물론!"
"그렇다면 제가 이 자리를 피해도 소용이 없겠네요?"
"당연하다!"

 흔들림 없는 태도, 망설임 없는 대답이었다. 더 이상 피할 곳은 없었다. 그 사실을 비류연은 인정해야만 했다.
"좋습니다. 무척 강압적인 방식이 딱 제 취향이군요. 그 의견에 따르도록 하지요. 그런데 지금 이 시합은 너무 형평에 맞지 않는 것 같아요. 전 어느 쪽이든 잘못되면 잃기만 하는데, 그건 좀 억울한 일 아니겠어요?"

"그래서? 하고 싶은 말이 있으면 하도록 해라. 그것을 허락하겠다."

"만일 뭐, 이 내기에서 제가 이기게 되면 저에게는 뭐가 돌아오는 거죠? 이유도 없이 싸워야 하는데, 아무 소득도 없다는 것은 정말 참기 힘들거든요."

"이길 생각인가? 이 몸을?"

황당한 표정을 감추지 않은 채 검후가 되물었다. 어이없기는 주위 관중도 마찬가지였다.

"물론이죠. 지려고 싸움하는 얼간이도 있나요? 이미 졌다는 마음가짐으로 할 수 있는 게 도대체 뭐가 있겠어요. 안 그래요?"

"호호호호! 재미있는 말을 하는구나. 확실히 그렇지. 졌다고 결정된 싸움을 할 필요는 없지."

아무래도 비류연의 무모함이 검후의 마음에 들었던 모양이다. 분노 대신 그녀는 맑은 교소를 터트렸다.

"과연 확실히 저런 미친 짓거리는 딱 저녀석답군! 안 그런가, 준호?"

"예, 장형! 확실히 말씀대로입니다. 검후님 앞에서 저럴 수 있는 것도 저 사람뿐이겠죠……. 그런데 저러고도 과연 무사할 수 있을까요, 효룡?"

"글쎄… 아마 힘들지 않을까? 이번엔 상대가 너무 안 좋아!"

어이없어 하는 관중 중에는 장홍, 효룡, 윤준호, 이 세 사람도 끼여 있었다. 이제는 비류연이 저질러놓는 사건 사고에도 익숙해졌다고 생각했는데, 그들은 이번 기회를 통해 또다시 그 관점을 수정해야 할 상황에 처해 있었다. 한편 그들이 보는 지금, 검후는 잠시 뭔가 고민을 하고 있는 듯했다. 그리고 그녀는 마침내 한 가지 제안을 내놓았다.
"공인(公認)!"
 검후의 말은 짧고 간결했다. 하지만 그 여파는 상상 초월의 파급 효과를 나타냈다.
"고… 딸꾹, 공… 뭐?"
 관중 틈에 섞여 있던 또 하나의 인물, 빙봉영화수호대 대주 위지천이 헛딸꾹질을 하며 떠듬거렸다. 지금 자신의 귀가 잘못된 건가? 뭔가 굉장히 황당하면서도 비현실적인 일이 눈앞에서 벌어지고 있었다. 지금 그의 악물어진 어금니 사이에서는 한 줄기 붉은 피가 흘러내리고 있었지만 이 사내는 닦을 생각도 하지 않은 채 장내를 주시했다.
"고… 공인?"
"고-오-옹-인?!!!"
 상상도 할 수 없었던 검후의 말에 주위 사람들의 눈이 몽땅 휘둥그레졌다. 공인, 공신력 있는 인증, 둘 사이를 공식적으로 인정하겠다는 말이었다. 이 의외의 제안에는 비류연도 놀라지 않을 수 없었다.
"정말요?"
"난 대장부는 아니지만 일구이언을 하지는 않는다."
 만일 나예린의 아버지이자 무림맹주인 나백천이 들었다면 입에 거품을 물고 기절했을 만한 제안이었다. 기절까지는 아니라도 충격을 받기는 다른 사람들도 마찬가지였다. 천하제일미라고 일컬어지는 빙백봉 나예린. 천무학관뿐만 아니라 백도 전역에 걸쳐, 그리고 마천각 내부에까지 추종자를 거느리고 있는 절세 미모의 소유자. 그러나 만년 빙하 같은 마음으로 그 어떤 남자에게도 마음을 허락한 일이 없었던 고고한 한 마리의 봉황. 그 누구의 손도 닿지 않는 밤하늘의 차갑고 고독한 빙월(氷月)……. 그녀의 존재를 알고 있는 사람은 검후의 제안에 모두 경악하지 않을 수 없었을 것이다. 사실 비류연의 입장에서는 이런 제안을 받았다는 것만으로도 강호 남자의 반 이상을 적으로 돌렸다 해도 과언이 아니었다.

"사, 사부님!"

한 발짝 늦게 사태를 인식한 나예린이 다급한 목소리로 소리쳤다. 그러나 검후는 자신의 애제자의 목소리가 전혀 들리지 않는 듯 무시한 채 계속해서 말을 이었다.

"그래! 나, 검후 이옥상의 공인을 받을 수 있단 이야기지. 공식적으로!"

그녀는 특히 '공식적'이라는 말에 힘을 주었다.

"어떠냐?"

비류연은 잠시 침묵했다. 하지만 그의 머릿속 주판은 쉴새없이 튕겨지고 있었다. 마침내 비류연이 숙고를 끝내고 고개를 들었다. 이미 계산은 끝났고, 검산까지 마친 상태였다.

검후의 보증, 확실히 그것은 구미가 당기는 제안이었다. 현 무림에서 그녀의 보증은 천금과도 맞먹는 것이었다. 그리고 그 어떤 재력가나 권세가의 보증보다도 그 효력이 확실했다. 그녀와의 대결이 위험하다는 걸 알면서도 유혹에 넘어가지 않을 수 없을 만큼 그것은 매력적인 제안임에 틀림없었다.

"그건 무척 마음에 드는 제안이군요. 항거할 수 없을 만큼 매력적이기도 하구요……."

비류연이 입술을 오른쪽 귓가로 끌어당기며 웃었다. 하지만 나예린은 울고 싶었다. 그녀는 당황했고 또 조급해졌다. 그녀의 의견은 전혀 반영되지 않은 채 일이 진행되고 있었던 것이다. 무엇보다 그녀는 비류연과 자신 사이가 승인, 허락을 운운할 정도로 친밀했던가 하는 의문까지 들었다. 공인이라니… 그런 건 혼인을 전제하지 않는 이상은 절대로 나오지 않는 개념이 아닌가. 다른 건 몰라도 아직 그럴 단계가 아니라는 것만은 확실했다. 그리고 그보다 더욱 무서운 예감이 그녀를 덮쳤다.
 "안 돼요, 류연! 받아들이면 안 돼요! 어서 잘못했다고 용서를 빌어요! 승산은 없어요! 당신은 절대 그분께 이길 수 없다구요!"
 그녀의 외침은 차라리 절규에 가까웠다. 그런 조건을 내놓았다는 것은 검후가 진심이라는 것을 뜻했다. 전심전력으로 비류연을 패배시킬 생각인 것이다. 그가 불구가 되든 혹은 죽든, 그 어떤 지경이 되든 상관치 않고 말이다. 그러나 비류연은 꿈쩍도 하지 않았다.
 "무엇을 사과하란 말이죠? 내가 당신을 사랑하게 된 것? 아니면 당신이 날 사랑하게 된 것? 어느 것도 누군가에게 용서를 빌 만한 일이라고 생각되지 않는군요. 남녀가 서로에게 감응(感應)하고 끌리는 것은 하늘의 이치이자 자연의 섭리, 천도(天道), 천리(天理) 아닌가요? 그런데 무엇이 부끄러워 사과를 하고 용서를 빌란 말이죠? 검후의 신분이 높고, 그 권위가 나보다 높기 때문인가요? 아니면 당신의 스승이기 때문인가요? 존중해줄 수는 있어도 굽실거릴 수는 없어요."
 "그… 그……."
 뭐라 반막해야 될 것 같은데 반박할 말이 떠오르지 않았다.

사랑이라는 말은 그 독특한 성질에 걸맞게 그의 입에서 느닷없이 갑작스럽게 돌발적으로 튀어나왔다. 나예린의 얼굴은 홍당무처럼 빨갛게 변했다. 이렇게 충분히 험악한 상황에서 그런 말을 들으리라고는 생각하지 않았기 때문에 그녀는 무방비 상태로 직격탄을 맞고 말았다. 그 말은 어떤 힘보다 강력하게 그녀의 마음을 뒤흔들어놓았다.

잠시 숨을 고른 비류연이 다시 조용한 목소리로 물었다.

"그런데도 당신은 내가 포기하길 바라나요?"

"……."

나예린은 그 질문에 대답하지 못했다. 그리고 비류연도 집요하게 그 답을 얻기를 원하지 않았다. 이 경우 보통 침묵이 답이 되는 요건이 충족된다고 볼 수 있는 것이다.

'내가 왜 그 질문에 답하지 못했을까? 왜?'

자욱한 안개 속을 헤매는 나그네처럼 아직도 자신의 마음을 확신할 수 없는 나예린이었다. 다만 지금 확실한 건 심장이 생명의 찬가를 연주하며 힘차게 뛰고 있고, 따뜻한 피가 전신을 빠르게 돌고 있다는 것이었다. 차가웠던 마음에 온기가 돌고 얼어붙어 있던 마음의 시간이 녹아내리기 시작했다. 이십 년 동안 굳게 잠겨 있던 자물쇠가 풀리고, 녹슨 마음의 경첩이 지금 삐걱 소리를 내며 열리려 하고 있었다.

"정말이지 요즘 애들은……."

검후는 머리가 지끈해지는 것을 느꼈다. 제자의 저런 모습을 보는 것은 처음이었다. 아니 때때로 흘깃 훔쳐볼 때마다 온통 새로운 모습뿐이었다.

'저녀석 때문인가?'

검후의 날카로운 시선이 다시 자신의 눈앞에 의연하게 서 있는 비류연을 향했다. 후들후들 다리를 떨지 않는 것은 칭찬해줄 만했다.

현 무림에서 가장 강대한 권위 중 하나라 할 수 있는 천무삼성을 앞에 두고도 비류연은 한 치의 흔들림도 없었다. 그의 정신은 항상 강철 기둥처럼 굳건히 서 있었고, 이 세계에서 자신만의 위치를 확고히 다지고 있었다. 그는 언제 어느 때라도 자기 자신을 잃는 법이 없었다. 남들이 정신나갔다고 욕해도, 미친놈이라고 해도, 예를 모르는 무례한 놈이라 욕해도 그는 아랑곳하지 않았다. 자기 정체성을 명확하게 확보하고 있기 때문에 가능한 일이었다.

검후의 아미가 살짝 꿈틀거렸다.

"놈, 말 한번 청산유수로구나. 좋다! 그 기백을 높이 사서 너에게 한 번의 기회를 주겠다."

"기회라 하시면?"

"내 십 초를 받아봐라! 만일 네가 나의 십 초를 받아낸다면 나의 패배로 간주하마!"

검후(劍后)의 신위(神威)
-십초지적(十招之敵)

유명이 지나친 검후와 일개 무명 소졸인 비류연과의 갑작스런 대결. 하룻강아지 범 무서운 줄 모른다는 것은 이런 경우를 가리키는 말일 것이다. 때문에 사람들이 비류연을 보는 시선은 그다지 곱지 않았다.

예뻐 보일 이유가 어디에도 없었다.

천무삼성의 일인 검후 이옥상. 존경하는 사람보다 존경하지 않는 사람을 찾는 게 더 빠른 강호의 명사 중의 명사였다. 이미 전설이 된 이름이었다. 검후란 명(名)은! 그런데 감히 그 전설에 거스르려 하는 주제를 모르는 녀석이 나타났으니 어찌 그 불손함이 곱게 보일 수 있겠는가.

손에 땀을 쥐며 지켜보는 관중 가운데 누가 승자가 될 것인가 하는 것에 관심을 기울여 애써 주위로부터 정신병자 취급을 받으려 하는 사람은 매우 현명하게도 한 명도 없었다. 이런 경우 항상 그렇듯이 누가 이기느냐는 전혀 관심거리가 되지 못한다. 이미 승자는 정해져 있다고 사람들은 믿기 때문이다. 어떻게 다른 경우를 상정할 수 있단 말인가? 당신은 내일 해와 달과 별이 다시 뜨지 않을까봐 시시콜콜 걱정하는가? 이 대결 역시 마찬가지였다.

관중의 관심사는 이미 승패를 초월해 있었다. 오히려 저 앞머리를 눈앞까지 내리고 있는 무명 소졸 녀석이 과연 일 초를 버티느냐 삼 초를 버티느냐라든가, 검후에게 용서를 구할 때 이마를 땅에 찧으며 고두를 하고 빌 것인지 아니면 지문이 지워질 때까지 싹싹 빌 것인지 그것도 아니면 물구나무를 서서 한 바퀴 돈 다음 '멍' 하고 짖을 것인지 하는 조롱 섞인 전망과 관련된 이야기에 관심이 집중되어 있었다.

당연히 비류연이 이기리라 생각하는 정신나간 사람은 아무도 없었다—녹록하게 당하지 않을지도 모른다고 생각하는 몇몇을 빼고는. 여기서 비류연이 이긴다는 데 판돈을 건다는 것은 당장 뇌를 해부해 봐야 할 정도로, 정신 상태의 안정성 여부를 의심받게 될 만한 모험이었다.

그래서 사람들의 관심은 부차적인 문제로 넘어갔다. 과연 저 애송이 무명 잡졸이 얼마나 검후의 공격을 견뎌낼 수 있는가 하는 문제였다.

중인 사이로 여러 가지 의견이 오갔다.

일초지적이냐 아니면 삼초지적이냐? 대충 의견이 이 두 가지 형태로 압축되어지는 듯했다. 십 초는커녕 오 초까지 버텨내는 기적을 보이리라 생각하는 이도 없는 듯했다. 그렇다. 한마디로 비류연은 개무시당하고 있었던 것이다.

"십 초라고고라고라?"

여기저기서 코웃음이 터져 나왔다.

"설마~ 농담이겠지……?"
"검후의 십 초를 받아낸다고? 말도 안 돼!"
"일 초나 제대로 견뎌낼 수 있겠어? 지 주제에?"
"그러고 보니 더러운 방법을 써서 학관에 입학했다고 하던데?"
"그래? 그러고 보니 실력도 없는 주제에 그런 비천한 신분으로, 게다가 근본도 알 수 없는 놈이 어떻게 들어왔는지 사람들이 궁금해하더군. 그러고는 말하더군. 실력으로 들어왔을 리 없다고 말야. 하하!"

　모용휘는 그 예민한 청각으로 의도하지 않았음에도 그런 이야기들을 들을 수 있었다. 그는 비류연에게 반감을 가진 이들이 이토록 많다는 사실에 놀랐다. 그 친구의 대인 관계 형성이 거의 없는 점을 미루어보면 저들 중에 그에게 직접적인 피해를 입은 사람은 거의 없을 게 분명했다. 그들은 아마도 돌고 도는 풍문이나 곁가지 지식, 비약과 추론을 통해 멋대로 상상해낸 상(象)을 비류연에게 대입시켜 멋대로 분개하고 있는 것인지도 몰랐다. 이 경우 그들의 정신세계 속에서 그리고 그들이 속한 집단 속에서는 비류연을 씹고 비난하고 매도하는 것은 의심할 바 없는 정의(正義)일 터였다. 그들은 아무런 의심 없이 그렇게 믿고 있음에 분명했다. 그중에는 심지어 정의를 실현하고 있다는 착각에 빠진 이들도 있는 듯했다. 이유는 딱히 없었다. 그냥 자신들의 추론이 그럴듯하다는 것이었다.

　모용휘는 저들 중 비류연과 직접 대화를 나눠보거나 혹은 어깨라도 스치고 지나간 이들이 몇이나 될지 궁금했다. 그러자 자신의 일이 아닌데도 갑자기 열이 받기 시작했다. 약간 제멋대로고, 오만하기가 하늘을 찌를 듯하지만, 그런 소리를 들을 만큼은 아니었다. 그는 친구에게 마음속으로 응원을 보내주기로 했다. 질 건 분명하지만, 열심히 버텨보라는 내용의 격려였다.

"자 이제 할 마음이 생겼겠지? 그렇다면 이제 검을 들어라."
이제는 다른 대답을 들을 수 있으리라 검후는 내심 기대하고 있었다. 하지만 그녀의 기대는 또다시 묵살되고 말았다.
"들지 못합니다."
비류연이 대답했다.
"또, 왜!"
검후가 버럭 소리를 질렀다.
"당연하지 않습니까? 전 검을 쓰지 않으니깐요. 모든 무인이 검을 애병으로 써야 한다고 생각하는 것은 편견이라구요."
"뭣이라? 무인이 검을 들지 않고 또 무엇을 든단 말이냐? 검이야말로 만병지왕이다!"
"그런데 저쪽 분은 그 이야기에 찬성하지 않으시는 것 같은데요?"
비류연이 손가락으로 가리킨 곳, 그곳에는 시근덕거리며 '검은 샌님이나 쓰는 장난감! 도야말로 무인의 기개!' 라고 외쳐대고 있는 도성이 있었다. 그 옆에서 검성이 말리고 있었지만, 그도 도성에게 그다지 좋은 말을 듣지는 못했다. '시꺼! 네놈도 한패지! 이 나쁜 검쟁이 녀석들! 도야말로 무인의 꿈이야!' 라는 말이 좋은 말이라고 생각하는 사람이 있다면 또 다르겠지만 말이다. 검후가 다시 말했다.
"그럼 너의 무기를 꺼내 들어라!"
"저의 무기라면 굳이 꺼내 들 필요가 없습니다. 그것들은 언제 어디서든 항상 준비되어 있으니깐요."

"호오? 그것 참 흥미로운 이야기로구나. 너의 마음이 그것들 모두를 지배하고 있다고 생각하느냐?"

"그것은 저의 마음이 가는 곳으로 함께 움직입니다. 그것은 저의 손발과 마찬가집니다."

"내가 너를 얕보고 있었는지도 모르겠구나. 좋다, 어쨌든 약속은 약속이다. 지금부터 십 초를 받아내면 네가 이긴 것이다. 처음에는 가볍게 몸을 푸는 의미에서 이것으로 상대해주마!"

검후가 손에 꺼내든 것, 그것은 바로 누에에서 뽑은 실로 짜 만든 나풀나풀하고 하늘하늘한 체대였다.

"그걸로 상대하시게요?"

"왜, 문제라도 있느냐?"

"아뇨. 이미 무기의 제약을 벗어난 사람의 손에 무엇이 들려 있든 무슨 상관이겠습니까."

비류연의 말은 매우 옳은 말이었다.

"조심하거라, 그렇지 않으면… 죽는다!"

검후의 신형이 사람들의 시야에서 갑작스레 사라졌다.

"어?"

사람들이 채 놀라기도 전에, 비류연이 채 놀라기도 전에 검후의 신형은 비류연의 바로 코앞까지 육박해 있었다. 그리고 단숨에 상대를 자신의 간격 안으로 끌어들인 검후는 사정 따윈 보지 않고 우수를 힘껏 내리쳤다.

쾅쾅쾅쾅쾅!

 산이 부르르 떠는 진동과 함께 대지가 갈라졌다. 충격파는 아귀처럼 흙과 자갈과 먼지를 먹어치웠고, 덕분에 대지에는 거대한 홈이 파였다.

 흉폭한 충격파의 이빨은 배가 고팠던지 비류연의 오 장 뒤에 서 있던 아름드리나무까지 갈기갈기 찢어발겼다. 다리가 없는 탓에 충격파의 직격을 미처 피하지 못한 그 아름드리나무는 곧 천둥 신의 북소리 같은 단말마 비명을 지르며 요란스레 부서져 내렸다. 세월의 풍상 속에서 수백 년을 버텨온 나무 한 그루가 순식간에 이쑤시개 더미로 변하는 순간이었다. 흙먼지가 뭉게구름처럼 일어났고, 그 서른 배의 시간을 들여 조용히 그리고 천천히 가라앉았다.

"저거… 아무래도 진심인 것 같은데……."

"으음, 아무래도 그런 것 같군."

 도성과 검성의 얼굴이 약간 굳어졌다. 설마 까마득한 후배를 상대로 손속을 섞음에 있어 이렇게까지 진심으로 임할 줄은 몰랐던 것이다.

"마, 말도 안 돼!"

 이들과 조금 떨어진 곳에서 같은 것을 지켜보던 장홍과 효룡, 윤준호는 전신에 소름이 돋는 것을 느꼈다. 아직 혈기방종한 그들이었기에 검성이나 도성처럼 능숙하게 평정심을 유지할 수 없었다.

 이 무슨 터무니없는 힘이란 말인가?

 이 일격에 직격당하면 아무리 비류연이라도 가루가 되어 으스러져 버릴 것만 같았다. 그녀의 손에 들려 있는 것이 정말로 나풀나풀한 체대인지도 의심스러워졌다.

"이것이 천무삼성이라 불리는 이들의 힘이란 말인가?"

찌릿찌릿!

아직도 정수리 백회에서 발바닥 용천까지 일직선으로 관통한 전율이 가시지 않고 있었다.

"아니요!"

나예린은 고개를 가로저었다. 그리고 장홍의 말을 정정해주었다.

"아직 저분의 힘은 겨우 십분의 일 정도밖에 발휘되지 않았어요!"

뿌옇게 솟아올랐던 흙먼지가 가라앉자 그 먼지 구름 사이로 비류연의 모습이 드러났다.

그는 벼락같은 일격이 떨어진 곳으로부터 한 자밖에 되지 않은 곳에 아슬아슬하게 서 있었다. 그의 정수리를 향해 매섭게 떨어지던 벼락을 간신히 피할 수 있었던 모양이었다. 그러나 크게 놀란 기색은 아니었다. 오기로 태연함을 가장하고 있는 건가 하는 의구심이 들기도 했지만 알 수 없었다.

"휘유우우우······."

자신의 옆에 길게 패인 대지의 상처를 보며 비류연은 긴 휘파람을 불었다.

"직격당했다면 뼈도 못 추렸을 것 같네요."

비류연이 가볍게 휘파람을 불며 말했다.

"하지만 검후라 칭송되는 분의 검이 이토록 단순무식할 줄은 미처 몰랐습니다."

비록 빗맞았다고는 하지만 이 정도 일격을 목격하고도 비류연의 목소리에는 여유가 있었다.

"후배를 상대하는 데 전력을 쏟을 수야 없지 않겠느냐! 방금 건 경고였다."

별 감정이 느껴지지 않는 차분한 목소리로 검후가 말했다. 네가 잘나서 피할 수 있었던 게 아니라는 뜻이었다.

"하지만 이번에도 피할 수 있을까?"

본편은 이제부터였다.

"제이 초!"

순간, 검후의 신형이 다시 중인의 시야에서 사라졌고, 다음 순간 비류연의 오른쪽 측면에 나타났다. 검후의 출수는 바람처럼 빨랐고, 미처 피하지 못하고 옆구리까지 끌어올린 비류연의 팔뚝에 직격했다.

둥!

체대에 얻어맞은 비류연의 몸은 포물선을 그리며 붕 날아갔다. 충격파만으로도 나무를 두 동강 내는 일격이었다. 그 어마어마한 위력이 고스란히 비류연의 몸을 강타한 것이다. 부드러움으로 강함을 제압해야 하는 체대를 강함으로 강함을 누르는 방식으로 쓰는 사람은 강호 천지에 오직 그녀 한 명밖에는 없을 것이다.

검후는 공중에 붕 뜬 상태의 비류연을 향해 재빨리 도약했다. 그는 아직 신형을 제대로 수습하지 못하고 있었다. 하지만 검후는 인정사정 보지 않고 체대를 힘껏 내리쳤다.

"제삼 초!"

'평' 하는 소리가 요란스럽게 울려 퍼졌고, 그와 함께 비류연의 신형은 화살처럼 빠른 속도로 튕겨져 날아갔다. 그의 몸이 커다란 암괴에 정통으로 부딪혔다.

콰쾅!

그러자 천지를 진동시키는 듯한 굉음이 울려 퍼졌다. 비류연의 몸이 부딪힌 곳을 중심으로 거미줄 같은 균열이 좌르륵 퍼져 나갔다. 엄청난 위력이었다.

"이… 이럴 수가……."

그 광경을 목격한 나예린의 얼굴이 당장에 사색이 되었다.

울려 퍼진 소리로 미루어 짐작할 때 명이 붙어 있으면 천행이었다. 하지만 그렇다 해도 성하지는 않을 듯 보였다. 아마 비류연으로서는 강호에 나와 처음 당하는 수모였을 것이다.

'드디어 녀석도 임자를 만난 것일까?'

아직 단정 짓기는 일렀다.

"죽었을까요?"

딱딱하게 굳은, 하지만 자신이 목도한 압도적인 힘에 대한 경이로움 역시 감추지 않은 채 모용휘가 물었다. 그는 방금의 공방 전체를 파악하지는 못했던 것이다.

"아직 아니다."

검성의 통찰은 정확했다. 이미 그의 안력은 흙먼지 정도로 현혹시킬 수 있는 게 아니었다.

고수의 싸움이란 누가 얼마나 많이 그리고 자세히 보느냐의 싸움이었다. '관(觀)'과 '찰(察)'의 싸움인 것이다. 힘은 그 다음이었다.

검후, 검을 들다
-모습을 드러낸 검후의 검-

고요한 침묵의 장막이 장내를 뒤덮었다. 사사로운 잡담으로 이 침묵을 깨는 사람은 아무도 없었다. 그들의 신경은 구름처럼 뿌연 먼지가 일어나고 있는 한 장소에 집중되어 있었다.

나예린 역시 심리적 충격 때문인지 망연자실 말을 잇지 못하고 있었다.
"독고 언니, 설마 진짜로 그 사람이 죽었을까요?"
안절부절못한 채 나예린 곁에 서 있던 이진설이 울상이 된 얼굴로 독고령에게 물었다. 독고령은 한쪽 눈을 차갑게 빛내며 한 남자가 메다꽂힌 바위더미를 바라보고 있었다.
"저 정도로 죽을 남자였다면 예린의 광신도들에게 벌써 예전에 골백번도 더 죽었을 것이다. 아니 그 전에 내 손에 죽었을 테지! 난 바퀴벌레같이 끈질긴 생명력을 지닌 저 남자가 저 정도에 죽을 거라고는 생각지 않는다. 그러니 너도 그를 믿도록 해라!"
마지막 말은 자신의 사매를 향한 말이었다. 어느샌가 독고령의 오른손은 나예린의 왼쪽 어깨에 올려져 있었다. 사자매 간의 마음이 통하는 데 긴 말은 필요 없었다. 그녀는 자신을 걱정해주는 사자(師姉)의 마음을 충분히 이해할 수 있었다.

"어, 언니! 저기 봐요!"

그때 장내의 변화를 알아챈 이진설이 손가락으로 가리키며 외쳤다.

"거 봐라! 내가 뭐랬니? 그의 생명력은 바퀴벌레만큼이나 끈질기다고 했잖아. 하지만… 그는 저대로 누워 있는 편이 좋을지도 몰라. 난 이 이후가 더 두렵구나!"

"왜요?"

"그럼 적어도 저분의 손에 검이 들리지 않게는 할 수 있을 테니깐. 넌 저분의 손에 검이 들린다는 게 얼마나 무서운 일인지 상상할 수 있겠느냐? 난 감히 상상할 수 없다. 저분의 검이 검집에서 뽑히는 순간… 그는 틀림없이 죽을 것이다."

독고령은 심하게 떨리는 목소리로 말했다.

"콜록콜록! 아야야… 이건 좀 너무하잖아요……."

자욱한 흙먼지를 헤치며 초대형 바퀴벌레 하나가 어슬렁어슬렁 걸어나왔다.

비류연의 몸은 생각 이상으로 튼튼했던 모양이다. 그는 지붕 꼭대기에서 떨어진 사과 같은 운명은 아니었던 것이다.

"이럴 수가! 나의 일격을 맏고도 멀쩡하다니……"

설마 허세인가? 하지만 검후로서는 비류연이 아직 두 다리로 멀쩡히 서 있는 데다가 무례하게 걷기까지 하고 있다는 사실이 믿기지 않았다. 아무래도 절단이 덜 난 모양이었다.

먼지 구름을 헤치고 나온 비류연은 대수롭지 않은 듯 태연하게, 상대의 시선을 신경쓰며, 천천히 자신이 입고 있는 흑색 무복에 뽀얗게 내려앉은 황색 먼지들을 툭툭 털어냈다. 이때 중요한 것은 대수롭지 않은 듯 느긋하게 굴면서 조금 전 당한 일격이 자신에게 눈곱만큼의 후유증도 남기지 않았다는 것을 시위하는 것이다.

"이야아아… 위험했다……! 정말로!"

우득우득!

비류연이 자신의 고개를 좌우로 세차게 꺾고 어깨를 돌릴 때마다 관절 사이에서 으드득 소리가 요란스럽게 울렸다. 이 가당치 않은 행위에 검후의 눈썹이 살짝 솟구쳤다.

하지만 일부러 그것을 무시한 채 비류연은 손을 좀 더 바지런히 움직여 몸 구석구석을 세심하게 털어낸 다음에야 몸을 바로 세웠다.

"절 죽일 셈입니까? 진짜로 죽을 뻔했다구요!"

그것은 사실이었다. 엄청나게 무자비한 공격! 일 푼의 동정도, 한 치의 인정도 담겨져 있지 않은 일격! 검후의 일격에는 분명히 그것이 들어 있었다. 자신을 베고야 말겠다는 의지. 잘못 느꼈을 리가 없었다. 그 느낌을 감지해내지 못한다는 것은 언제 죽어도 이상하지 않다는 말이나 진배없는 것이었다. 그것은 명명백백 틀림없는 살기였다.

"그 정도 각오는 해줘야 하지 않겠느냐? 어떤 비무에 임하더라도 진지해야 하지. 마치 실전처럼. 비무라도 상대를 봐줄 수는 없는 일 아니겠느냐?"

검후가 말했다.

"정말 그럴까요? 제가 보기엔 자신의 검 하나 제대로 통제하지 못하시는 분 같지는 않은데요? 제가 착각한 건가요?"

"글쎄… 그건 다음 내 일 초를 한 번 더 받아보면 확인할 수 있을 게다."

앞으로 이 초도 필요 없다는 선언 같았다.

"글쎄요? 근데 뭘로 하시게요? 제가 보기엔 이제 공격할 거리가 남아 있지 않으신 것 같은데요?"

"뭐라고? 무슨 뜻이냐?"

"잘 보시죠."

검후의 눈이 경악으로 부릅떠졌다.

'어느새? 눈치채지 못했는데?'

그녀의 눈을 피할 수 있는 사람은 정말로 드물었다. 아니 그것은 그녀를 경악시키는 것만큼이나 거의 불가능에 가까운 일이었다. 그런데 오늘 지금 이 순간 그 두 가지를 동시에 해낸 사람이 탄생했다

언제 손을 쓴 것일까? 그녀가 들고 있던 체대가 십 수개의 조각으로 토막토막 잘리더니 꽃잎처럼 팔랑팔랑 땅에 떨어졌다.

완전히 압도하고 있었다고 생각했는데… 검후는 자신의 생각을 수정해야만 한다는 사실을 인정해야 했다. 상대는 상상 이상으로 녹록지 않았다.

"재미있구나! 인정하마. 네가 내 검을 받을 자격이 있다는 것을!"

검후가 위험한 미소를 지으며 말했다.

"정말 놀랍군. 검후의 눈을 피해 저런 재주를 부릴 수 있는 사람이 있었다니……."

도성은 자기도 모르게 탄성을 질렀다. 검후의 삼 초를 받고도 아직 멀쩡한 데다가 그녀에게 검까지 뽑게 만들다니… 녀석은 자신을 놀라게 할 자격이 충분했다.

"동감일세. 하지만 저 아이에겐 그것이 불행이 될지도 모르겠군."
검성 역시 감탄한 모양이었다.
"누가 키운 녀석일까?"
"글쎄, 확신할 수 없군. 지금까지의 움직임만으로는 아직 그의 사승을 알아내기가 힘들어!"
"근데 정천, 저 둘 말리지 않아도 될까? 점점 위험해지는 것 같은데."
"음, 그게 가능하면 그러는 게 가장 좋다고 생각하네. 누가 고양이 목에 방울을 달 것인지만 정하면 말일세. 자네가 할 텐가?"
"뭐? 나보고 그녀의 사업을 방해하라고? 농담 말라구, 그런 건 정중히 사양일세! 난 오래 살고 싶다구."
"그것 참 우연의 일치군. 사실은 나도 방금 그렇게 생각했다네."
"으음… 아무래도 우리 둘은 마음이 통하는 것 같군. 우리 서로 목숨은 소중히 하도록 하세."

결국 두 사람은 그냥 지켜보는 쪽을 택하기로 했다. 그게 신상에 이로울 것이 틀림없다는 확신을 그들은 가지고 있었다. 저런 표정을 하고 있는 그녀는 특히 위험했던 것이다. 건드리면 당장에 폭발한다. 그리고 그 폭발의 충격은 두 사람이 감당해낼 성질의 것이 아니었다. 아무리 천무삼성이라고 해도 마찬가지였다. 그것은 무공의 고하와는 전혀 다른 성질의 문제였고, 이 둘은 오랜 경험과 교훈을 통해 그것을 잘 체득하고 있었다. 그래서 그들은 비겁하다는 소리를 들을지 언정 그냥 수수방관하기로 했다.

전혀 천무삼성답지 않은 두 사람의 모습은 곁에서 지켜보는 모용휘에게 황당함을 심어주기에 충분했다.

'도대체 얼마나 두렵길래? 두 분 다 뭔가 약점이라도 잡혔나?'

모용휘로서는 도저히 이해가 안 가는 불가해한 일이었다.

검후는 끝자락만 남은 체대를 쥔 채 자신의 허리춤을 물끄러미 내려다보았다.

"내가 검을 뽑은 지 얼마나 되었더라?"

녹을 방지하고 예기(銳氣)를 유지하기 위해 '소지'하려 꺼낼 때는 자주 있었다. 하지만 그런 건 검을 뽑았다고 하는 게 아니다. 다만 꺼내보았을 따름이다. 제자를 가르치기 위해, 수련을 위해, 시범을 보이기 위해 꺼내들었던 적도 있었다. 하지만 그것 역시 검을 뽑았다고는 할 수 없는 것이었다.

'진정으로 사람을 베기 위해 뽑았던 때가 언제였었지?'

검을 뽑았다고 하는 것은, 진정으로 사람을 베기 위한 각오를 가졌을 때를 의미했다. 이제는 기억도 가물가물한 아득히 먼 옛적의 일처럼 느껴진다.

그런데 지금 최강의 여인이 검을 뽑으려 하고 있었다. 최고의 경의를 담아, 최고의 힘으로.

"네가 과연 이번 일격도 막을 수 있을까?"

스윽!

검후의 왼손이 칼집 위에 살포시 얹어졌다. 가장 완벽한 상태, 최상의 속도로 발검하기 위한 준비였다. 그것만으로도 분위기가 전혀 딴판으로 변했다. 그녀 자체가 검과 동화되어 마치 뽑히기 직전의 검과 같은 섬뜩한 날카로움이 비류연을 압박했다.

"과연! 이래서야 허투루 대할 수 없겠군요."

소매 안에 감추어진 팔뚝에 소름이 돋는 게 느껴졌다. 확실히 이 아줌마는 강호 출두 후 지금까지 싸워온 사람 중 가장 무서운 검기의 소유자임에 분명했다.

"진심으로 해볼 생각이시군요."

"물론! 왜 겁나느냐?"

"농담도 잘하시는군요! 좋습니다! 선의에는 선의, 악의에는 악의, 그리고 진심에는 진심! 그게 저의 신조죠!"

검후의 검, 마침내 뽑히다

'설마 검까지 뽑게 될 줄이야……'
처음에는 가볍게 할 마음이었다.
상대는 새까맣게 어린 후배인 것이다.

무림 최고의 배분인 자신이 이런 어린아이를 상대로 진심이 된다는 것 자체가 웃긴 이야기였다. 그러나 이제는 본능이 그것을 거부하고 있었다.
"좋다! 네가 어느 정도의 그릇[器]인지 시험해봐주마!"
차캉!
검후의 왼손 엄지가 검을 살짝 검집에서 밀어냈다. 그 순간 채 한 뼘도 드러나지 않은 백옥 같은 순백의 검신으로부터 차가운 한기가 안개처럼 뿜어져 나왔다. 그리고 동장군의 얼음 검처럼 차가운 냉기는 살기와 한데 버무려져 주위의 공기를 급속도로 잠식해 나가기 시작했다. 가을 오후의 태양이 숨을 죽이고 초목이 추위에 벌벌 떨었다.
"저, 저럴 수가!"

모용휘는 자신의 눈으로 직접 목도하고도 믿을 수가 없었다. 아직 조금만 움직여도 땀이 살짝 배어나올 만큼 따뜻한 가을날이었고, 태양은 눈을 시뻘겋게 뜬 채 중천에 걸려 있었다.

동장군(冬將軍)이 겨울의 군세를 이끌고 찾아오려면 절기가 두서너 개는 더 지나야 했다. 그런데도 어찌된 일인지 비류연의 입에서는 입김이 뿜어져 나오고 있었다. 검후의 검기가 그의 주위를 면밀하게 물샐 틈 없이 장악했다는 증거였다. 검후와 비류연의 주변은 이미 북풍한설이 몰아치는 차가운 겨울이었다.

"기(氣)… 기가……."

모용휘의 목소리가 전율로 떨리고 있었다. 마른침이 목젖을 꿈틀거리게 만들었다.

"막대한 기가 대기를 일그러뜨리고 있어!"

대기를 일그러뜨리고, 공기의 소용돌이를 만드는 막강한 기의 소용돌이였다. 그리고 그 소용돌이는 자신의 세력권을 전혀 다른 세계로 분리시키고 있었다.

고수의 싸움은 싸우기도 전에 이미 그 승패가 갈린다고 한다. 고수가 방출하는 농밀한 살기와 막대한 투기에 짓눌려버리면 대부분의 범인은 전의를 상실해버리기 때문이다. 처음부터 기세에 밀리면 그 다음 싸움은 더 이상 승산이 없다고 보는 게 옳았다.

"겨울의 눈보라… 자연을 감응(感應)시킬 정도의 기를 방출하다니……. 진심이로군! 저 아이가 그렇게까지 하지 않으면 안 될 상대란 말인가!"

검성이 심각한 표정으로 중얼거렸다. 도성이 맞장구를 치며 고개를 끄덕였다.

"음! 이거 생각 이상으로 위험하게 됐군. 이대로는 중간에 끼어들기조차 힘들지도 몰라."

최상위 고수가 발출하는 거대한 기와 그 막대한 존재감은 주변 환경을 자신의 색으로 물들인다.

'이, 이 믿을 수 없는 막강한 신위… 이것이 바로 천무삼성의 진면목이란 말인가!'

모용휘는 전신에 소름이 돋는 것을 느꼈다. 이런 강렬한 전율을 느끼는 것은 비단 자신뿐만이 아닐 것이다. 그는 그것을 확신할 수 있었다.

정신이 아득해질 것만 같은 공포, 지금 당장 몸을 돌려 도망가고 싶은 두려움, 심저의 닫힌 문을 두드리는 정신적 압박. 자기보다 까마득하니 높은 자를 본다는 것은 기쁜 일임과 동시에 지독히 슬픈 일이었다. 자신의 처지를 자각할 수 있기에 그것은 도약의 기반이 되기도 하고, 좌절의 기점이 되기도 한다. 그래도 두 가지 중 어느 길을 택할 것인가는 모두 자신의 몫이었다.

"계절을 거스르다니… 어떻게 저런 일이 가능하단 말인가?"

검성이 경악과 찬탄과 외경의 혼란 속에 서 있는 손자를 힐끗 바라보았다.

"휘야, 너는 산택통기(山澤通氣)란 말을 아느냐?"

검성의 입에서 알아들을 수 없는 말이 흘러나왔다. 모용휘는 그 가르침이 자신을 향하고 있다는 것을 금세 알아차리고는 경청할 자세를 취했다.

"가르침을 주십시오, 할아버님!"

검성이 고개를 끄덕였다. 그의 손자는 정말 가르칠 만한 인재였다. 그는 이 비무를 통해 자신의 손자가 무엇인가를 얻기를 바라고 있었다. 그리고 그의 가르침에서 뭔가를 얻는 것은 이제부터 모용휘의 몫이었다.

"천지자연은 서로 떨어져 있는 것처럼 보여도, 유기적인 관계망 속에서 서로 연결되어 있다는 뜻이다.

호수 위에 산이 있다고 치자. 그들은 얼핏 보기에 전혀 관계없는 다른 존재처럼 보인다. '물은 물이요, 산은 산이로소이다' 인 것처럼 말이다. 하지만 과연 그러한가?

호수의 물은 증발하여 하늘로 올라가고 구름이 되고 비가 되어 산 위로 떨어져 산 위의 나무들을 자라게 한다. 물은 나무에 흡수되고 나머지는 천맥을 따라 다시 호수로 흘러 들어온다. 이것은 현상적인 측면을 가지고 예시를 든 것에 불과하지만 본질적 측면에서도 마찬가지로 적용되는 법칙이다. 이 모두가 천지자연이 서로 감응(感應)하기 때문에 가능한 일이지. 감응이라는 것은 서로가 기를 주고받으며 영향을 주고받는 것을 뜻한다. 검후의 저것도 자기 내부의 소우주와 외우주를 보다 적극적으로 연결하려는 시도이다."

세상의 모든 것은 하나의 '리(理)'에 의해 엮여 있다. 때문에 그 '리'의 그물의 만다라화(曼茶羅畵)보다 복잡무쌍한 문양(文樣)을 타고 주변의 영향력을 행사하는 것도 가능한 것이다.

강력한 존재감은 그곳에 집약된 기의 밀도와도 정비례하는데, 그런 면에서 검후 이옥상이 지닌 존재력은 어마어마한 것이라 할 수 있었다.

그녀가 여름이라 하면 겨울이라도 그곳은 여름이고, 그녀가 겨울이라 하면 여름이라도 가을이라도 그곳은 겨울이 된다. 이 절대적인 존재력이 바로 초고수의 진면목이라 할 수 있다.

슈욱!

물속을 헤엄치는 잉어처럼 매끄럽게 검후의 검이 검집을 빠져나왔다. 마침내 검후의 검기가 수십 년 만에 세상에 드러난 것이다.

"보았느냐?"

독고령이 나예린을 향해 떨리는 목소리로 물었다.

"아니요, 보지 못했습니다. 아니 볼 수 없었어요. 마치 검은 장막에 둘러쳐져 있는 것처럼 아무것도 볼 수 없었습니다."

"너의 용안(龍眼)으로도 읽어낼 수 없단 말이냐?"

나예린이 고개를 끄덕였다.

"그것도 만능은 아니라는 것이죠. 없는 것을 있게 만드는, 무에서 유를 가져오는 능력은 아니니까요."

천지의 운행, 음양의 동정, 상생상극(相生相剋)의 오행, 착종(錯綜)하는 팔괘. 그 흐름들을 무의식중에 읽고 몸으로 정보를 받아들여 종합 분석하는 신기, 용안. 이것 역시 자연이 서로 감응하기에 가능한 기이다. 혹자는 모든 일은 과거와 현재와 미래를 뛰어넘어 오직 지금 한순간 동시에 발생하는 자연(自然)의 동시성(同時性)에 의해 가능하다고 말한다. 그러나 그것 역시 만능은 아니었다. 변수가 무한에 가까워질수록 읽는 것은 어려워진다.

검후와 같은 초고수의 경우 아예 읽어내지 못하는 경우도 있었다. 혹 읽어낸다 해도 몸이 따라갈 수 없거나…….

그런데 비류연은 섬광처럼 빠른 발검술을 피해낸 것이다. 그 모든 변식을 읽었단 말인가? 아니면 단순한 운……?

"어쩌면 이 승부… 예측하지 못한 결과가 나올지도 모르겠구나."

조금 전 무슨 일이 벌어졌지?

어안이 벙벙하지 않은 이는 오직 검성과 도성 두 사람뿐이었다. 그 외의 사람들은 모두 눈을 부릅뜨고 있었다.

일말의 기미도, 미세한 근육의 떨림도, 형체도 없이 검기는 공간을 가르고 비류연의 어깻죽지 위를 가르고 지나갔다. 비류연은 그 자리에 붙박인 듯 꿈쩍도 하지 못했다. 그러나 예리한 면도날에 잘려진 듯 갈라진 천 사이로 핏물은 배어나오지 않았다. 살갗은 빼고 옷만 베였던 것이다.

"어머, 긴장할 필요는 없어요. 이번 건 그저 단순한 맛보기였을 뿐이니까."

생긋 웃으며 검후가 말했다. '네가 잘나서 피한 게 아니라 내가 일부러 빗맞혔다'는 의미였다.

사라라락!

살짝 잘려진 머리카락 몇 올이 바람에 흩어졌다.

"어떠냐? 지금 여기서 그만 포기한다면 받아줄 용의도 충분히 있는데?"

투항 권고였다.

"그래요, 류연! 너무 무모한 일이에요. 당신이 아무리 강하다 해도 사부님을 이길 수는 없어요. 그만 포기해요!"

지켜보던 나예린이 때는 이때다 싶어 다급한 목소리로 외쳤다. 평소 차가웠던 그녀의 목소리는 몹시 동요하고 있었다.

"어? 지금 나 걱정해주는 거예요? 이거 기쁜데요!"

상황의 긴박함을 아는 건지 모르는 건지 도대체 알 수 없는 비류연이 약간 들뜬 목소리로 말했다. 그러고는 검후를 향해 다시 몸을 돌려 또렷한 목소리로 말했다.

"난 포기하지 않습니다."

"권주를 마다하고 벌주를 마시러 하는구나!"

검후가 냉랭하게 대꾸했다. 그녀의 검에 다시 기운이 응집되기 시작했다.

"이번엔 진짜로 가겠다!"

비류연은 정신을 집중했다. 눈도 깜빡여서는 안 된다. 만일 그랬다가는 그 순간 바로 검후의 검이 자신의 목을 관통하고 말리라.

"젊은이가 너무 무모하군."

이를 지켜보던 검성과 도성의 일관된 평이었다.

'무모?'

과연 그럴까? 모용휘의 생각은 조금 달랐다. 삼 년 전이었으면 그 역시도 다른 이들과 마찬가지로 비류연의 도전이 참으로 얼토당토않은 무모 무식의 극치라고 단정 지었을 것이다. 하지만 지금 그의 시각은 그때와는 조금 달라져 있었다. 그는 어떤 기적을 기대하고 있었다. 지금까지 그가 그래 왔던 것처럼 다시 한 번 상상하던 것 이상의 것을 보여줄 것을! 일상과 일반이 규정지어놓은 상식의 틀을 깨고 한정 지어진 한계를 뛰어넘어 새로운 경지로 비상하는 것을!

"전 성격이 좀 삐뚤어져 있어서 한 번 뱉은 말은 꼭 지켜야 직성이 풀리거든요. 말만 내뱉고 행동으로 옮길 힘이 없다고 포기해버리는 대중의 무리에 끼는 건 정말 싫걸랑요. 지위랑 나이에 상관없이 내뱉은 말은 꼭 지켜야죠. 아니 나이가 많고 사회적 지위가 높은 사람일수록 더욱더 철저히 지켜야 하지 않을까요? 그래서 전 제가 이 내기에서 이기면 꼭 약속을 이행해주시리라 믿습니다."

이것은 그의 본심이었다. 그리고 내뱉은 말을 당신도 꼭 지키라는 무언의 압력이기도 했다.

"물론이다! 스스로 지키지 못할 말은 내뱉지도 말아야지. 지키지 못할 말을 남발하는 혀가 무슨 소용이 있겠느냐? 사회에 해악을 끼치는 존재밖에 더 되겠느냐?"

"그 말을 들으니 저로서도 무척이나 안심이 되는군요."

검후의 호쾌한 대답에 비류연이 만족스런 미소를 지었다.

"오호호호! 보기보다 영악한 녀석이로구나! 좋아좋아! 걱정마라. 내가 내뱉은 말은 무슨 일이 있어도 지킨다. 설사 오늘 나의 목숨이 다하는 한이 있더라도 내가 내뱉은 말은 나의 동료들에 의해 끝까지 지켜질 것이다. 그리고 지금 이 비무를 보고 있는 많은 관중이 내가 약속을 이행하는지 하지 않는지에 대한 공중인이 될 것이다. 이제 믿을 수 있겠느냐?"

"아뇨! 그래서는 전혀 믿을 수 없습니다."

비류연이 단호하게 대답했다.

"왜?"

"만일 제가 내기가 이긴다 해도 그 사실을 좋아할 사람은 오분의 일도 채 안 될 걸요? 아마 그들은 자신들이 본 것을 부정해버리는 편이 훨씬 행복하다고 생각할 거예요."

"너, 원한을 좀 많이 사는 체질인가 보구나?"

"원래 인기인은 고달픈 법이죠!"

"좋아! 그렇다면 우리 두 사람이 증인이 되어주지!"

그들을 향해 두 사람이 걸어나왔다.

누구지? 몰라? 너는 알아? 웅성거림은 사방에서 들려왔다.

두 사람은 초립을 쓰고 있었기 때문에 겉모습만 봐서는 신분을 짐작하기가 힘들었다.

"어머 두 분이 갑자기 무슨 바람이지요? 이런 일에 이렇게까지 발 벗고 나서다니?"

검후가 의외라는 투로 말했다.

"허어, 좀 전에 자기가 죽으면 우리한테 다 떠넘긴다고 스스로 말했으면서… 발뺌하는 거요?"

짱달막한 도성이 검후에게 핀잔을 주었다.

"어머 그랬었나요?"

"우리 두 사람이 공증을 서면 불만 없겠나?"

"정말 못 말리겠군요. 두 사람 다 어린애처럼 나서다니… 불만이 있을 리 없지요. 천하의 검성과 도성, 이 두 사람의 공증에 이의를 제기하는 자가 어떻게 있을 수 있겠어요?"

나직한 한숨을 내쉬며 한 말이었지만 그녀의 말이 가져온 충격은 엄청난 것이었다.

검성과 도성!

이들의 정체를 안 중인은 벼락을 맞은 사람들처럼 몸을 부르르 떨었다.

말로만 전해지던 무림의 신화가 다시 그들 앞에 모습을 드러낸 것이다. 천무삼성을 한자리에서 볼 수 있다니… 아무나 접할 수 있는 행운이 아니었다.

검과 도의 신, 모든 무인이 목표로 하는 우상 중의 우상. 어찌 감격스럽지 않을 수 있겠는가? 개중에는 너무나 감격스러워 눈물을 흘리는 사람도 있었다. 기절한 사람이 나오지 않은 게 다행이라면 다행일 수 있었다.

"이제 안심이 되느냐?"

"물론이죠. 누가 감히 세 분의 신용에 토를 달 수 있겠습니까!"

비류연은 천무삼성의 등장을 보고도 그다지 놀라지 않은 듯했다. 그래도 그로서는 드물게 상당히 예의를 갖춘 대답이었다.

천무삼성 전원이 공인한 약속, 이것은 강호에서 가장 신뢰도 높은 약속이라 할 수 있었다. 목숨이 아까운 줄 모르는 이와 수치를 모르는 이 빼고는 이들의 약속에 토를 단다거나 하는 일은 일어나지 않을 것이었다.

사람들은 조금이라도 더 가까이서 세 사람을 보기 위해 발돋움을 하고 있었다. 둘러쳐진 원이 조금씩 가까워지고 있었다.

검성과 도성이 다시 모용휘의 옆 자리로 돌아가서야 혼란이 어느 정도 수습되어 소강상태가 찾아왔다.

"그럼 준비가 되었느냐?"
 검후가 검을 겨누며 물었다.
"전 항상 준비가 되어 있죠!"
"좋은 대답이다. 그럼 어디 한번 젊은 영계와 벗하여 놀아볼까?"
 검후의 입가에 야릇한 미소가 어렸다.

작열! 검후의 필살오의!

장난, 그 이상도 그 이하도 아니었다.
애초에 진심일 생각은 없었다.
자신이 전력을 다해야 하는 경우는 딱 두 가지뿐이었다.

하나는 상상하기조차 끔찍한 가정이지만 천겁혈신이 부활했을 경우, 나머지 하나는 검성과 도성이 자기 접시 위의 음식을 허락도 없이 갈취해 갔을 때뿐이었다. 그런데 지금 검후는 세 번째 경우를 추가해야 하나 말아야 하나 하는 것에 대해 매우 심각하게 고민해야만 하는 처지에 빠져 있었다.

검후는 검을 아래로 조용히 내려 하단의 자세를 잡았다. 그 순간 고요가 감돌았다.

검후가 몰입한 지극한 '정(靜)'의 상태는 고요한 망망대해의 아득한 적막함을 연상시키는 힘이 깃들여 있었다.

"허허, 아름답군! 검후는 바다와 더불어 백여 년을 살더니 이제는 바다를 화현하는 현묘한 경지에 이르렀구려!"

"동감일세! 아름답군!"

검성의 찬탄에 도성 하후식은 간단 진솔한 평으로 그의 마음을 대변했다.

비류연은 설불리 움직이려 하지 않았다. 그는 신중한 눈으로 검후를 직시하고 있었다.

"왜 그러느냐? 겁이라도 나느냐?"

그런 일은 일어나지 않는다. 그것이 비류연의 신조인지라 그는 고개를 가로저었다.

"아뇨! 그건 아니지만……."

"그렇다면 왜 출수하지 않느냐? 설마 이 노인네보고 먼저 손을 쓰라는 것은 아니겠지?"

"저처럼 겸손한 사람은 그 정도까지 자만하지는 않죠!"

태연히 내뱉은 비류연의 그 말은 그걸 주워담아야 하는 주위 사람들 입장에서는 충분히 기막혀 할 말이었다. 다른 사람이 그 말을 사용하는 것은 용납될 수 있어도 비류연에게 그 말, '겸손, 겸허'가 사용된다는 것은 언어도단의 사태였다.

하지만 제반 전후 상황을 꿰고 있지 못한 검후로서는 그 배경에 깔린 사정을 알 도리가 없었다. 그래서… 검후는 칭찬했다.

"기특하구나! 그렇다면 왜 움직이지 않는 것이냐?"

그러자 비류연이 대답했다.

"우리 사부가 그러더군요."

"응?"

"'대적(大寂)'을 경계하라! 크나큰 고요함은 곧 크나큰 태동의 모태니, 극정은 곧 동이라! 팽팽하게 당겨진 활시위에 걸린 화살이 멀리 가는 것과 같은 이치다."

흐르는 계곡물처럼 경쾌한 목소리였다.

"저게 도대체 무슨 소리일까요?"

"글쎄……."

휘몰아치는 윤준호의 궁금증에 비해 장홍의 대답은 형편없을 정도로 궁색했다. 그러나 그것은 비단 이들 둘만의 모습은 아니었다. 다른 여러 사람의 얼굴에도 똑같은 어색함과 난감함이 감돌고 있었다.

하지만 천무삼성의 얼굴에만은 짙은 경탄의 빛이 어려 있었다. 먼저 입을 연 사람은 당사자인 검후였다.

"네 나이가 올해 몇이더냐?"

"글쎄요… 스물하나쯤 되지 않았을까요?"

"놀랍구나! 그 어린 나이에 벌써 물극필반(物極必反)의 이치를 꿰고 있다니!"

검후는 솔직히 놀라고 말았다.

"그 나이에 음양의 이치를 거기까지 깨우친다는 것은 쉬운 일이 아니지! 아니고 말고!"

검성 역시 그것은 인정하는 바였다.

"아니면 가르침이 좋았던가!"

도성이 한마디 덧붙였다. 이 두 사람 역시 이 찬탄에 별 이의가 없는지 가볍게 고개를 끄덕이고 있었다.

'물극필반!!!'

이 네 음절에 모용휘의 귀가 번쩍 뜨였다. 그 역시 들어본 적이 있는 말이었다.

"하지만!"

검후가 강한 목소리로 분위기를 반전시켰다.

"머리로는 잘 알고 있는데, 얼마나 그것을 실현시켜낼 수 있을지 궁금하구나!"

머리로만 아는 것과 그것을 몸으로 실천하는 육화의 과정은 무에서 유를 창조하고, 허(虛)의 리(理)를 실(實)로 변환시키는 존재 형성의 과정이며, 세상을 움직이는 창조의 원천이었다. 천지 차이라는 진부한 표현으로 그 현격한 차이를 그 밑바닥 깊숙이까지 모두 표현해 낸다는 것은 불가능했다.

"그것이라면 직접 시험해보시면 알려드릴 수 있게 되겠지요. 아무리 말로 가능하다고 말해도 실현할 수 없으면 의미 없는 것이고, 체험해보지 못하면 그 체용(體用)된 허(虛)의 리(理)를 실(實)로서 경험하지 못할 것 아닙니까!"

누가 꼬인 인간 아니랄까봐! 좀 알아들을 수 있게 말하면 어디 덧나는가? 그런데도 그걸 알아들을 수 있는 인간이 있는 모양이었다.

"훌륭하구나, 아주 훌륭해! 설마 너의 실력이 그 정도일 거라고는 솔직히 생각지 않았다. 내 너를 무시했으니, 게다가 상대의 실력을 제대로 파악하지 못했으니 너와 내 자신에게 사과해야겠구나!"

상대를 제대로 간파하지 못하는 것은 죽음으로 직결될 수도 있는 일, 그렇기에 검후는 자기 자신에게도 사과하지 않으면 안 된다고 말하고 있는 것이었다. 아무리 고수라 해도 무인인 이상 방심은 금물이었다.

"너는 나의 새로운 오의(奧義)를 받아볼 용의가 있느냐?"

검후가 제안을 하나 내놓았다.

"새로운 오의요?"

"그래, '해상비조천참절(海上飛鳥千斬切)'이란 아주 수수한 이름을 지닌 초식이니라."

검후는 밝고 온화한 미소를 지으며 부드러운 목소리로 대답했다.

"새로운 오의? 그녀가 언제 그런 걸 계발했지? 그리고 지금 와서 그녀가 새로운 초식을 만들 필요가 어디에 있단 말인가? 이미 그녀의 검은 초식(招式)과 형(形)을 초월한 지 오래일 텐데."

검성은 잠시 어리둥절할 수밖에 없었다. 그로서도 처음 듣는 이야기였던 것이다. 필요 없는 것을 굳이 고생해서 만들다니 쉽사리 이해가 가지 않았다.

"어, 자네 몰랐나? 그게 다 자네 때문일세!"

"나? 내가 왜?"

백년지기 친구의 아방한 반문에 발끈한 도성이 검성을 향해 핀잔을 주었다.

"지금 와서 발뺌하는 건가?"

"영문이나 알고 비난당했으면 좋겠군."

그는 정말 억울하다는 표정으로 말했다.

"해상비조천참절. 그 이름을 듣고도 그녀가 왜 그 기술을 고안해냈는지 정말 모른단 말인가?"

"모르네."

검성이 똑부러지는 목소리로 대답했다. 그러자 그의 친구는 관자놀이를 누르면서 한숨을 푹 내쉬었다.

"다 자네의 '강 가르기' 때문 아닌가. 자네, 우리 둘 앞에서 삼십 년 만에 그 기술을 성공시켜놓고 의기양양했더랬지? 그 기술 이름이 뭐라고 그랬더라? '일검단강' 이라고 했던가, '참강만리' 라 했던가? 상당히 뻥이 심한 이름이었더랬는데……."

"이십오 년!"

검성은 귀찮은 걸 무릅쓰고 다시 한 번 정정해주었다. 도성은 그런 모습에 질렸다는 듯 손사래를 치며 다시 말을 이었다.

"자네가 그 어이없는, 그리고 상당히 무모한 기술을 성공시켜버리자 경쟁의식이 발동한 그녀가 뭐라고 호언장담했었는지 벌써 잊었단 말인가?"

"그러고 보니 분명……."

그제야 서서히 잃어버렸던-사실 까먹고 있었을 뿐인-기억이 돌아왔다.

"그래! 바다 위를 나는 천 마리의 바닷새를 베어 보이겠다고 했지. 분명 자네가 강을 거짓말처럼 뚝딱 가른 게 심히 마음에 안 들었던 게야. 아마 눈엣가시처럼 보였는지도 몰라. 암! 이제야 기억이 나나?"

도성이 큼직하게 고개를 끄덕이며 이제야 그 일을 기억해낸 검성을 질책했다. 그는 자신이 그때 느꼈던 매우 황당하면서도 아니꼬운, 그래서 하는 수 없이 감탄해주겠다고 마음먹었던 심정을 아직도 생생하게 기억하고 있었다. 아마 검후의 마음도 크게 다르지는 않았으리라.

"설마… 정말 그 짓을 했단 말인가?"

검성이 믿을 수 없다는 투로 반문했다. 그러나 그것을 듣는 도성의 입장에서는 참으로 어이가 없는 반응이었다. 다른 사람은 몰라도 그는 그 말을 할 자격이 없었다.

"'그 짓'이라니? 이 친구 좀 보게, 못쓰겠네그려. 삼십 년 만에 '그 짓'을 한 건 어디 사는 누구였는지 벌써 잊어먹었나? 그리고 지금도 체통 없이 바다 벤다고 설치고 다니는 사람은? 자네도 저 사람이 우리 중에서 최고 고집쟁이라는 사실은 아까 동의하지 않았나?"

물론 그랬긴 했다.

"그럼 설마 진짜로 그 일을 해냈단 말인가? 그런데 왜 아직도 우릴 불러 자랑하지 않았을까?"

그녀는 그런 것을 기다리는 성격이 아니었다. 그녀의 커다란 현시욕이 작은 인내에 눌렸으리라고는 생각지 않았다.

"아마 최근에 완성한 모양이지. 앗, 시작한 모양이군!"

마침내 짤막한 기합과 함께 검후의 검을 중심으로 하얀 안개처럼 보이는 기가 소용돌이치기 시작했다.

"모두 반경 삼십 장 밖으로 물러서!"

도성이 목소리에 내공을 실어 천둥처럼 외쳤다.

"서둘러!"

무척이나 다급한 목소리였다.

"절대 반경 삼십 장 안으로 한 발짝도 들이지 마라! 만일 잘못해 한 발짝만 더 들어가도…….”
 그는 눈빛을 날카롭게 빛내며 경고했다.
“검권(劍圈)에 말려들어 죽을 수도 있다!”
 검권이란 검이 장악하고 있는 일종의 세력권으로, 보통은 이삼 장만 돼도 놀랍다고 감탄하는 경지였다. 그런데 반경 삼십 장이라니, 도대체 얼마나 무시무시한 검기란 소린가?
“삼십 장으로 충분하겠나?”
 하지만 검성은 그것도 부족한지 사람들을 더 물릴 것을 요구하고 있었다.
“아닐세, 사람들도 이렇게 잔뜩 있는 데다 어린애를 상대로 전력을 다하지는 않겠지. 그 정도 분별력은 있을 걸세.”
 전력을 다하지 않다니… 전력을 다하지도 않는데 삼십 장이나 물러나야 한단 말인가?
“그 다음부터는 자기 몸은 자기가 지켜야지.”
 엄격함이 배어 있는 말이었다.
 사람들은 마른침을 삼키며 팽팽하게 당겨진 활시위처럼 긴장된 장내를 주시했다. 폭발할 듯한 살기가 뿜어져 나오고 있었다.

 중심으로부터 느껴지는 압력이 점점 더 강해지고 있었다. 이제는 보는 것만도 힘겨워하는 사람이 나올 정도였다. 엄청난 압도감이었다.
“정말 무시무시한 검기로군. 나 같은 건 열 명이 달라붙어도 이기지 못하겠어.”

장홍의 순수한 찬탄에 효룡은 고개를 끄덕였다. 하지만 오류를 정정해주는 것 역시 잊지 않았다.

"단위가 한 자리 모자라네요. 열이 아니라 백이겠죠. 그건 그렇고 정말 귀신처럼 무서운 기로군요. 백 년을 넘게 살면 멀쩡한 사람도 귀신이 되는 건가?"

저것은 인간의 것이라 볼 수 없었다. 귀신 도깨비가 아니고서는 지닐 수 없는 엄청난 검기. 그걸 앞에다 두고 있자니 조용히 잠자고 있던 피가 끓어오르는 것 같았다.

'류연, 자네는 과연 이 기에 대항할 수 있는가? 보기만 해도 전의가 꺾여버리는 이 거대한 힘 앞에서…….'

효룡은 손에 땀을 쥔 채 자신의 친구를 바라보았다. 그는 그동안 상상을 불허하는 많은 일을 해왔지만 이번만은 힘들 것 같았다. 하지만 친구의 걱정을 아는지 모르는지 비류연은 너무도 태연하게 자신의 뒤통수를 긁적이고 있었다.

"역시 진심이 아니면 안 되는 건가……."

비류연이 혼잣말처럼 중얼거렸다. 놀이는 잠시 접어두어야 할 듯싶었다. 목숨은 항상 소중히 여겨야 하는 것이기에.

"아아… 이거이거! 힘들게 일하는 건 좋아하지 않는데……."

아무래도 땀을 좀 흘려야 할 듯했다. 역시 백 년을 넘게 살아온 괴물이었다. 강호의 전설이 될 만했다. 조금만 더 시간이 흐르면 그 전설이 괴담이 될 것 같았다. 제대로 하지 않으면 큰 낭패를 볼 수도 있었다. 비류연의 눈빛이 고요하게 가라앉았다.

"분위기가 바뀌었구나?"

딱 꼬집어서 이야기할 수는 없었지만 비류연의 기가 바뀌었다. 이전에는 구름 같기도 하고 표홀한 바람 같기도 한, 마치 허공을 품고 있는 듯 희미하게 느껴지던 분위기가 조금 전을 기점으로 바뀌었다. 굉장히 이질적이면서도 알 수 없는 불안감을 엄습시키는 그런 기운이었다.

"호오? 진짜로 해볼 맘이 든 거냐?"

비류연이 씨익 하고 웃었다.

"아무래도 그런 것 같구나."

검후는 가볍게 고개를 끄덕였다.

'이 순간을 기다렸다!'

장홍은 온몸을 긴장시키며 날카롭게 눈빛을 빛냈다. 땀이 홍건하게 손아귀를 적시고 있었다.

'류연, 이번에는 아무리 자네라도 본신의 진면목을 드러내지 않으면 안 될 걸세!'

장홍은 비류연의 몸에 네 개의 철환이 채워져 있다는 사실을 경험을 통해 알고 있었다. 그것을 풀었을 때마다 비류연은 환상과도 같은 놀라운 능력과 기적에 가까운 신위를 보여주었다. 그를 잘 모르는 이는 그를 그냥 '운수대통 격타금'이라고 부르며 노골적으로 무시하고 있지만, 자신과 효룡 그리고 그 외 몇 명만은 그의 참 모습을 알고 있었다. 하지만 그런 그들로서도 그의 몸에서 네 개의 묵룡환이 해제되는 것은 본 적이 없었다.

'음충맞은 녀석!'

너무 숨기는 게 많았다. 어떻게 숨기는 게 자기보다 많을 수 있단 말인가! 그래서 그 정체를 알아내기가 정말이지 고달팠다. 그는 자신의 실체를 드러낸 적이 한 번도 없었다. 장홍은 직감으로 그것을 알 수 있었다. 어쩌다가 뭔 일을 치렀을 때는 자신이 인식하기도 전이었다. 하지만 이분이 상대라면… 바로 그 검후가 상대라면… 그녀라면 양파 껍질처럼 층층이 쌓인 녀석의 껍질을 하나씩 하나씩 벗겨줄 것이다. 그는 그리 기대하고 있었다.

장홍의 시선은 비류연의 양 손목과 양 발목을 번갈아가며 바라보기를 반복하고 있었다. 그곳에 그게 있었다. 냄비의 내용물을 덮고 있는 쇠뚜껑처럼, 신부의 얼굴을 가리는 면포처럼 성가신 데다 거무틱틱하기까지한 그것, 바로 묵룡환이었다.

"이번에야말로 자네도 그 무식하기 짝이 없는 묵룡환 네 개를 모두 풀지 않을 수 없을 걸세!"

과거, 장홍은 비류연에게 물은 적이 있었다. 손목과 발목에 채워져 있는 묵룡환이란 괴이한 물건에 대해. 그때 그는 싱긋 웃기만 할 뿐 명쾌한 대답은 회피했다. 하지만 그곳에 비밀이 있는 것만은 분명했다.

장홍은 자신의 모든 감각을 눈에 집중시켰다.

'이번에야말로 반드시! 절대로! 네녀석의 정체를 밝혀주마!'

자신이 이 년이란 시간을 투자하고도 파악하지 못하는 게 있다는 것은 자존심 문제였다.

'나도 밥값은 한다는 것을 보여주마!'

찰캉찰캉!

마침내 비류연의 양쪽 발목에서 묵룡환이 둔탁한 소리를 내며 풀려 나갔다.

쿵!

묵직한 소리를 내며 두 개의 철괴가 바닥에 떨어졌다.

"해제했다!"

그러나……. 희열에 들떴던 장홍의 얼굴은 이내 실망으로 물들고 말았다. 그리고 그 실망 위에 떠오른 것은 어이없음이었다.

"왜지? 어째서냐, 비류연?!"

이와 같은 감상은 옆에 있는 효룡도 마찬가지였다.

'설마 체감하지 못한 거냐? 상대의 강함조차 읽지 못하는 거냐? 너 정도 되는 녀석이 그런 실수를 한단 말이냐?'

장홍은 분노했다.

"이런 젠장! 어째서 네 개 모두 풀지 않는 거지? 어째서? 그렇게까지 자기 자신에 대해 자만하고 있는 건가?"

'오만인가? 아니면 자신감인가?'

그것은 곧 판가름날 터였다.

"어머, 재미있는 걸 달고 다니는구나!"

검후는 예리한 시선으로 묵룡환을 바라보았다. 대충 용도가 짐작이 가는 물건이었다. 저런 걸 차고도 그런 움직임을 보였다는 것 자체로 그는 칭찬받을 만했다. 하지만 자신과 싸우면서도 저런 거추장스러운 것을 달고 있었다니……. 그것은 자신에 대한 모욕으로 간주될 수도 있는 문제였다.

"별로 재미없는 물건이에요. 귀찮기만 하고."

비류연이 태평스럽게 대답했다.

"그걸로 준비는 모두 끝난 거냐?"

"예, 모두 끝났습니다. 언제든지 오서도 좋아요."

"자신감 하나는 정말 탁월하구나. 좋다, 이걸 피하면 검후의 칭호를 주마!"

경악스러움에 사람들의 눈이 접시처럼 크게 떠졌다. 믿을 수 없는 제안이었다. 하지만 이 희대의 제안에 대해 비류연은 일고의 가치도 없다고 생각했다.

"필요 없어요."

시시하다는 듯 거절의 뜻을 밝히는 비류연.

"왜? 누구나 원하는 칭호인데?"

의아해하는 검후의 반문.

"전 남자라구요! 애석하게도 여자가 아니랍니다. 그래서 그런 건 필요 없겠네요. 정 누구에게 떠넘기고 싶으면 예린에게나 주세요. 아니면 저기 저 애꾸눈 누님이라든가?"

"녀석, 입심 한번 좋구나. 하지만 저 아이들은 아직 안 돼. 아직 더 연마하지 않으면 안 되지. 아쉽구나, 네가 여자였다면 내 제자로 삼았을지도 모르는데……."

그녀는 정말 그 사실에 대해 아쉬워하고, 더 나아가 안타까워까지 하고 있는 듯했다. 하지만 비류연은 고개를 설래설래 저었다.

"제자 노릇은 이제 그만두기로 했어요. 기왕 할 거면 남을 가르치는 이가 되기로 정했거든요."

"스승이라… 그 직업은 나도 좀 경험이 있지. 그래서 하는 말인데, 그 직업에는 아무나 종사할 수 없다는 것을 너도 알고 있겠지? 요는 실력이라는 게 있어야 한다는 걸 말이야."

"물론이죠! 그런 기본 원칙을 사실 많은 사람이 수시로 어기고는 있긴 하지만 확실히 알고 있습니다."

"그렇다면 좀 시험해봐도 되겠구나!"

"천천히! 마음껏!"

전신의 기를 끌어올리며 비류연이 조용히 미소 지었다.

이러니저러니 해도 검후는 자신이 새로 고안한 검법을 사용할 수 있게 되었다는 사실에, 또 그럴 만한 인간을 만났다는 데에 대해서 무척이나 기뻐하고 있었다. 그동안 상대가 너무 약해 혹은 상대가 죽으면 어쩌나 하는 마음에 실전에서는 한 번도 써먹어본 적이 없었다.

요즘 애들은 너무 약하다. 온실 속의 화초도 그애들보다는 더 강할 것 같았다. 조금만 힘을 줘도 금방 죽어버리는 것이다.

너무 쉽게 죽어버리면 곤란하다. 그는 충분한 놀이 상대가 되어주지 않으면 안 될 의무가 있는 것이다.

이 검법의 중점은 실용성보다는 화려함에 있었다. 그것도 보는 사람들을 압도할 만큼의. 과시욕으로 만든 것이니 검초에 그 마음이 녹아들지 않을 수 없었던 것이다. 사실 검후 정도 되는 고수면 이런 복잡하고 화려무쌍하면서도 지극히 낭비적인 검초 대신 단 일 초 일식으로 순식간에 상대를 제압할 수 있다. 그럼에도 불구하고 상상만으로도 엄청나게 현란한 검법이 된 것은 취향 때문이었다. 하지만 그렇다고 해서 이 검초의 치명적인 위험도가 감소하는 것은 아니었다. 그것은 여전히 위험천만했고, 조금의 방심으로도 상대를 골로 보낼 수 있었다.

한상옥령신검(寒霜玉靈神劍) 신생(新生) 오의(奧義)
해상비조천참절(海上飛鳥千斬切)

한 사람의 오기에서 나온 검법이 지금 현세에 나타나려 하고 있었다. 바다 위를 나는 천 마리의 새를 벤다는 뜻을 지닌 검술. 오의는 천변만화하는 면면부절 만물생생의 도리 그리고 쾌속함!
　검후는 도약했고, 일순간 비류연과의 공간을 좁혔다.
　사람들의 눈이 크게 떠졌다. 검후의 몸이 순간 여섯 개로 분리된 것처럼 보였다. 게다가 각자가 각기 다른 검세를 취하고 있었다. 상하동서남북 육방을 어지럽게 날아다니는 새들을 제압하기 위해서는 이 방법밖에 없었다.
　여섯 명의 검후에게서 쏟아지는 천 조각의 검기가 일순간 비류연의 몸을 덮쳤다. 삼엄한 검기가 그의 전신을 옥죄었고, 사방 어디에도 그가 도망칠 곳은 존재하지 않아 보였다.
　모든 이가 그 놀라운 신공을 조금이라도 더 자세히 보기 위해 눈을 부릅떴다. 오직 나예린만이 두 눈을 질끈 감았을 뿐이다.

검문(劍紋)

오 년 전, 아미산 이름 모를 준봉.
두 노소는 초옥 앞에 펼쳐진 넓은 공터에 서서
이야기를 주고받고 있었다.

새하얀 백발이 가슴 밑까지 오는 노인은 주로 말하는 쪽이었고, 한창 클 나이의 소년은 주로 듣는 쪽이었다. 노인은 검초에 대해 강론하고 있었다.

"검초를 파해하기 위해서는 우선 그 변화의 전체상을 파악할 필요가 있다. 규칙 없이 일어나는 변화는 존재하지 않아. 다만 그 복잡한 규칙을 읽어내지 못할 뿐이지. 그것은 세상의 모든 것이 하나의 이치에 의해 연결되어 있지만, 서로가 감응하여 새로운 변화를 무궁무진하게 창출해내기 때문이다. 하지만 인간의 팔은 특별한 수업을 받지 않는 한 안으로 굽어지고, 발은 두 개뿐이며, 목은 원을 그리며 움직이지 않는다. 그런 현실의 제약에 의해 검초는 제약을 받게 되는 것이다. 그렇다면 공격할 경우 그 변화를 읽어내려면 무엇을 해야 할까?"

사부의 물음에 비류연은 고개를 가로저었다.
"그건 바로 검문(劍紋)을 파악하는 것이다."
"검문이요? 그게 뭔데요?"
"검문(劍紋)이란 검이 가는 길, 검이 공간에 수놓는 문양이다. 생물이든 무생물이든 이 세상에 존재하는 모든 존재는 세상의 근원적 바탕을 향해 파장을 내보내고 또한 그 바탕으로부터 파장을 받아들인다. 그것을 기의 파장이라고 불러도 좋다. 귀찮으면 그냥 기라고 불러도 좋고. 크고 작음, 복잡함과 간단함의 차이가 있을 뿐 모든 존재는 이 바탕을 향해 무수히 많은 파형을 발산해내고, 그것들은 이 바탕에서 얽혀 상상할 수조차 없는 아름다운 문양을 만들어낸다. 이 바탕은 도(道), 리(理), 태극(太極), 신(神) 등 무수히 많은 이름으로 불리지만 그 특징은 일정하다. 바로 텅 비어 있는 듯하면서도 그 깊이가 끝이 없어 모든 것이 그곳으로부터 나온다. 그러므로 무궁(無窮)하다. 그러므로 만변(萬變)한다. 이 바탕 위에 이 세상은 구축되어 있는 것이다. 인간의 움직임, 아니 모든 기의 움직임은 그 바탕 위에서 움직인다. 그것은 부동의 동인이고 시작과 끝이 없는 하나이다. 모든 존재는 시작이 없는 하나에서 시작되고, 그 모든 존재는 끝이 없는 하나에서 끝난다. 즉 시작도 끝도 없는 부동의 하나 위에서 우리는 움직이고 생을 부여받고 살아가는 것이다. 검문이란 그 바탕 일부에 검이 남긴 길이라 할 수 있지. 이해하겠느냐?"
"아뇨!"
일고의 가치가 없다는 투로 비류연이 대답했다. 이해를 못한 것이 부끄러운 게 아니라 이해되지 못하도록 가르친 게 부끄러운 일이라고 시위라도 하는 듯한 기세였다.

　그가 다시 항의했다.

　"그렇게 말해놓고 그걸 이해하라는 건 너무한 처사 아닙니까? 좀 더 구체적이고 명확한 예시를 들어주셔야죠. 지나친 비유와 상징은 이해를 돕는 데 적이 된다구요."

　"후우~ 너한테 이런 걸 가르친 내가 어리석었다. 어쨌든! 그럼 가장 간단하고 쉽게 말해주마. 검문이란 게 있다. 그걸 파악해라. 그럼 그 검초의 시작과 끝을 파악할 수 있다. 그 다음은 그 변화를 거스르지 않고 피해내는 것이다. 이걸로 끝이다. 이제 이해하겠냐?"

　비류연은 고개를 끄덕였다.

　"아까보다는 훨씬 간단하네요. 근데 그 검문이란 걸 어떻게 파악하죠?"

　그러자 사부는 씨익 웃었다. 그리고 대답했다.

　"몸으로!"

　사부의 손에 어느샌가 모습을 드러낸 비뢰도 다섯 자루가 뇌인(雷刃)을 품은 채 들려 있었다.

　찰칵!

　접혀 있던 다섯 개의 뇌인이 호랑이의 발톱처럼 펼쳐지며 탐욕스런 빛과 함께 번뜩였다. 칼날의 예리한 섬광은 서리가 내린 듯 창백했다.

　"우선 가볍게 다섯 개부터 시작하자꾸나!"

　입가에 상냥한 미소를 지우지 않은 채 사부가 말했다. 비류연은 어깨를 움츠리며 몸을 떨어야 했다.

'제길! 역시나 이렇게 되는군.'

비류연은 탄식했다.

사부의 그 독특한 웃음이 불길함을 불러오지 않은 적을 그는 한 번도 본 적이 없었다.

다들 검후의 천변만화하는 검기의 폭풍에 비류연의 몸이 천 갈래 만 갈래 찢겨져 나갈 것이 분명하다고 생각했다. 그 절초는 마치 그물처럼 엄밀했기에 빠져나갈 구멍 따위는 애시당초 존재하지 않는 것 같았다. 그러나 비류연은 무수한 변식에 대응해 어떻게 움직여야 하는지 어떻게 피해야 하는지 그 누구보다 잘 알고 있었다. 그가 산에서 매일 하던 게 그런 일들이었던 것이다.

비뢰도의 운신보법은 기본적으로 비뢰도의 공격을 어떻게 하면 피할 수 있는가 하는 점에 역점을 두고 만들어진 무공이었다. 일종의 창과 방패라 할 수 있었다. 그리고 최강의 창을 상대하기 위해서 그 방패는 최강을 지향하지 않으면 안 되는 숙명을 안고 있었다. 비뢰문의 독특한 독문운신보법인 봉황무는 그렇게 해서 탄생한 무공이었다.

'수시변역(隨時變易) 이종도(以從道)! 때에 따라 변하여 도를 쫓는 것! 진정한 변화란 바로 이런 것이다. 거스르지 말고 도의 흐름에 몸을 맡긴다. 무형(無形)이기에 만변(萬變)할 수 있다. 변화의 흐름을 거스르지 않으면 비 사이를 걸어도 옷이 젖지 않는다. 이 오의를 잘 생각해보도록 해라.'

아직도 사부의 말이 귓가에 쟁쟁하게 울리는 듯했다. 그것은 지옥 같은 수업이었다. 그러나 그 지옥을 거치고도 그는 살아남았다. 그러니 아무리 검기의 사나운 회오리가 그를 압박한다 해도 이런 데서 죽을 수는 없었다. 그는 아직도 비뢰도보다 더 복잡하고 무수한 변화를 일으키는 무공이 있다고 믿지 않았다.

비류연의 눈이 번쩍 떠졌다.

비뢰도(飛雷刀) 독문운신보법
봉황무(鳳凰舞) 비전극상오의(秘傳極上奧義)
우중거(雨中去) 불점의(不霑衣)

스르륵!
비류연의 몸이 마치 강의 흐름에 몸을 맡긴 빈 배처럼 자연스럽게 움직였다. 그 움직임은 물 흐르듯 지극히 자연스럽고 부드러웠다.
지금 한 사람의 육신을 난자하고 피의 비를 내리기 위해 검기의 폭우가 세차게 떨어지고 있었다. 하지만 이처럼 사나운 검기의 세례도 그의 몸을 어쩌지 못했다. 그는 자신의 생명을 노리는 검초조차도 거스르려 하지 않고 그 흐름 속에 동화되었다.
봉황무의 공부가 극에 달했을 때 펼칠 수 있다는 환상의 기술, '우중거 불점의'. '빗속을 거닐어도 옷이 젖지 않는다'는 뜻의 이 여섯 자가 대변해주는 경지가 마침내 한 인간의 몸을 빌려 체현(體現)된 것이다.
그는 이 초식의 검문을 이미 파악하고 있었고, 그 몸은 그 흐름에 동화되어 있었다. 그러니 검후의 검초가 아무리 흉맹하다 해도 그의 몸에 상처를 입히는 것은 불가능했다.

'차라리 비 사이로 막가가 더 낫겠네요.'

이것을 처음 배웠을 때 제기했던 의견이었다. 그리고 그 대가는 언제나처럼 따끈따끈한 혹 한 개. 그래도 그것을 배운다는 것은 혹 하나를 늘릴 만한 가치가 있는 일이었다. 이름은 자기가 지은 게 훨씬 나았지만! 역시 사부의 심미안(審美眼)은 문제가 있었다.

"놀랍군! 저 어린 나이에 저토록 시야가 넓고 깊다니."

방금 전 비류연이 펼쳐 보인 움직임을 본 검성은 흥분을 억제할 수 없었다. 비류연이 선보인 신법은 그조차도 견식해본 적이 없는 독특한 종류의 것이었다. 그런 마술 같은 움직임을 인간이 해낼 수 있다는 것 자체가 경이였다.

"믿을 수가 없어! 아니, 안 믿어! 설마 진짜로 해낼 줄이야……."

도성 역시도 흥분해서 외쳤다.

"하지만 인정해야겠지. 현실은 현실이니깐. 저 현란하기까지 한 검후의 검문(劍紋)을 저토록 완벽하게 꿰뚫어보다니! 도대체 저 나이에 어느 경지까지 도달했다는 건가? 도대체 어떤 수업을 받은 거지? 스승은 누구란 말인가?"

"적어도 광안(廣眼)은 얻었다는 건가?"

"심안(心眼)까지 도달했을지도 모르지."

"설마 그럴 리가? 저 나이에 벌써 그런 경지에까지 도달할 수 있단 말인가?"

"나도 모르네. 사실 회의적이긴 하지. 하지만 고정관념을 맹신하는 것보다는 자신의 체험과 자신의 눈을 더 소중히 여기지 않으면 안 된다고 생각하네."

"어쨌든 이렇게 되면 내기는……."

"저 아이의 승리로군!"

화산의 남쪽 봉우리 한 계곡에서 지금 기적이 일어난 것이다.

검후의 인증(認證)

"불초제자 독고령과 나예린이 삼가 사부님의 존안을 뵙습니다.
건강해 보이셔서 무엇보다 다행입니다."
독고령과 나예린이 땅에 한쪽 무릎을 꿇으며
최상의 공경을 담아 검후 앞에 부복했다.

"저런 아이였더냐, 네가 선택한 사람은?"
 검후의 고요한 목소리는 나예린을 향한 것이었다.
"사, 사부님… 저, 저는……."
 나예린은 근엄한 눈빛으로 자신을 내려다보고 있는 사부를 앞에 두고 해야 할 말을 찾지 못했다. 어떤 이유로든 자신이 검각의 제자로서의 자각을 망각했다는 사실에는 변함이 없었다. 어떤 호된 꾸지람도 비난도 각오하고 있었다. 하지만 놀랍게도 그녀가 받아야 했던 것은 뺨 맞기가 아니라 머리카락을 쓰다듬어주는 부드러운 손이었다.
 움찔 놀랐던 나예린이 시선을 들어 검후의 얼굴을 바라보았다. 사부의 얼굴에 온화한 미소가 어려 있었다. 어려서부터 항상 보아오던 어머니 같은 자애로운 미소였다.

"그동안 많이 변했구나. 너도 이제 너의 마음에 솔직해져야 하지 않겠니?"

검후가 인자함이 깃든 목소리로 말했다. 나예린의 전신을 포근히 감싸주는 따뜻함과 자애로움이 그 안에 깃들여 있었다.

"그… 그런가요? 그다지 변한 것은 없다고 생각합니다만……."

당황해서 대답하는 나예린의 얼굴은 약간 붉게 상기되어 있었고, 목소리는 기어 들어가고 있었다. 그 모습을 보며 검후는 피식 웃었고, 그 다음으로는 고개를 흔들었다.

"아니다! 예전에 너는 사람의 마음을 닫고 인형처럼 있었지. 세상이 무서워서 자꾸만 안으로 안으로 들어가려 했다. 외부 세계와 접촉을 끊은 채 너는 차가운 얼음 인형이 되기로 결정했지. 더 이상 상처받고 싶지 않았으니깐. 외부 세계와 소통하는 것은 괴로운 일이었으니깐. 그런 네가 다시 사람의 마음에 눈을 뜬 것 같구나. 좋은 표정이 되었다. 이제 너도 막혀 있는 새로운 경지를 개척해 나갈 수 있을지도 모르겠구나."

"사… 사부님……."

검후는 따뜻한 미소를 지으며 울상이 되어 있는 나예린의 등을 토닥여주었다.

"오냐오냐! 겨울 들판에 봄을 돌려준 그에게 예를 표하며 감사하지 않으면 안 되겠구나!"

검후의 시선이 잠시 비류연을 향했다. 비류연은 씨익 웃으며 손을 흔들어 보였다. 그녀의 얼굴에서 조금 전 그를 두 동강 내려 했던 살기는 씻은 듯 사라지고 없었다. 대신 그 자리에 온후함이 들어와 자리를 틀고 있었다.

"너도 그쪽 방면으로는 거의 무방비라 걱정했는데, 날 닮아 그런지 남자 보는 눈이 있구나. 안심했다!"

검후의 말에 나예린은 수줍은 듯 살짝 얼굴을 붉히며 고개를 푹 숙였다. 달아오른 양쪽 볼에서 김이라도 피어오를 기세였다.

"오호호호, 그러니 영락없는 보통의 여자애로구나!"

검후는 제자의 보기 드문 귀엽고 깜찍한 모습에 유쾌한 듯 시원한 웃음을 터트렸다.

"노, 놀리지 마세요, 사부님!"

이제 나예린의 얼굴은 잘 익은 홍시처럼 새빨갛게 변해 사부의 눈을 더욱 즐겁게 해주고 있었다.

옆에서 함께 그 모습을 지켜보던 독고령은 부러운 눈으로 잠시 자신의 사매를 바라보았다. 그러고는 이내 누군가의 그림자를 쫓고 있는 자신을 발견하고는 소스라치게 놀랐다.

그리고 우연의 일치일까? 그녀의 시선에 그 남자가 포착되었다. 그는 자신의 부하들과 무언가 심각하게 이야기를 나누고는 충격의 도가니 속에서 헤어나오지 못하는 중인 속을 빠져나갔다.

'대공자 비… 내가 왜 그 남자에게 신경을 쓰고 있는 거지…….'

그녀는 이내 고개를 좌우로 흔들었다. 마치 그의 인상을 떨쳐버리기라도 하듯이. 안대를 한 왼쪽 눈이 다시 지끈거리며 아파왔다.

"꺅!"

관설지가 짧게 비명을 질렀다. 빙옥선녀라는 별호보다 빙검의 딸로 더 잘 알려진 그녀는 스스로 빛나기엔 아버지의 명성이 너무 밝았다. 그래도 그녀 역시 엄연한 칠봉(七鳳)의 일인이었다. 칠봉이라고 해서 모두 별호에 봉이 들어가야 한다는 편견은 버려야 한다고 그녀는 항상 생각하고 있었지만, 지금 중요한 건 그게 아니었다. 장내에서 시선을 떼지 못하고 있던 그녀의 어깨를 거칠게 치고 지나가는 사람이 있었다. 사과도 한마디 없었다. 정말 무례하기 짝이 없는 행동이었다.

"이, 이봐요! 왜……."

고개를 홱 돌려 항의하려던 그녀의 입술이 굳게 닫혔다. 한 남자의 눈과 순간적으로 마주쳤다가 떨어졌던 것이다. 방금 그녀와 부딪쳤던 바로 그 남자의 눈이었다.

"설지, 무슨 일이오? 무슨 일 있었소? 안색이 좋지 않구려……."

조금 전까지만 해도 함께 있었던 삼절검 청혼이 이상을 눈치채고 다가와 물었다. 그러나 그녀는 그의 말이 들리지 않는지 창백한 안색으로 물끄러미 멀어져 가는 사내의 등을 계속해서 바라보고 있었다.

"어라? 저 친구는?!"

잊을 수 없는 뒷모습이 눈에 들어왔다. 얼굴을 보지 않아도 금방 누구인지 알 수 있었다. 한때 절친한 친구였던 이의 뒷모습이었다. 하지만 지금은 거짓말처럼 서먹해진 이의 뒷모습이기도 했다. 그것은 바로 위지천의 뒷모습이었다.

"설지, 왜 그러시오? 안색이 좋지 않은데?"

"저 사람… 분명히 당신 친구였죠? 빙봉영화수호대의 대주를 맡고 있다던?"

"그렇소만? 무슨 문제라도 있소?"

관설지의 곱던 미간이 살짝 찌푸려져 있었다. 그자의 전신에서 방출되는 살기에 모두들 길을 비켜주고 있었다. 자초지종은 알 수 없지만, 지금 저 모습은 정상이 아니었다. 식은땀이 손바닥을 축축하게 적신다. 그녀의 몸이 잘게 떨리고 있었다.

"마치 귀신과도 같은 얼굴이었어요. 전 태어나서 그렇게 짙은 증오와 분노로 점철된 얼굴은 본 적이 없어요. 그것은 정말이지… 끔찍했어요."

그녀의 얼굴은 정말 귀신이라도 본 것처럼 창백해져 있었고, 가늘게 떨리고 있었다.

"그의 마음속을 가득 채우고 있는 것은 끝없는 어둠이었어요."

빛이 보이지 않는……. 무척이나 위험한 느낌을 들게 하는 불길한 눈이었다.

두 번 다시 그 눈빛을 떠올리기 싫은지 그녀는 몸을 부르르 떨었다.

청혼은 망연자실한 모습으로 자신이 기억하던 과거의 모습을 던져버린 친구의 등을 바라보았다. 그의 뒷모습은 점점 더 멀어지더니 이윽고 그의 시야에서 사라졌다. 지금 벌어진 거리가 두 번 다시 좁혀지지 않을지도 모른다는 생각에 갑자기 안타까운 마음이 들어 슬퍼지는 청혼이었다.

"애석하게 됐소, 검후. 큰일날 뻔했소이다!"

사람들이 모두 물러나고 다시 세 사람만 남자 검성이 검후를 향해 말했다.

"후후, 그래요. 설마 날 거기까지 몰아붙일 줄이야… 하마터면 진심이 될 뻔했어요."

"그래도 혼자서만 기분 좋은 모양이구려?"

도성의 말에 그녀는 활짝 웃으며 대답했다.

"예, 이렇게 땀 흘려보는 것도 정말 오래간만이니깐요. 솔직히 부럽죠?"

그녀는 정말 기분이 좋은 모양이었다. 그도 그럴 것이 정말 오래간만에 흘려보는 기분 좋은 땀이었다. 평소에는 전혀 그럴 기회가 주어지지 않는다. 섬에 있을 때는 자신이 땀을 흘려가며 싸워야 할 상대 따위가 아무 데도 없었던 것이다. 이런 상쾌한 기분은 정말 오래간만이었다. 그녀는 일종의 해방감 같은 것을 만끽한 것이었다.

"아니… 뭐 부럽다기보다는……."

도성이 말끝을 흐렸다. 아무래도 진짜 부러웠던 모양이다.

"어쨌든 이번 결과는 나 역시 예상치 못한 결과였소. 잘 참은 거요. 자칫하면 사람이 죽을 수도 있는 일 아니겠소."

"저 나이에 저 정도 경지라… 내가 비록 전력을 다하지 않았다고는 하나 저 정도 실력을 발휘하다니… 도대체 누구 키운 걸까요?"

검후는 지금 분명 자신의 본신 진력을 모두 드러내지 않았다고 말하고 있었다.

"아직 그의 계보를 밝혀내지 못했소."

"검성의 안목으로도 파악하지 못한 계보라니… 정말 비밀에 똘똘 싸여 있는 모양이군요."

"아직 누구에게 사사했는지, 그 사문이 어딘지는 잘 모르겠소. 하지만 그 강함만은 진짜배기요."

"동감일세!"

"동감이에요."

"그럼 이제 허락한 거요?"

"일단은 인정해야겠죠. 천무삼성의 이름을 걸고 한 약속인데 어기면 천하의 웃음거리 아니겠어요?"

그런 일이 일어나게 둘 수는 없는 일이었다.

"'일단은' 이라니… 그럼 그 다음도 있다는 거요?"

"물론이죠. 아직 이 정도로 내가 가장 아끼는 제자를 멀뚱하니 넘겨줄 수는 없지 않겠어요?"

"그럼 어느 정도가 되어야 한다는 거요?"

"으음… 글쎄요? 적어도 날 이길 정도는 되야 하지 않을까요?"

절대 '적어도' 란 표현이 쓰여서는 안 되는 곳에 그 표현을 쓰고서 천진난만하게 웃어버리는 검후를 검성은 약간 어이없는 표정으로 바라보았다.

"그 아이… 비류연이라 했던가? 별일 없었으면 좋겠는데……."

"왜 그러나 검성? 무슨 걱정이라도 있나?"

"아니, 이 정도까지 주목을 받게 되면 좋든 싫든 시기하는 자가 생기게 마련이지. 게다가 검후의 제자 나예린이라면 백천의 금지옥엽인 그 아이 아닌가? 미모로 소문이 자자한?"

"그래요, 그 아이죠. 그 미모와 천상의 매력 덕분에 어린 나이에 불행을 부르고만……. 아마 맹주가 조금이라도 늦었다면 돌이킬 수 없는 일이 되었을 거예요."

그 일을 떠올리자 검후의 안색이 조금 어두워졌다.

"아무 일도 없었으면 좋겠소. 시기와 질투는 때때로 화를 부르곤 하니깐 말이오. 나의 걱정이 한낱 기우이길 바랄 뿐이오."

"동감이에요."

두 번째 계약
-편지-

덜컹! 쾅!
방문 손잡이를 비틀어 짜기라도 할 듯 거칠게 문을 열고 숙소로 돌아왔을 때까지도 그의 심신을 뱀처럼 휘감고 있는 분노와 울분은 가시지 않고 있었다.

위지천의 눈은 귀신처럼 핏발이 서 있었고, 분을 이기지 못한 심장은 미친 듯이 격렬하게 날뛰고 있었으며, 관자놀이에 돋은 푸른 핏줄은 당장에라도 이마를 뚫고 뛰쳐 나올 듯 거세게 꿈틀거리고 있었다. 한때 삼절검 청혼, 지룡 백무영과 함께 천무학관 최고의 기재 중 한 명으로 손꼽혔던 모습은 지금 온데간데없었다.

"으아아아아아아아!"

와장창창창!

요란한 소리와 함께 책상이 뒤집혔다. 난폭하게 자행되는 폭력 앞에 책상 위의 기물들은 시끄러운 소리를 내며 속수무책으로 부서져 나갔다.

"으아아아아아아!"

하지만 그것도 성에 차지 않은지 그는 방 안을 장식하고 있던 유일한 자기 화병마저 바닥에 내팽개쳤다. 이곳에서 일부러 신경써서 장식해준 기물이었지만 그딴 건 눈에 들어오지도 않았다.

다시 한 번 요란한 파괴음이 방 안에 울려 퍼지며 도자기 파편과 물방울, 꽃이 일제히 날아올랐다. 그는 흩어진 꽃이 눈에 띄자 앞뒤 재지 않고 마구 짓밟아 으깨버렸다.

"허억허억허억!"

수분 동안 그렇게 날뛰었건만 흥분은 가라앉기는커녕 점점 더 제어할 수 없을 정도로 커져만 갔다. 광인이 두들기는 북소리처럼 심장이 격렬하게 날뛰고 있었다. 귀신처럼 눈에 핏발이 서고 정신은 아득해졌다.

피를 보지 않고서는 그 흥분을 가라앉힐 다른 방도가 떠오르지 않았다. 지쳐버린 심신의 저 깊은 곳으로부터 한 충동이 일어나고 있었다. 그 충동은 순식간에 그의 심령을 장악하고 지배하는 데 성공했다. 저항은 없었다. 그는 그 충동이 어떤 성질의 것인지 잘 알고 있었다. 그 충동을 느낀 것이 한두 번이 아니었기에 그것은 그에게 친구처럼 매우 친근한 것이었다. 예전 것들과 비교해볼 때 이번 충동은 그 질과 농도 면에서 타의 추종을 불허한다는 것을 제외한다면 말이다. 이제 어떻게 되든 상관없었다.

혼돈 속으로 떨어진 그의 정신은 분노로 인해 이성이 마비되어 있었다. 소용돌이치는 감정을 제어해야 할 어떤 당위성도 그는 느끼지 못하고 있었다. 모든 것이 혼란스러웠다. 오직 피를 보고 싶다는 충동적 욕구뿐이었다. 때문에 그것을 발견할 때까지는 조금 시간이 흘러야만 했다. 경첩이 떨어져 나가는 게 아닌가 싶을 정도로 거칠게 방문을 닫은 이후 한참의 시간이 지난 후에야 그는 자신의 방에 발생한 이변을 눈치챌 수 있었다. 이변을 조장하고 있는 것은 탁자 위에 놓여 있는 한 장의 쪽지였다. 눈에 보이지 않을 정도로 가늘고 긴 침에 고정되어 있는 그 쪽지를 발견했을 때 그의 눈이 찢어질 듯 부릅떠졌다.

자시말(子時末) 서쪽 숲 범바위

그 외에는 아무것도 적혀 있지 않았다. 그러나 위지천이 놀란 것은 이 지나치게 간단한 전언의 내용 때문이 아니었다. 그를 놀라게 한 것은 그것을 고정하고 있는 가늘고 긴 침 때문이었다. 그것이 매우 희귀하고 위험한 모종의 물건임에도 그는 그것이 어떤 물건인지 잘 알고 있었다.

현 강호에서는 쉽게 찾아볼 수 없는 물건… 하지만 그렇다고 위지천이 그 희귀성에 놀란 것은 아니었다. 이 침만으로는 부족했다. 이것은 어떤 작은 은색 빛깔의 원통형 기구 안에 들어가는 순간 최상의 힘을 발휘한다. 그 위력의 무시무시함과 지나친 위험성 때문에 '강호칠대금용암기'로 분류되어 있는 사천당가의 '벽력신통(霹靂神筒)'과도 맞먹을 정도의 위력을 가진 위험천만한 물건. 이런 것은 사용은커녕 소지하고 있는 것만으로도 강호의 공적(公賊)으로 몰릴 수 있었다.

하지만 그런 희소성과 위험성에도 불구하고 행(幸)인지 불행(不幸)

인지 그는 그것을 써본 적이 있었다. 또 다른 금지 품목인 염마뢰(炎魔雷)와 함께. 그 은빛 침은 바로 '비황신침(飛凰神針)' 안에 들어 있던 수천 개의 침 중 하나였다. 그는 태어나서 딱 한 번 그것을 써본 적이 있었다.

'설마 그자가?'

위지천은 떨리는 손으로 자신이 들고 있는 쪽지를 보고 또 보았다. 목이 타는 듯이 뜨거웠다.

자시 말 서쪽 숲 범바위.

그 바위는 마치 포효하는 호랑이처럼 생겼다 해서 맹호석(猛虎石)이라고도 불리고 있었다.

"좋은 밤입니다, 위지 공자. 오랜만에 뵙는군요."

위지천의 도착과 동시에 한 남자가 모습을 드러냈다. 그 남자는 얼굴에 복면을 쓰고 있었지만 위지천은 한눈에 그자가 전에 자신에게 '그것들'을 주었던 바로 그 사람이라는 사실을 알아챌 수 있었다. 바뀐 것은 이상할 정도로 나긋나긋해진 목소리뿐이었다. 목소리만 들었더라면 과거의 그 인물과 동일 인물인지 알아볼 수 없었을 것이다. 일부러 만날 때마다 다른 상(象)을 심어주어 자신의 정체를 숨기려 하는 것인지도 몰랐다.

"당신이 어떻게 여기에?"

복면인이 웃으며 쾌활한 목소리로 대답했다.

"절 알아보시다니 무척 기쁩니다, 위지 공자! 잊지 않으셨군요……. 아, 감격입니다. 저 같은 무명의 복면인을 기억해주시다니……."

그는 정말 말이 많아져 있었다. 예전의 근엄한 모습과 지금의 가벼운 모습 중 어느 쪽이 진짜 모습인지 분간이 가지 않았다.

"어떻게 여기에? 이곳은 아무나 함부로 들어올 수 있는 곳이 아닐 텐데?"

"소원을 이루어주는 요정(妖精)이 가지 못할 곳은 어디에도 없지요. 전 타인의 꿈을 이루어주는 일이라면 어디든 간답니다. 남들의 소원 성취야말로 저의 참된 기쁨이지요."

자신이 천명이라도 받들어 수행하는 듯한 과장된 동작과 목소리였다.

"소원? 나한테 하는 말인가?"

"물론이지요. 흥미로울 만한 이야기가 하나 있습니다."

"이야기?"

"예, 그것은 한 남자에 관한 이야기입니다."

"관심 없네!"

그는 어떤 한 여자에게는 아주 관심이 많았지만, 남자에 대한 관심은 그다지 없었다. 그쪽 취향이 아니었다. 그가 관심을 가지고 심취해 있는 것은 '나예린'이란 이름을 지닌 여신뿐이었다.

"오우, 아닙니다. 이번 이야기에는 꼭 관심이 동하실 겁니다. 제가 보증하지요."

복면인은 호들갑을 떨며 위지천을 설득했다. 마지못해 그가 물었다.

"그래, 누구에 관한 이야기인가?"

처음에는 그냥 듣고 무시할 생각이었다. 그러나 그 복면인의 말을 들었을 때 그는 주술(呪術)에 걸린 사람처럼 자신의 결심을 실행에 옮길 수가 없었다.

"들어보셨겠죠? 비류연이라는 남자의 이름을?"

복면인이 요사스런 미소를 지으며 말했다. 그리고 그 이름이 귀에 꽂히는 순간, 위지천은 벼락을 맞은 사람처럼 부르르 떨었다. 잠시 억눌러놓았던 질투의 불꽃이 심장 속에서 또다시 활활 타올랐다. 그런 그의 심리 상태는 금세 얼굴 위로 드러났다. 복면인은 내심 미소를 지었다. 그것이야말로 자신이 의도적으로 유도하려던 그 상태였던 것이다.

"힘을 원하십니까?"

조용하게 가라앉은 심원한 목소리로 복면인이 물었다.

위지천은 한 번 악마와 계약을 맺은 적이 있었다. 이 계약의 치명적인 단점은 한 번 계약을 하게 되면 계속해서 끌려가게 된다는 것이다. 한순간의 회피를 위해 사채업자에게 돈을 빌리는 채무자처럼…… 한 번 발목을 잡은 마수는 절대로 그 손을 놓아주려 하지 않는다. 그리고 지금 또다시 그 악마의 손이 자신을 향해 내밀어지고 있었다. 그는 솔직히 이 유혹에 황홀할 정도로 매력을 느끼고 있는 자신을 발견할 수 있었다.

"힘… 방법이 있다는 건가?"

"물론이지요. 좀 전에 말씀드렸다시피 타인의 소원을 이루어주는 것이야말로 저의 사명이지요! 질투에 불타는 복수심… 아아, 정말 멋집니다. 뽕갈 정도로 멋져요!"

몸을 비비 꼬며 복면인이 외쳤다.

"질투라고? 내가 지금 그런 하찮은 감정에 휩싸여 있다는 건가?"

위지천의 관자놀이에서 푸른 핏줄이 꿈틀거렸다. 그는 자신이 그런 하찮은 감정에 휩싸여 있다는 사실을 받아들일 수가 없었다. 그는 정의여야 했다. 비류연은 자신의 여신을 해치려는 악이었고, 자신은 그 악을, 벌레를, 오물을 퇴치하는 정의의 사자였다. 정의는 자신의 손아귀에 있어야 했다. 결코 사사로운 질투심에 의해서 이 일을 하고 있는 게 아니었다. 그렇게 무의식중에 자기 정당화를 시키는 것은 정의와 신을 팔아먹는 많은 위정자와도 비슷한 유형의 행동 양식이라 할 수 있었다.

"자신에게 솔직해지는 게 중요하죠. 전 그런 열정을 아주 좋아해요. 뜨겁고 격렬하죠. 모든 것을 태워버릴 정도로. 자기 자신까지 말입니다."

왠지 비야냥거리는 투라서 신경에 몹시 거슬렸다. 하지만 위지천은 더 이상 말싸움을 해봤자 시간 낭비라는 생각이 들어 그냥 넘어가기로 했다. 그는 이미 남의 정확한 판단을 무시하는 법도 배우고 있었다. 그의 추종자들―특히 빙봉영화수호대의 대원들―이 지껄이는 미사여구만을 선별적으로 받아들이는 방법을 그는 이미 체득하고 있던 것이다.

"그래서 방법은?"

위지천이 신경질적으로 물었다.

"에… 그러니깐……."

복면인은 얼른 품속을 뒤지기 시작했다.

"어? 어디갔지? 이상하네?"

한참을 뒤져도 그게 나오지 않는 모양이었다.

"설마 잃어버린 건 아니겠지?"

"아, 아닙니다. 설마 그럴 리가요……. 분명히 여기 어딘가에 넣어두었는데… 진짜 어디에다 떨어뜨렸나……. 아! 여기 있군요! 여기 있어요!"

복면인은 마침내 바지춤에서 뭔가를 하나 꺼내더니 그의 눈앞에 들이밀었다.

"승리의 열쇠는 바로 이것!"

저잣거리의 약장수처럼 호들갑스럽게 그가 외쳤다.

"고순도 농축 특제 기폭환(氣爆丸)! 이름하여 혈폭환(血爆丸)!"

그것은 붉은 한지에 쌓인 피처럼 붉은 한 개의 환약이었다.

"이게 뭐냐?"

"말 그대로 특수하게 제작된 기폭환이죠. 체내의 기를 일순간에 일시적으로 증폭시켜주는 비약 중의 비약입니다."

복면인이 상세하게 설명을 시작했다.

"보통 일반 시중, 아니 무림맹에서도 이와 비슷한 걸 사용하는데, 이녀석에 비하면 그런 건 어린애 장난이죠. 효과가 정말 끄~읕~내줍니다. 무려 통상 약효의 다섯 배! 그 효과는 제가 보증하죠. 효과가 기대에 미치지 못하면 반품하셔도 됩니다."

위지천이 피식 실소를 터트렸다.

"반품? 어디다 무엇을 반품하란 말인가? 배를 가르고 위 속의 것을 끄집어내기라도 하란 말인가?"

질 나쁜 장난에 대해 농담처럼 대꾸한 것이었지만, 상대의 반응이 그때까지와는 달랐다. 까불거리던 기운이 사라지고 스산한 한기가 퍼져 나왔다.

"물론이죠. 배를 가를 각오! 물 건너 섬나라 지방에서는 할복이라고 한다던가요? 그쪽 할복은 정식으로 하면 열 십 자(十)를 긋는 거랍니다. 횡(橫)으로 한 번, 종(縱)으로 한 번. 제대로 가르면 새빨간 내장이 주르륵 흘러나와 장관이라던가요? 그 정도 각오도 없이 어찌 꿈을 이룰 수 있겠습니까? 안 그렇습니까, 위지 공자?"

위지천은 순간 섬뜩해지지 않을 수 없었다. 순간적으로 드러났다 사라졌지만 조금 전 기세는 그가 예전에 봤던 그 위압적인 모습 그대로였다. 상대는 목숨을 걸라고 요구하고 있었다. 그리고 오늘 눈이 뒤집힌 위지천에게는 그런 위험을 감수할 용의가 있었.

"다만 각오는 하셔야 할 겁니다. 그걸 다 먹으면 그 후유증이 만만치 않을 겁니다. 무척 고통스러울 거라는 것을 미리 알려드리죠. 나중에 설명이 부족했다고 원망을 듣고 싶지는 않으니깐요. 저는 선량한 요정이거든요."

'악마겠지!' 라고 위지천은 생각했다.

"이제 와서 물러서지는 않으시겠죠?"

"물론!"

그는 이제 악마에게 영혼을 팔 만반의 준비가 되어 있었다.

처음이 어렵지 진흙탕도 한 발 내딛기만 하면 두 번째는 무척이나 수월하다는 사실을 그는 이미 깨닫고 있었다.

"그건 그렇고, 이건 어떻게 써야 하는가?"

"아, 성급도 하셔라. 내일이면 자연스럽게 알게 될 겁니다."

복면인이 웃으며 대답했다.

"이게 내일 치러야 할 관문의 성격과 관계가 있다는 이야기인가?"

"물론이죠."

"그렇다는 것은 내일 치러질 관문의 내용이 어떤 것인지도 알고 있다는 뜻이겠군?"

자신들도 아직 모르고 있는 사실은 저자가 어떻게 알았단 말인가? 저자의 정체가 도대체 무엇이길래?

"좀 주워들은 게 있어서요."

그런 빈말을 믿을 만큼 바보는 아니었다.

"그렇게 보안이 허술하다고는 생각지 않는데?"

"너무 깊은 호기심은 가지지 않는 게 좋습니다, 위지 공자. 그저 뜻이 맞고, 공자의 뜻을 저희가 높이 사기 때문에 그저 도움을 드리고 싶은 것이니깐요. 전 당신의 편입니다."

"일단 그렇다고 해두지."

방심하면 당장 잡아먹을 녀석들이 말은 잘하는군! 위지천은 냉소했지만 입 밖에 내지는 않았다. 아직 그들은 같은 목적에 의해 손을 잡고 있는 것이었다. 목적을 이루기 전에 손을 놓을 필요는 없는 것이다.

"그럼 무운을 빌겠습니다, 위지 공자! 비원을 성취하시길 기대하고 있겠습니다. 이 정도 준비를 갖추고도 두 번씩이나 실패하는 무능력자일 거라고는 생각하고 싶지 않으니깐요. 그럼!"

혀에 바늘이 돋쳐 있는 것 같은 말을 내뱉으며 그는 어둠 속에 녹아들 듯 순식간에 사라졌다.

"……."

혼자 남겨진 위지천은 자신의 손바닥을 물끄러미 바라보았다. 조금 전 있었던 일은 역시 꿈이 아니었다. 손바닥 위의 붉은 환약이 그 사실을 알려주고 있었다.

"좋아! 이렇게까지 멍석을 깔아준다면 그 위에서 춤을 춰주지! 그렇게해서 목적만 달성할 수 있다면 아무래도 상관없어! 그녀석이 사라지지 않는 한 그녀에게 평화는 오지 않아. 그녀석은 악이야! 제거해야 마땅해. 난 그녀를 위해 지금 그 일을 하고자 하는 거야! 이 세상에서 나보다 더 그녀를 위하는 사람이 존재할 리 없으니깐……. 나의 고귀한 희생으로 그녀는 구원받을 거야!"

위지천은 초점이 흐트러진 눈을 한 채 미친놈처럼 중얼거리며 주먹을 꼭 쥐었다.

제3관 수화관(水火關)

'화'의 관과 '수'의 관이 동시에 하나로 묶여 '수화관(水火關)'으로 진행된다는 사실을 안 것은 당일 아침이었다. 그것은 일방적인 통고에 불과했고, 거기에 대해 어떤 반박을 할 만한 처지는 못 되었다.

그래도 궁금증이 생기지 않는 것은 아닌지라 질문할 사람은 질문하라는 말에 윤준호가 번쩍 손을 들었다. 그로서는 대단한 용기라 할 수 있었다.

"왜 화의 관과 수의 관이 동시에 진행되는 겁니까? 무슨 특별한 이유라도 있는 건가요?"

많은 사람 앞에서 질문하는 게 부끄럽기는 했지만 계속해서 무지한 채로 남아 있는 것보다는 그편이 훨씬 낫다고 생각하는 윤준호였다.

"그 이유가 궁금한가?"

진행을 맡은 율령자가 대답했다. 자신을 소광이라 소개한 그는 오십 대 중반 정도 되어 보이는 나이에 당당한 풍채를 하고 있었다. 그의 소매에 그려진 다섯 개의 묵선을 보니 그는 이곳 율령자들 중에서도 상당히 지위가 높은 사람인 듯했다. 그래서인지 태도가 다른 사람들에 비해 딱딱했다.

"예!"

윤준호는 망설이지 않고 대답했다.

"그럼 선택하게!"

"선택하라니요?"

"겉보기에 그럴싸한 이유와 별로 그럴싸하지 않은 이유, 이 둘 중 하나를 선택하란 말일세!"

그는 당연한 걸 뭣 하러 묻느냐는 그런 표정이었다. 윤준호는 어리둥절해질 수밖에 없었다.

"옛! 그럼 우선 그럴싸한 이유부터 듣고 싶습니다!"

"자네 천존지비란 말 들어봤나? 천은 곧 하늘이고 건이며 양이고, 지는 곧 땅이고 곤이며 음이지. 하지만 이건 선천팔괘에서나 그렇고 후천팔괘에서는 보통 '이화(離火)'와 '감수(坎水)' 둘로 음양을 표현하네. 자네, '수화불상사(水火不相射)'란 말 들어봤나? '대대(對待)'란 말은?"

"들어본 적 없습니다."

윤준호는 솔직하게 고개를 가로저었다.

"명색이 기를 다룬다는 무인이 그런 기본적인 것도 모르다니… 자네 정말 무인 맞나?"

와하하하하!

여기저기서 웃음이 터져 나왔다. 평소 그를 깔보던 몇몇 인물에게서였다. 윤준호의 얼굴이 부끄러움으로 새빨갛게 변했다.

"방금 웃은 사람들 손 들어보도록!"

소광의 말에 몇몇 사람이 손을 들었다. 대부분 그를 아는—무시하는—천무학관 사람이었고, 마천각 사람은 소수였다.

"잘 비웃어주었네, 제군! 그럼 이 중에는 내 질문에 대답할 사람이 물론 있겠지?"

아무도 대답하는 이가 없었다. 침묵이 감돌았다.

"뭐야? 비웃을 자격도 없는 주제에 남을 비웃었단 말인가? 그렇게까지 수치를 모르다니! 좋은 배짱이다."

이번에는 손을 든 사람들이 새빨개질 차례였다.

"쯧쯧쯧, 동료를 감싸주지는 못할망정 비웃기나 하다니……. 오호통재라! 수치를 모르는 인간이 참여할 만큼 화산지회의 질이 떨어졌단 말인가?"

숙연한 침묵이 감도는 가운데 몇몇이 부글부글 끓어오르는 화와 수치심을 애써 참고 있었다.

"'수화불상사'라는 것은 물과 불이 서로 침투하지 않고 의지한다는 뜻이다. 물론 '수극화'라 해서 수가 화를 누르기는 하지만, 화가 다시 수를 공격해 들어가지는 않는다. 대신 불이 누르는 것은 금(金)이지. 다시 금은 목을 누르고, 목은 토를 누르며, 토는 다시 수를 누른다. 그리고 또다시 수는 불을 누르며 순환의 고리가 완성되는 것이다. 상극인 것처럼 보이지만 그 역시도 하나의 순환 안에 조화롭게 자리하고 있을 뿐이지.

게다가 선천팔괘에서의 음양은 '건곤(乾坤)'으로 대변되는 데 비해, 현상계라 할 수 있는 후천팔괘에서는 '이감'으로 대변되지. '이

(離)'와 대비되는 자연이 바로 '화'고, '감(坎)'과 대비되는 자연이 바로 '수'다. 수와 화는 현상계의 음양을 상징하고 있다고 봐도 크게 틀리지 않다.

음양이란 떨어져 존재할 수 없는 거다. 음과 양 둘이 함께 붙어 있어야 비로소 음양이지. 서로 마주보며 의지하는 것, 그것을 '대대'라 한다. 그런고로 '이화'와 '감수'는 불가분의 관계라고도 말할 수 있다. 때문에 한 가지 주제를 놓고 두 가지 모두를 시험하는 것도 가능한 것이다. 이 경우 기(氣)는 '화'를 나타내고 이를 통합하는 것을 '수'로 나타낼 수 있다. '양변음합(陽變陰合)'이라 해서 양은 변하는 성질이고, 음은 모여들고 합하는 성질이지. 많은 시냇물이 모여 하나의 커다란 강을 이루는 것과 같다고 할 수 있다!"

물 흐르듯 유려한 설명. 마치 준비된 연설문을 읽는 듯 그의 설명에는 막힘이 없었다. 그러나 그 전말을 모두 이해하는 자는 극히 드물었다.

"그럼… 그럴싸하지 않은 이유는 뭐죠?"

이번에 물은 사람은 비류연이었다. 그의 본능적 직감에 의하면 아마도 이쪽이 진짜 본심에 가까웠다. 그리고 답이 돌아왔다. 매우 퉁명스럽게.

"그냥 귀찮아서! 두 가지를 한꺼번에 해치워버리면 편하잖아. 두 번 일 안 해도 되고! 관문도 하나 줄고. 지극히 경제적인 발상이라 생각되지 않나? 너무나 예술적이라 감격스럽기까지 하군."

소광은 정말로 찡하게 감동하는 것 같았지만 그 대답은 비류연의 기대를 저버리지 않을 만큼 쓰잘머리 없는 허접한 이유였다.

"설마 그것뿐……?"

'에이, 설마…' 하는 마음이 없었다면 거짓말일 것이다. 하지만 이 위풍당당한 풍채의 소유자는 단 한 점 의혹 위에 최후의 일격을 가해 잔류하는 의문의 숨통을 단숨에 끊어놓았다.

"또 다른 이유가 굳이 필요할까? 그것뿐이다! 그걸로도 충분해!"

확인 사살이었다.

"그럼 본 수화관의 진행 방식에 대해 알려주겠다!"

사람들의 웅성거림을 무시하며 소광은 자기 할 일로 넘어갔다. 더이상 이 일에 관해 화제 삼고 싶지 않다는 듯이. 그런데 소광이 말해 준 수화관의 진행 방식 역시 논란의 여지가 많은 것이었다. 그것은 상상 이상으로 어려운 선택을 참가자들에게 강요하고 있었다.

"우라질! 난 절대 못 해! 아니 안 해!"

"누가 할 소리! 이런 놈들을 어떻게 믿고 내 등을 맡긴단 말이야! 자살 행위나 다를 바 없다고!"

"우리가 할 소리다! 네놈들하고 힘을 합하느니 차라리 죽는 게 나아! 배 째!"

그렇게 말하고는 남자 하나가 바닥에 벌러덩 누워버린다. 이 조뿐만 아니라 이런 현상은 다른 조에도 동시에 나타났다.

예상대로 시끄러웠다. 믿음이 전제되지 않으니 다들 걱정이 앞설 수밖에 없는 것이다. 그에 반해 몰래 독수를 펼칠 가능성은 충분히 전제됐다. 하지만 이에 대한 율령자의 대처는 가차 없었다. 그의 태도는 한 점 망설임도 없었다.

"그렇다면 패배로 인정해주지. 참가하지 않는 자에게 줄 점수 따위는 가지고 있지 않아!"

싸늘함이 묻어나오는 말이었다.

이러지도 저러지도 못하는 외통수 상황에 놓인 참가자들은 각오를 다져야만 했다. 강요당한 각오였지만, 선택의 여지는 없었다.

하지만 개중에는 여전히 고집을 꺾지 않으려는 사람이 있었다.

"미쳤나? 난 못 해! 이런 녀석들과 함께 이번 관문을 치러야 한다니… 그런 끔찍할 일이 이 세상에 또 있을까? 단호히 거부하겠네."

위지천이 화가 난 목소리로 소리쳤다. 그는 혐오스러울 정도로 강한 거부감을 숨김없이 드러내고 있었다. 남이 자신을 어떻게 보는가 따위는 이 남자에게 그다지 중요한 문제가 아닌 모양이었다. 자기 멋대로 하지 못하면 땡깡을 부리는 응석받이 아이 같은 모습이었다.

"하지만 조원 모두가 참여하지 않으면 실격이라는 것을 잘 아시지 않습니까?"

효룡이 조심스럽게 이야기를 꺼내 그를 진정시키려 했다. 아무리 재수 없고 마음에 안 드는 녀석이지만 그냥 내버려두면 7조는 실격이었다. 그 사태만은 막아야 했다.

"이건 미친 짓이야. 자네도 일찌감치 포기하는 게 어때?"

"그럴 수는 없습니다."

효룡이 단호한 목소리로 대답했다. 비류연과 오비완을 비롯한 다른 사람들은 이 두 사람의 언쟁을 지켜만 보고 있었다. 이런 일에 섣불리 끼어들 경우 사태를 더욱 악화시킬 위험이 있었기 때문이다. 하지만 오비완은 자신의 얼굴에 드러난 불쾌감까지 굳이 감추려 하지는 않았다. 그는 비록 흑도 출신이었지만 굳은 신념을 지닌, 무를 숭상하는 마천각 쪽에서도 타의 모범이 되는 큰형 같은 존재였다. 그런 그에게 위지천의 모습이 좋게 보일 리 없었다. 물론 이 관문은 터무니없이 위험해질 수도 있는 요소를 내포하고 있었다. 자신이라고 이 화수관이 껄끄럽지 않을 리 없었다. 하지만 그렇다고 이대로 화산지회를 포기할 수는 없었다. 특히 금요관에서 실격했기 때문에 7조는 한참 뒤쳐져 있었다. 이번에 그 격차를 줄이지 못하면 영원히 줄일 수 없었다.

'저 효룡이란 청년도 그 사실을 잘 알고 있는 것 같군.'

그는 효룡이 위지천에게 결코 좋은 감정을 지니고 있지 않다는 사실을 한눈에 알아봤다. 그는 위지천의 연차가 더 높음에도 불구하고 결코 선배라 부르지 않았다. 그것은 비류연이란 친구도 마찬가지였다. 하지만 그럼에도 저렇게 설득하려고 노력하는 것은 그 사실을 익히 잘 알고 있기 때문이리라. 한편, 그는 효룡을 볼 때마다 이상한 느낌을 받고 있었다.

'저 청년과 어디선가 만난 적이 있었던가…….'

아무래도 낯선 사람을 보는 것 같지 않았다. 분명히 어딘가에서 만난 적이 있는 것 같았다.

"다시 한 번 생각해보십시오. 이대로 여기서 화산지회를 포기하겠다는 생각은 아니시겠지요? 그런 남자를 좋아할 여자는 이 세상에 아무도 없어요. 당신도 그 사실을 잘 알고 있을 텐데요?"

마침내 효룡은 비장의 칼을 뽑아들었다. 그리고 그 효과는 즉방이었다.

"좋아, 하지!"

이번 설득이 주요했던 모양이다.

"감사합니다."

"단, 한 가지 조건이 있네!"

위지천이 심각한 얼굴로 말했다.

"그건 절대 불가합니다!"

단호한 대답이 돌아왔다. 그러나 답변의 당사자는 비류연이 아니었다. 대신 대답한 사람은 효룡이었다. 그는 지금 분개하고 있었다. 설마 위지천이 그런 말도 안 되는 요구를 해올 줄은 상상도 하지 못했던 것이다.

"왜 안 된다는 건가? 지금 자네, 선배의 말을 거역하겠다는 건가?"

"그래도 안 됩니다!"

효룡의 대답은 역시 흔들림이 없었다. 그는 오히려 당사자인 비류연보다도 더 흥분하고 있는 듯 보였다.

"이유도 제대로 대지 못하면서 무조건 안 된다는 건가? 내가 이 수화관의 시험을 치르는 것을 거부할 수도 있는데? 자네도 '내공합격'이 얼마나 위험천만한 행동인지 잘 알고 있을 텐데?"

"그, 그건······."

그렇다. 이번 수화관의 과제는 모두의 상상을 뛰어넘은 것이었다. 방식은 의외로 간단했다. 용암이 부글부글 끓어오르는 불구덩이 위를 건너가거나 폭포를 거슬러 올라가지는 않았다. 그렇게 만들 수 있었음에도 그들은 그렇게 하지 않았다. 대신 북쪽의 맨들맨들한 바위 벽 앞으로 그들을 데려갔다. 검은 광택을 띤 그 암벽은 매우 단단해 보였다.

진행 방법도 의외로 간단했다. 조원 모두가 내공을 합쳐 암벽을 부순다. 가장 크고 깊이 부순 조 순으로 순위가 매겨진다. 한 사람이라도 참가를 거부하면 그 조는 실격이다.

하지만 상당히 간단한 전개였음에도 불구하고 모든 조에서 불만 내지 강한 거부 반응이 터져 나온 것은 '내공합격' 이란 부분이 문제가 되었기 때문이다.

격체진력 내공합격……. 뭐 쉽게 말하면 여러 사람의 힘을—마음까지 모으면 금상첨화—모아 통상 수배의 힘을 발휘하는 기의 운용법이었다. 하지만 생각 이상으로 이 문제는 간단하지 않았다.

기는 하나에서 나왔지만, 그 수련법과 응용 방식에 따라 각기 다른 성질을 가진다. 이를 '각기기성' 이라 한다. 오행은 음양에서 나왔지만 음양과는 다른 성질을 지니는 것과 마찬가지다. 한 번 다른 성질을 지닌 기는 다시 하나로 뭉쳐지기가 쉽지 않다. 잘 섞이지 않기 때문이다. 양변음합(陽變陰合) 묘합이응(妙合而凝)의 이치, 상생상극의 원리, 그리고 순환의 흐름을 파악하고 있지 않으면 거의 불가능에 가깝다 해도 과언이 아니다. 그냥 내공만 남의 몸에 불어넣어준다고 되는 게 아니다. 오히려 기를 이용한 치료 요상법 쪽은 쉽다. 이 경우에는 오히려 큰 부작용은 없다. 하지만 타인의 기를 받아들여 그것을 다시 자신의 힘으로 변환시켜 방출한다는 것은 결코 쉬운 일이 아니었다. 자칫 잘못하면 융해되지 않고 남은 기가 반발하여 주화입마에 빠질 수도 있는 것이다. 치유하는 기의 성질은 부드럽고 느린 데 비해 공격을 위한 기는 강하고 빠르고 위력적이기에 그만큼 제어하기도 더 힘들다.

그 때문에 내공합격술은 같은 사문 내에서도 같은 성질의 무공을 익힌, 자신의 목숨을 걸 수 있을 만큼 신뢰하는 사형제들 사이에서 정도만 행해지는 게 정석이었다. 그런데 그 내공합격을 생판 처음 보는 놈들이랑, 그것도 서로 으르렁대는 다른 출신 녀석들이랑 함께 하라는 것은 이들이 보기에 그냥 동반 자살하라는 말과 동일하게 들렸던 것이다.

이 내공합격은 상호 간의 '신뢰' 없이는 절대로 행해질 수 없었고, 행해져서도 안 된다. 왜냐하면 그것은 사고(死苦)를 향한 지름길이기 때문이다.

또한 이 행위에 있어 중요한 점 중의 하나가 가장 뛰어난 능력을 지닌 사람이 가장 첫 번째 자리에 위치해야 한다는 것이었다. 즉 나머지 사람들의 내공을 모아 일정한 방향으로 방출할 수 있는 능력을 지닌 사람이어야 한다는 것이다. 나머지는 거의 통로에 불과했다. 그리고 같은 통로라고는 하지만 앞으로 갈수록 더 뛰어난 기량을 지니고 있어야 했다. 하지만 두 번째 사람과 첫 번째 사람의 어려움의 정도를 논하라 한다면 열 배 정도의 차이는 족히 났다. 그만큼 가장 앞에 선다는 것은 위험을 온몸으로 떠맡는 일이었던 것이다.

자신이 전해받은 내공을 얼마만큼 적은 손실로 방출하는가가 바로 관건이었다. 총 합력도 중요하지만, 쓸 수 없는 기를 그저 전해받기만 하는 것은 낭비일뿐더러 위험을 자초하는 일이었다.

자신의 능력을 초과하는 기를 받는 것은 주화입마는 물론이고 자칫 잘못하면 전신의 혈맥이 터져 죽음으로까지 이를 수 있는 위험성을 내포하고 있었다.

그런데 지금 그 자리에 위지천은 비류연이 설 것을 요구하고 있었다. 그래도 그거까지는 용납할 수 있는 범위 내였다.

"내공합격술의 위험을 모르는 게 아닐 텐데요? 그중 가장 위험한 자리에 비류연을 추천하는 것은 좋다고 생각합니다. 이제 그의 능력을 의심하는 사람은 예전보다 훨씬 적어졌을 테니까요. 뭐 그를 무시하고 싶은 사람은 여전히 많을 테지만 말입니다. 하지만 그렇다고 해서 그 뒤 두 번째 자리에 당신을 배치할 수는 없습니다!"

그렇다! 위지천은 비류연 뒤의 자리에 설 사람으로 그 자신을 지목했던 것이다. 저 둘 사이의 내막을 대충이나마 알고 있는 효룡에게 그것은 차마 용납할 수 없는 문제였다. 그것이 얼마나 위험천만한 일인지 그는 잘 알고 있었다. 효룡은 시도 때도 없이 자신들을 그의 떨거지들과 함께 괴롭히지 못해 안달이 나 있던 위진천의 명예를 믿느니 지나가는 견공을 믿는 쪽이 훨씬 더 낫다고 생각했다. 이번 건에 한해서 그는 자신의 감을 매우 신뢰했다. 질투에 눈이 뒤집힌 자가 제대로 된 이성을 가지고 판단할 것이라고 그는 믿지 않았다.

확실히 내공합격술을 종용하는 이 수화관의 위험에 비하면 이어달리기나 하는 목요관이나 서로 줄을 묶고 절벽을 기어 올라가는 금요관은 어린애 장난이나 진배없었다. 이런 관문을 시험 칠 바에야 금요관이나 목요관 같은 종류의 것을 백 번 정도 더 치는 게 훨씬 나았다.

이 시험에 참가하지 않으면 안 되는 대부분의 사람은 기꺼이 이 두 가지를 맞바꿀 용의가 있었다. 이런 비정상적이고 비상식적인 시험은 사양이었다.

하지만 시험 주최자의 입장에서 볼 때는 원래 그 비정상적이고 난해한 면이 매력적인 것이다. 그들이 필요로 하는 것은 정상적이고 상식적인 범주 안에서 안위(安慰)하는 범인(凡人)이 아니었다. 그런 사람은 지금의 강호에 아무짝에도 쓸모가 없었다. 그들이 원하는 것은 특별한 재능과 지극히 특별한 상황을 타개해 나갈 수 있는 단결력이었다.

그런 이유로 그들은 이 관문의 내용과 구성에 대해 만족할 것이 틀림없었고, 고로 이 관문이 장려되면 장려되었지 폐지될 일은 없었다.

그만큼 위험천만한 일인 것을 알기에 효룡은 어떻게든 사고 발생 가능성을 줄이고 싶었다. 위지천을 비류연 뒤에 세운다는 것은 폭탄을 안고 있는 것과 마찬가지였다.

"좋아! 그렇게까지 나온다면 당사자에게 물어보도록 하지. 자네의 겁쟁이 친구에게 말이야."

위지천이 비류연을 돌아보며 말했다. 그는 자신의 분노를 일단 진정시키기 위해 안간힘을 써야 했다.

"자네는 자네 뒤에 이 사람이 서는 것이 두려운 모양인데, 정말 그런가? 그렇게 그 사실이 두렵나? 자네가 그렇게까지 겁쟁이였다니 그건 정말 실망이 아닐 수 없군그래. 그래도 자네를 좀 더 높이 평가하려 했었는데 말이야!"

평소에는 절대 쓰지 않을 호칭들과 말들까지 동원된 명백하고 노골적인 도발이었다.

'설마 저런 졸렬한 도발에 넘어가지는 않겠지?'

이런 쪽으로 자기 친구의 머리가 상상 이상으로 비상하게 돌아간다는 것을 아는 효룡은 비류연이 절대 이런 위험하고 무모한 도발에 넘어가지 않을 거라고 믿었다. 그래, 바보는 아니니깐…….

"좋아요!"

바보였다.

"그래, 잘 생각했… 뭐, 뭐라고?"

효룡의 고개가 홱 돌아가며 벙찐 눈으로 비류연을 바라보았다.

"진심인가?"

"물론! 저토록 머리 조아리며 사정하는데 안 들어줄 수가 없잖아? 하해와 같은 마음으로 승낙해야지. 난 마음이 넓으니깐."

아무런 망설임도 두려움도 없는 목소리로 비류연은 그렇게 대답했다. 머리를 조아린 적도, 사정한 적도 없는 위지천은 복장이 뒤집힐 뻔했다.

"류연, 자네 어쩔 생각인가? 정말 괜찮겠나?"

효룡이 귓속말로 소곤거리며 물었다.

"걱정 마. 별것도 아닌데 뭐. 아무 일도 없을 거야."

"그럴까… 그렇게 믿는 건 자네 하나뿐이 아닐까? 그런 위험한 도발에 응하다니……. 이건 다른 것과 달리 진기를 보내는 걸세. 어떤 일이 일어날지 모르는 상황이라구. 같은 사문의 사형제들에게도 위험천만한 일이야. 알고나 있는 건가?"

"뭐, 안심하고 지켜보기나 해. 설마 이렇게 많은데 저녀석도 이기고 싶을 거 아닌가?"

"사람의 몸을 망치는 방법은 여러 가지야. 과하게 진기를 보내는 것도 그중 하나지. 게다가 자네가 맨 처음 아닌가? 나머지 조원들의 내공이 모두 자네에게 흘러드는 거라고. 거기에 조금만 수작을 부려도 그는 자네를 엉망으로 만들고자 하는 자신의 목적을 쉽게 달성할 수 있단 말일세."

효룡의 상황 판단은 정확했고, 그 때문에 그의 심려는 더욱 깊어질 수밖에 없었다.

"두고 보면 알겠지. 만일 그런 일이 일어난다면……."

비류연은 짧게 덧붙였다.

"그는 모든 일에는 책임과 대가가 따른다는 교훈을 얻게 될 걸세. 그리고 때때로 그 대가가 상당히 비싸다는 사실도 말이야."

끝없는 망상

망상 속에서 사는 자들이 있다.
그들은 모든 것을 자신들의 관점으로 재해석-변질에 가까운-해 받아들인다.
물론 주위의 고정관념에 휩쓸리지 않고 자기 자신을 중심으로
세상을 받아들이는 것은 옳다.

하지만, 이 경우 이들은 그 중심이 매우 불안정하다. 이리저리 관념과 자신의 감정에 휩쓸려 변화하기 일쑤다. 자기 중심이 고정되어 있지 않으면 자기 자신을 중심으로 세상을 받아들인다 해도 그 세상은 또다시 그 안에서 뒤죽박죽으로 왜곡되어버리고 만다. 게다가 자기 편의(이 경우 자신의 욕망에 충실한 경우가 많다)나 이익에 따라 자기 좋은 대로 해석해버리고 단정 지어버리니 멋대로 해석당하는 쪽으로서는 매우 당황스러울 수밖에 없다.

자신이 한 적 없는 말이 그 사람에게는 한 적 있는 말 혹은 했던 말로 해석되기도 하기 때문이다. 억울한 일이 아닐 수 없다.

그들 시선의 공통점은 모두가 객관성을 잃고 있다는 것이다. 그리고 자신에게 불리한 사실은 인정하려 들지 않는다. 자신을 직시할 용

기가 부족한 것이다. 때론 자신을 직시했다고 착각하고 자신의 시선이 맞다고 절대적으로 확신하지만, 그 절대적 확신부터가 환상에 지나지 않는다. 이 경우는 오히려 자신의 시선에 약간 의심을 품고, 좀 더 이성적이고 객관적 자세를 취할 수 있도록 노력하는 쪽이 더 좋은 결과를 가져올 수 있다.

이 세상의 삶은 무의미하다. 그것은 신이 인간에게 내린 가장 큰 축복인지 모른다. 왜냐하면 자신이 부여한 의미가 곧 삶의 의미가 되기 때문이다. 그러나 그것을 남용해서는 안 된다. 각자의 세상에 내재된 의미는 모두 다르다. 같은 것은 없다. 조화를 이룰 수는 있어도 그것이 같을 수는 없다. 때문에 타인을 만났을 때는 상대와 함께 삶의 의미를 조율하지 않으면 안 된다.

자신의 의미를, 자신의 세계를 타인에 일방적으로 강요하는 것이야말로 가장 큰 죄악이다. 그것은 타인의 세계를 침범하는 행위이기 때문이다.

그런데 세상에는 안타깝게도 자신이 결정한 의미를 타인에게 강요하는 이가 그러지 않은 이보다 압도적으로 많다. 그리고 그중에서도 특히 정도가 심한 인물 중에 위지천이란 이름을 지닌 한 인간이 끼여 있었다.

그는 자신의 여신인 나예린과 버러지만도 못한 비류연의 사이가 좋아졌다는 사실을 믿을 수 없었다. 인정하고 싶지 않았다. 그 사실을 인정해버리면 그 현상이 고정될 것 같은 불안감이 들었던 것이다.

그래서 그는 무의식적으로 두 사람의 관점을 무시하기로 작정했다. 그에게 그것은 탁월한 선택이었다. 영원히 퇴짜 맞을 일은 사라진 것이다. 그의 내면세계 안에서만은.

인간이 이런 상태로 돌입하게 되면 상대의 진심 어린 '거절'도 '긍정'의 다른 표현 양식으로 들릴 뿐이다. 어떤 식으로든 그들은 그 사실을 자신의 내면 안에서 만들어낼 수 있다. 진심이 통하지 않는다는 게 이런 이들의 가장 큰 특징이다. 그들은 자신의 관점 '만'으로 세상을 재해석한다. 그래서 위지천도 그렇게 했다.

자신의 우상인 나예린이 저런 출신도 모르는 비천한 자에게 호의를 품을 리 없다. 그것이 그의 내부 세계에서는 자명한 이치였다. 그와 사이가 좋아졌다는 것은 착각일 뿐이다. 그가 생각하기에 그 비류연이라는 놈팽이에게는 어떠한 가치도 발견되지 않았던 것이다. 자신이 볼 수 없는 부분에서 나예린이 그 가치를 찾아낼 수도 있다는 가정은 당연히 무시되었다. 이런 무시와 임의적 가정을 무의식상에서 수십 수백 번 반복하지 않으면, 이런 망상 따위는 계속할 수 없다. 물론 자신의 관점은 고금 불변의 절대적 진리라고 확신하는, 겸허함이라곤 눈곱만큼도 찾아볼 수 없는 확고한 대전제가 이 경우 필수 조건이었다.

위지천은 생각했다. 그녀는 지금 착각을 하고 있다. 뭔가 잘못 알고 있는 것이다. 저 간악한 놈에게 속아 넘어간 것이 분명하다. 뭔가 약 같은 혹은 주술 같은 저열한 수법을 쓴 것이 틀림없다. 자신은 그 증거를 보지 못했지만 마음속으로 확신을 가지고 있었다. 그것은 그의 감이었다. 그는 보이지 않는 증거보다 자신의 감을 믿기로 했다.

그쪽이 훨씬 달콤한 결과를 가져오기에.

위지천은 정의(正義)롭게 분노했다.

감히 나의 우상에게 그 따위 비겁한 방법을 쓰다니……. 이런 천인공노할 놈을 봤나! 하늘의 정의가 울부짖고 있었다. 정정당당한 하늘은 당연히 그 행위에 대해 분노하고 있을 게 틀림없었다. 그 하늘의 정의(그가 마음대로 정의한)를 누군가가 실현시켜야만 한다. 주위를 둘러보자 아무도 없었다. 아아, 신의 이름을 대신해, 하늘을 대신해 천벌을 내릴 자는 자신밖에 없었다. 소명이 내려졌다.

비류연 같은 존재는 이 세상에 존재할 가치가 없는 악(惡)일 뿐이다. 악의 축인 것이다. 이대로 놔둔다면 앞으로도 엄청난 재앙을 이 세상에 가져올 것이 분명했다.

자신은 질투 때문에 이러는 것이 분명 아니었다. 자신은 하늘을 대신하고 있는 것이다. 하늘에게 굳이 물어보지 않아도(아마 물어봤더라도 하늘은 명쾌하게 대답해줬을 것이다) 하늘이 그것을 원하고 있음을 그는 확신하고 있었다. 위지천은 명쾌한 결론에 도달했다. 그렇다! 이미 천명이 하늘 높은 곳에서 울려 퍼졌는데 무엇을 망설이고 있는 것인가? 남은 것은 오로지 악의 말살뿐이다. 나는 하늘을 대신해 벌을 내리는 것이다.

이것은 천벌, 하늘의 심판이다.

나는 정의의 사도, 하늘의 대리인이다.

강호 명문의 자제로 태어나 권세의 포근한 품 아래 아무런 어려움 없이 온갖 특권을 누리며 살아온 그였기에 이런 방식의 사고에 어떤 위화감도, 의문도 없었다.

그렇다! 그가 할 일은 오직 하나뿐이었다.

'잘못된 것'을 올바르게 바로잡는 것, 바로 그것이었다.

존재의 말살······.

하지만 그에게는 힘이 부족했다. 여태껏 몇 번의 실패를 계속해서 겪어온 것이다. 그런데······.

그가 힘이 부족하고, 지금 힘이 매우 필요로 하고 있다는 사실을 알고 있는 사람이 있었다. 그는 자신이 가장 필요로 할 때 힘을 빌려주었다.

두드려라! 그러면 열릴 것일지니! 보라! 하늘도 나를 돕고 있지 않은가!

하늘이 사도를 보내시어 나의 행사를 도우시니 두려울 것 아무것도 없어라.

정의는 나에게 있다. 하늘의 이름으로 오직 그것을 행할 따름이다.

공저물사(空底物事)
-이일분수(理一分殊)-

위지천은 자신의 손에 들린 '혈폭환'이란 섬뜩한 이름을 지닌 환약을 물끄러미 바라보았다. 붉은 종이 안에 싸여 있던 그 안의 내용물은 마치 사람의 피를 응고시켜 만든 것처럼 요사스러운 붉은 기운을 띠고 있었다.

'밖으로부터의 공격은 강해도 안으로부터의 공격은 약한 법, 이 약의 쓰임은 저절로 알게 될 것입니다.'

복면인은 분명히 그렇게 말하며 이 환약을 건네주었다. 그리고 그는 그것을 어떻게 써야 하는지 분명히 알게 되었다. 그렇지 않았다면 굳이 증오해 마지않는 비류연의 뒤를 자청하지는 않았을 것이다.

'이 약의 효과는 시간이 지남에 따라 삼 단계에 걸쳐 나뉘어 발휘됩니다. 특히 마지막 삼 단계에서는 엄청난 기가 체내에서 소용돌이치는 걸 느끼게 되죠. 그것은 자신의 생명이 모조리 불살라지는 듯한 느낌이라고 합니다. 그때 그것을 제대로 방출하지 못하면 죽음에 이를 수도 있으니 주의하시기를.'

아직도 복면인의 목소리가 귓가에 남아 쟁쟁하게 울리고 있었다.

'이제 와서 망설일 건 없잖아? 나에게는 해야 할 일이 있어!'

이미 돌아갈 길은 없었다. 자신은 하늘을 대신해 천벌을 내려야 하는 막중한 사명을 받은 선택된 자였다. 그는 자기 암시와 착각을 통해 공포를 극복했다.

'좋아!'

그는 눈을 질끈 감았고 입 안으로 피처럼 붉은 그 약을 털어넣었다. 그 순간 그는 자신의 내부에서 불덩어리가 폭발하는 듯한 충격에 휩싸였다. 동시에 엄청난 살의가 솟구쳐왔다. 그 폭발할 듯한 주체할 수 없는 살의 역시 약효의 일부일지도 몰랐지만 그런 건 아무래도 좋았다. 단전에서 용암 끓듯 하던 힘이 사지백해로 흘러 들어가고 있었다. 그는 자신이 무소불위의 신이라도 된 듯한 묘한 착각에 사로잡혔다. 무엇이든 할 수 있을 것 같았다.

"으하하하! 일 단계 약효만으로도 이 정도란 말인가!"

지금 상태만으로도 충분히 비류연이란 놈을 박살낼 수 있을 것 같았다.

"비류연, 이놈! 기다려라! 오늘 이 몸이 너에게 하늘을 대신해 정의의 이름으로 천벌을 내리겠다!"

"자, 그럼 슬슬 우리도 준비를 해볼까?"

"오우!"

비류연의 말에 힘찬 대답이 돌아왔다.

순서는 비류연, 위지천, 오비완, 장홍, 효룡, 윤준호, 나예린, 교옥, 이진설 순이었다. 여성들이 뒤를 맡은 것은 뒤로 갈수록 위험이 줄어

들기 때문이었다. 이 일에 대해 이의를 제기하는 사람은 없었다.
"그를 조심하게, 류연!"
여전히 걱정이 가시지 않은 얼굴을 한 채 효룡이 귓속말로 소곤거렸다. 비류연이 고개를 끄덕이며 말했다.
"걱정 마! 아무 일 없을 테니깐!"
저쪽에서 볼일 보러 갔다 오겠다던 위지천이 오고 있었다. 안 그래도 재수 없던 얼굴이 그 위에 떠오른 기이한 미소와 눈빛 때문에 더 재수 없게 보였다.
"자, 그럼 마지막 7조! 시작해주시기 바랍니다!"
진행을 맡은 네 줄짜리 율령자의 구령과 함께 시험이 시작되었다.

이 내공합격의 핵심은 사람들로부터 전해받은 기를 얼마나 오랫동안 모았다가 일순간 방출할 수 있는가에 달려 있었다. 그렇기 때문에 여러 개의 다른 성질을 가진 기를 얼마나 오랫동안 한곳에 묶어놓고 제어할 수 있느냐가 최우선 관건이었다. 그 때문에 '집(執)'과 '발(發)'의 두 역할을 동시에 수행해야 하는 첫 번째 사람의 역할이 가장 중요했다.
이런 내공합격의 경우 사람들이 지닌 능력의 총합이 반드시 그에 정비례하는 능력을 발휘하는 것은 아니었다. 선두의 능력 정도에 따라 얼마든지 큰 차이를 만들 수 있었기 때문이다.
그런 의미에서 비류연은 평균 이상으로 오랫동안 기를 모으고 있었다. 반 각이 지났는데도 그는 기를 발할 생각을 하지 않고 있었다. 그동안 뒤에서 기가 전해져 오고 있지 않았던 것이 아니었기에 그건 결코 쉬운 일이 아니었다. 그에 대해 가장 놀라고 있는 사람은 바로 위지천이었다. 그는 아까부터 비류연의 단전에 엄청난 양의 기를 쏟아붓고 있었다. 뒤쪽에서 전해져 오는 강물처럼 방대한 양의 기와 합치면 엄청난 양일 터였다. 그러나 비류연은 그리 힘든 기색 없이 그 기를 받아들이고 있었다.

'이런 말도 안 되는!'

비류연의 진기 제어력이 자신보다 월등히 높을 수도 있다는 사실을 위지천은 인정할 수 없었다.

"좋아, 그렇다면!'

마침 혈폭환의 약효가 이 단계로 접어들려 하고 있었다. 갑자기 진기가 샘솟듯 솟아나고 있었다. 마치 진기가 그의 단전으로부터 끊임없이 생성되는 듯했다. 그의 얼굴과 전신이 붉게 변했다.

'아무리 네놈의 그릇이 크다 해도 그릇인 이상 언젠가는 차는 법! 누가 이기나 한번 해보자!'

그는 자신의 몸에서 생성되는 어마어마한 양의 기를 비류연의 몸속으로 억지로 밀어넣었다. 그리고 그 성질을 약간 난폭하게 변환시키는 것도 잊지 않았다. 흘러가는 강물의 양이 많고 격렬할수록 치수가 어렵듯 사람의 몸속을 흐르는 기도 마찬가지였다.

'어, 이상한데?'

위지천의 등 뒤에 위치하고 있던 오비완은 금세 이변을 알아챘다. 장심을 통해 느껴지는 위지천의 기운이 심상치 않았던 것이다. 게다가 그의 몸이 지금 온통 붉은색으로 변하고 있는 게 아닌가!

자신한테 반발 작용을 통해 느껴지는 기의 양만 해도 이 정도인데, 비류연의 몸으로 흘러 들어가는 기의 양은 감히 상상할 수조차 없었다.

'이대로 두면 위험해! 분명 사고가 터질 거야! 이미 반 각 이상이 지났어! 기를 방출해야 될 때라고! 인간의 몸으로 더 이상 버티는 것은 불가능해! 이대로는 분명히 몸이 망가지고 말아!'

이마에 송글송글 맺힌 땀이 뺨을 타고 주르륵 흘러내렸다. 목덜미와 겨드랑이도 이미 흥건한 상태였다. 마음이 조급해지자 정신이 흐트러져 기의 제어가 갑자기 힘겹게 느껴졌다. 순간 오비완의 몸속에서 기의 강물이 거세게 일렁거렸다.

'아차차! 정신 집중! 정신 집중!'

자칫 잘못하면 자신은 물론 나머지 모두를 위기에 빠트릴 수도 있었다.

'일단 그를 믿는 수밖에!'

현재 자신이 할 수 있는 일은 아무것도 없었다. 이제 와서 중단시키는 것도 불가능했다. 함부로 중단시켰다가는 아홉 명 모두 주화입마에 빠질 위험도 있었다. 그런 모험을 할 수는 없었다.

'끈질긴 놈!'

위지천도 그 나름대로 초조해하고 있었다. 아직도 버티다니! 그래도 그는 손바닥을 통해 약간이나마 비류연의 몸의 떨림을 느낄 수 있었다.

'그러면 그렇지! 슬슬 놈의 몸도 한계에 가까워지고 있는 게 분명해. 하지만 몸 안에서 날뛰는 기의 야생마들을 과연 다스릴 수 있을까? 자자, 빨리 방출하시지그래? 그 순간이 바로 너의 최후의 순간이다.'

모았던 기를 체외로 내보내는 그 순간이 가장 위험하면서도 가장 큰 허점이 드러나는 순간이었다. 게다가 자칫 잘못되었을 때 가장 큰 피해를 입힐 수 있는 순간이었다. 위지천은 그 기회를 보고 있었다. 비류연이 집약한 기를 방출하려는 그 순간 그의 기맥을 틀어막는다. 그럼 출구를 찾지 못한 기의 덩어리는 갈 곳을 찾지 못하고 갈팡질팡하다가 펑! 그러고는 모든 것이 끝나는 것이다. 하지만 그렇지 않더라도 장마철의 급류처럼 난폭한 기류가 그의 내부를 망치고 말 것이다.

'어느 쪽으로든 끝장이다, 비류연! 더 이상 도망갈 곳은 어디에도 없다!'

위지천은 이를 악물고 비류연의 몸 안으로 기의 강물을 우겨넣었다. 비류연의 몸이 세차게 떨렸고, 그의 이마로부터 식은땀이 흘러내리기 시작했다.

"어, 이상한데?"

7조를 지켜보고 있던 사람들 사이에서 웅성거림이 들려왔다.

'도대체 무슨 짓거릴 하고 있길래 이 정도로 강력한 기세를 내뿜을 수 있는 거지?'

격체진력을 시전 중인 7조로부터 전해지는 압력은 앞의 조와 비교했을 때 엄청난 것이었다. 현재 이 기운에 맞먹은 것은 1조 정도뿐이었다.

"안 좋아, 이대로는……"

심각한 표정으로 지켜보던 청혼이 혼잣말처럼 중얼거렸다.

"자네도 역시 그렇게 생각하나?"

어느새 다가온 문절 백무영이 물었다.

"그래! 게다가 천아 녀석의 모습이 이상하군!"

"그래… 나도 그렇게… 음!"

그 순간 청혼과 백무영의 눈이 부릅떠졌다.

투둑!

위지천의 관자놀이 부근에서 지렁이 같은 굵고 푸른 핏줄이 튀어나왔다. 하지만 그것은 시작에 불과했다. 양쪽 관자놀이 부근에서 시작한 핏줄들은 여기저기 가리지 않고 툭툭 불거지기 시작하더니 마치 거미줄처럼 얼굴 전체로 퍼져 나가기 시작했다. 보는 것만으로도 끔찍하기 짝이 없는 모습이었다. 핏줄들은 금세 터져 나오기라도 할 듯 사납게 맥동하고 있었다.

"도대체 무슨 일이 일어나려고 하는 거지, 무영?"

"나도 몰라! 지룡이란 별호는 오늘부로 반납해야 할지도 모르겠군. 하지만 터무니없이 나쁜 예감이 드는군!"

펑!

마침내 위지천의 안에서 무언가 거대한 힘이 폭발했다. 그것은 복면인의 말대로 생명을 몽땅 불사르는 듯한 그런 느낌이었다. 후천지기는 물론이고 단전 안에 자리한 원정까지 모두 끄집어내는 듯한 그런 느낌이었다.

"크앙아아아아아아!"

더 이상 고통을 참을 수 없었는지 위지천의 입에서 엄청난 비명소리가 터져 나왔다. 진기 운공 도중 입을 벌리는 것은 거의 금기시되는 일이었음에도 그는 참을 수 없었던 모양이다.

생명마저 불태운 어마어마한 양의 진기가 유한한 인간의 몸 안으로 몰아쳐 들어갔다. 비류연의 몸이 크게 휘청거렸다. 그의 정신 또한 아득해지고 있었다.

"류연아, 너는 기를 받아들이는 가장 최상의 상태가 뭐라고 생각하느냐?"
"글쎄요……."
　사부의 질문에 비류연은 말끝을 흐렸다.
"그럼 질문을 바꾸도록 하마! 그릇은 그것이 아무리 큰 대기(大器)라 해도 한계가 있다. 너는 한계가 있는 그릇이 되고 싶으냐?"
"아니요, 그건 싫죠."
"싫을 뿐만 아니라 그렇게 자신이 만든 틀 안에 자신을 가둔 상태로는 비뢰도를 극성으로 연마할 수 없다. 한계 따위에 갇히려고 무공을 배우는 게 아니란 말이지. 때문에 비뢰문의 제자는 '무기(無器)'가 되기 위해 자신을 단련해야 한다."
　이번에도 또 모른다고 말하는 것은 자존심 문제였다. 그래서 그는 필사적으로 답을 떠올렸다.
"무기가 된다는 것은 틀을 깬다는 것, 그것은 그릇의 형(形)을 깬다는 뜻, 그렇다면 자신을 무형(無形)의 상태로 만들어야 한다는 뜻인가요?"
"반만 맞았다. 하지만 어떻게 무형이 될 테냐? 너의 손발, 눈, 코, 입역시도 인간을 이루는 형이 아니냐? 그걸 없앨 거냐?"
"그건 아니죠. 그렇게까지 하고 싶지는 않은데요. 으음… 그렇다면 마음을 텅 비우는 것?"

"그것 역시 반만 맞았다!"

"반반씩 맞았으니 다 맞은 것 아닌가요?"

딱!

비류연은 이마를 움켜쥐었다.

"우쉬! 또 때려!"

그의 입술이 댓발이나 튀어나왔다.

"잘려진 쟁반 두 개를 가져다 댄다고 온 쟁반이 된다더냐? 뭘로 나누어진 두 개를 붙일 거냐? 두 개의 나누어진 원리를 하나로 이을 또 하나의 연결점이 필요한 것이다."

"연결점이오?"

이마에 난 혹을 문지르며 비류연이 말했다.

"그래, 연결점! 그것이야말로 서 말의 구슬을 꿸 수 있는 실과 같은 것이다. 세상에 흩어진 진리를 묶을 수 있는 하나의 리(理)다."

"결론만 말해주세요."

비류연이 약간 짜증스럽게 말했다.

"자신을 공저물사(空底物事)로 만들어야 한다."

"공… 뭐라구요?"

"공저물사(空底物事), 텅 비어 있는 물건이란 뜻이다. 자신을 공(空)의 상태로 만들라는 뜻이지."

"아까 얘기했던 거잖아요?"

"틀려!"

"눈곱만큼요?"

"진리에 세계에선 그만큼이면 하늘과 땅 차이야!"

'텅 비어 있다고 해서, 공(空)이라 해서 아무것도 없는 것은 아니다. 공이기 때문에 어떤 것으로든 변할 수 있는 것이다. 그것이 무엇이든 어떤 성질을 가지든 모든 물(物)은 하나로부터 나왔기에… 기(氣) 역시 마찬가지다!'

'분명히 그렇게 말했겠다!'

아무리 그 형질이 달라 보여도 그것은 하나의 리(理)에서 분유되어 나온 것이다. 그러므로 그 이치를 깨닫는 것으로 모든 것을 통합할 수 있다. 공(空)의 용광로는 어떠한 것이든 받아들이고 어떠한 것이든 모조리 녹여서 하나로 만든다.

공저물사……

공(空)이기 때문에 무한(無限)하다. 공(空)이기 때문에 무상(無常)하다. 그는 자신을 비우고 자신의 내우주를 공의 상태로 만들었다. 원래 우주란 태초부터 공이었지만, 인간은 그 사실을 망각하고 자신을 틀 속에 규정했다. 그 사실을 깨닫는 것만으로 그는 '공'의 상태로 회귀할 수 있었다.

여덟 가닥의 각기 다른 성질을 지닌 기가 그의 몸 안으로 흘러 들어왔다. 이미 공의 상태가 된 비류연의 몸은 어떤 것도 거부할 필요가 없었다. 텅 비어버린 공간을 향해 공력이 강물처럼 흘러 들어간다. 심연 속으로 빨려 들어가는 영혼처럼 흡수된 여덟 개의 기는 그 안에서 하나로 조화를 이루었다. 그런데 갑자기 그중 하나의 기가 미친 듯이 날뛰며 그의 내부를 파괴하려고 날뛰었다. 사나운 용은 그의 내부를 부수기 위해 미친 듯이 날뛰었지만, 부술 틀이 존재하는 않은 곳을 부수는 것은 불가능했다. 마침내 그 사나운 용조차도 그의 안에서 하나를 이루었다.

마침내 그의 내부에서 아홉 개의 힘이 하나로 조화를 이루었고, 밖을 향해 날아갔다.

그 순간 눈부신 빛이 비류연의 몸으로부터 뿜어져 나왔다. 마치 대일여래의 광휘처럼 눈부신 빛이었다. 그러나 아무런 소리도 울려 퍼지지 않았다. 오로지 큰 고요[大寂]만이 그 자리를 차지하고 있었다.

"어라? 방금 그게 뭐였지?"

철옥잠 마하령이 눈을 껌벅이며 중얼거렸다.

"글쎄… 꾸, 꿈이라도 꾼 건가?"

옆에 있던 용천명 역시 어리둥절하기는 마찬가지였다.

순간 장내를 감싸던 따뜻하고 포근했던 빛이 사라지자 사람들은 눈을 껌벅였다. 한바탕 꿈을 꾸고 자리에서 일어난 것 같았다. 순간적으로 너무도 고요해졌기에 현실처럼 느껴지지 않았던 것이다. 고요 안에서 머무르는 게 그토록 황홀한 일이었던가? 아직도 잠이 덜 깬 듯한 몽롱한 상태에서 사람들은 멍하니 생각했다. 입맛을 다시며… 가능하다면 다시 한 번 그런 상태로 머물고 싶었다.

"아참, 그러고 보니 결과! 결과는 어떻게 됐지?"

잠시 잊고 있던 것이 생각나자 마하령은 현실로 돌아온 시선으로 7조를 향했다. 7조에는 그녀가 매우 싫어하는 한 남자가 속해 있었다. 하지만 7조 역시 그들을 지켜보던 중인과 크게 차이가 없었다.

그들도 아직 꿈에서 덜 깬 듯 멍한 상태였고, 서로의 등에 대고 있던 손은 떨어져 있었다.

그렇다면 암벽은? 그 결과를 보기 위해 그녀는 얼른 시선을 돌렸다. 갑자기 마하령의 눈이 크게 떠졌다.

"푸하하하하하하!"

마하령은 오랜만에, 정말 오랜만에 크게 웃었다. 체면 따위에 상관치 않고 그녀는 통쾌하게 웃었다. 온 산이 떠나갈 듯 미친 듯이 웃었다. 함께 있던 용천명은 이럴 수도 없고 저럴 수도 없는 자신의 처지에 절망을 맛봐야 했다.

"푸하하하하! 저게 뭐야, 저게! 말짱하잖아! 말짱해!"

그녀는 허리를 반으로 꺾은 채 배꼽을 잡고 웃고 있었다. 너무 웃었더니 눈물이 다 나려고 했다. 어안이 벙벙하기는 7조 사람들도 마찬가지였다. 어떻게 이런 일이 있을 수 있을까? 암벽은 흠 하나 없이 깔끔했다. 단 일 촌의 구멍도 나 있지 않았다.

"호호호, 이래서는 꼴찌 결정이로군! 꼴찌 결정! 아무리 무능해도 그렇지, 흠 하나 없다니!"

마하령은 정말 통쾌한 모양이었다. 그동안 쌓였던 울분이 이번 삽질을 통해 좀 풀리는 모양이었다.

그러나 비류연은 마하령의 말이 들리지 않는지 계속해서 멍하니 서 있었다. 그는 아직도 잠이 덜 깬 듯한 그런 모습이었다. 그것은 무엇이었을까? 내부 세계와 외부 세계가 일순간에 반전하는 듯한 그 느낌…….

그 느낌은 거짓이 아니었다. 그것은 진짜 있었던 일이었다.

비류연은 자신의 두 손을 한 번 물끄러미 바라보았고, 다시 검은 광택이 도는 벽을 향해 뻗어보았다. 조금 떨어진 곳에서는 마하령이 여전히 유쾌한 듯 웃고 있었다. 그에 동조해 다른 사람들도 함께 웃기 시작했다. 웃음은 화선지에 떨어진 묽은 먹물처럼 대중을 향해 번져 나갔다. 그러나 비류연의 귀에는 어떤 웃음소리도 들리지 않았다. 그가 지금 관심 있는 것은 자신과 이 세계에 무슨 일이 일어났는가 하는 것뿐이었다.

툭!

어느새 가까워진 비류연의 손가락이 암벽과 살짝 맞닿았다.

그 순간 웃음소리가 씻은 듯 사라지고 다시 정적이 찾아왔다. 아무도 입을 여는 사람이 없었다. 비류연은 약간 멍한 눈으로 그것을 바라보았다. 그뿐만 아니라 모두가 멍하니 그것을 바라보았다.

사르르르륵!

그의 눈앞을 가로막고 있던 암벽이 애초에 먼지로 쌓아올리기라도 했던 것처럼 먼지가 되어 바람에 흩어졌고, 일부는 모래성처럼 무너져 내렸다. 마치 신기루처럼…….

그리고 지름이 오 장은 족히 되어 보이는 거대한 동굴이 그들 앞에 모습을 드러냈다.

아무도 입을 여는 이가 없었다.

풀썩!

최초로 적막을 깬 이는 마하령이었다.

조금 전까지만 해도 통쾌하게 웃어젖히던 마하령이 다리에 힘이 풀렸는지 바닥에 주저앉고 말았던 것이다.

위지천 역시 더 이상 서 있을 힘이 없었다. 그래서 주저앉았다.

놀랍게도 그의 머리는 다 타버린 재처럼 하얗게 변해 있었다. 과도한 양의 진기를 일시에 방출했기 때문에 생겨난 현상이었다. 그의 피부 역시 고목 껍질처럼 메말라 있었다. 도저히 관문 시작 전의 그 사람이라고 볼 수가 없었다. 그는 지금 살아 있다는 것 자체가 기적이었다. 그 기적은 조금 전 비류연이 보여주었던 신비로운 현상과 연관이 있을지도 몰랐다. 하지만 그런 건 이제 그에게 아무런 가치도 없었다.

'또… 또다시 실패하고 말았다!'

지금 그의 머릿속에는 그 생각만이 가득 차 있었다. 다시 일어날 힘은 이제 그에겐 남아 있지 않았다. 무의미하게 불타버린 생명의 잔해만이 그곳에 남아 있을 뿐이었다. 거기에 남은 것은 더 이상 위지천이 아니었다. 위지천이라 불리던 생명의 찌꺼기일 뿐이었다. 아무도 그에게 다가가 그를 부축해 일으키려 하지 않았다. 비류연은 한때 위지천이라 불렸던 그 잿더미를 물끄러미 쳐다보다 마침내 그에게 다가갔다.

방심 상태에 빠져든 위지천의 어깨에 손을 얹은 비류연은 자신의 입을 그의 귓가에 가져다대고는 부드러운 목소리로 상냥하게 말했다.

"아깝네요, 조금 더 했으면 소원을 성취할 수도 있었을 텐데. 그래, 소원을 이루는 대가로 무엇을 지불했나요? 자신의 영혼?"

위지천은 석상처럼 몸을 굳혔다. 그의 얼굴은 석고를 바른 듯 창백하고 딱딱하게 굳어져 있었다. 비류연이 다시 말했다.

"과연 다음번에도 지불할 만한 대가가 남아 있을지 모르겠군요. 조심하는 게 좋겠어요. 안 그러면 본인에게 남는 것은 아무것도 없을 테니깐요. 모든 것을 버렸다고 해서 모든 것을 얻을 수 있는 것은 아니라는 것을 명심하시길."

위지천은 입술을 깨물며 신음을 삼켰다. 울분을 삭히기 위해 그는 몸을 부르르 떨었다.

그렇게 수화관은 끝났다.

그리고 이번 관문의 일 위는 7조에게로 돌아갔다.

오행관 최종 관문 중토관(中土關)

"드디어 마지막 관문이로군."
비류연이 기지개를 켜며 말했다. 좋은 아침, 맑은 공기였다. 폐부까지 깨끗해지는 그런 느낌이랄까. 옆에서는 효룡이 자신을 흉내 내고 있었다.

타의 모범이 된다는 것은 참 번거로운 일이 아닐 수 없다.
"지난번 수화관에서 많은 조가 좋은 점수를 얻지 못했지. 덕분에 금요관에서 잃었던 점수를 만회할 수 있었어. 이번 관문에서 일 위를 한다면 우리가 이번 화산지회에서 우승할 승산은 충분해!"
마지막 관문의 개시를 앞두고 중앙 연무장에서 연설과 훈시가 있을 예정이었다. 동료들과 합류한 비류연은 함께 연무장으로 향했다. 연무장에는 이미 많은 사람이 운집해 있었고, 단상 위에는 익히 잘 알고 있는 얼굴이 자리하고 있었다. 혁 노야였다. 사람들은 각기 표시된 조 앞에 가서 정열하고 있었다.
사람들이 다 모였음을 확인하자 혁중은 연설을 시작했다.
"주지하시다시피 이번 관문이 마지막 관문입니다. 전 여러분이 아무 사고 없이 여기까지 무사히 왔다는 사실을 무척 기쁘고 자랑스럽게 생각합니다. 상생상극의 순서를 제대로 지키지 못한 것은 죄송하게 생각합니다만 너무 탓하진 말아주십시오. 이번 관문은 시간이 좀 많이 걸리기 때문에 어쩔 수 없이 마지막에 배치해둘 수밖에 없었습니다. 어쩔 수 없는 선택이었죠."

도대체 얼마나 오래 걸리기에 저런 말을 하는 것일까? 천율십령의 수장인 혁중의 말은 사람들의 마음에 의구심을 불러일으키기에 충분했다. 사람들이 웅성거리기 시작했다.

"그럼 중토관의 진행 방식과 규칙에 대해 설명드리겠습니다."

참가자들은 한마디도 놓치지 않으려는 듯 혁 노야의 말에 귀를 기울였다. 노야의 설명에 따르면 이번 관문은 지금까지의 성적을 한 번에 뒤엎는, 대역전극을 펼칠 수 있는 절호의 기회였다. 하지만 그런 만큼 관문의 내용 또한 만만치 않았다.

"자연 속에서 십사 일 동안 어떻게든 스스로의 힘으로 생존한다. 그것이 제일 규칙입니다. 그 이외의 규칙은 없다고 해도 과언이 아닙니다. 다만 대자연 속에서 각 조는 스스로의 힘으로 주거 공간을 확보해야 합니다. 이곳에서 침상을 마련해주는 일은 없습니다. 하지만 특별 봉사로 모포 한 장씩은 공급하도록 하겠습니다. 식량 역시 각자의 몫입니다. 수렵이든 채집이든 좋습니다. 스스로의 힘으로 식량을 확보하고 물을 확보하세요. 토기를 만들 수 있다면 만들어도 좋습니다. 그리고 중토관이 실시될 장소 주위에는 상당수의 맹수가 살고 있다는 소문이 있습니다. 얼마 전에는 어떤 분에 의해 호랑이가 잡히기도 했죠. 호환을 당한 사람도 나왔었습니다. 그런 불상사가 없도록 주의

해주세요. 늑대들도 부지기수입니다. 곰을 봤다는 사람들도 있습니다. 천둥, 번개, 호우, 산사태, 바람, 그 어떤 돌발적인 위협에도 맞서 싸워야 합니다. 도와주는 사람은 없습니다. 자신을 도와줄 수 있는 것은 오직 곁에 있는 동료들뿐입니다. 동료를 믿고 협력하여 무사히 이 관문을 통과할 수 있게 되기를 빕니다."

혁 노야는 잠시 말을 멈추고 주위를 한 번 둘러본 다음 다시 말을 이었다.

"어떻게 살아남느냐. 그것은 채점 판단의 중요한 근거가 될 것임을 알려드립니다. 그리고 모두들 이 '천율패(天律牌)'를 자신의 조 앞쪽에 서 있는 율령자들로부터 받도록 하세요."

혁중이 주머니에서 호패 크기의 나무패를 하나 꺼내 들었다.

"이 천율패에는 조와 이름, 그것이 진품임을 확인하는 천율인(天律印)이 찍혀 있습니다. 앞으로 이 주일 동안 이 천율패를 잘 간수하시기 바랍니다. 이 천율패를 잃어버리는 사태 역시 탈락으로 간주하도록 하겠습니다. 극단적인 사태가 일어날 수도 있기 때문에 안전장치로 준비한 것입니다!"

그러자 여기저기서 웅성거리는 소리가 들려왔다.

"자, 그럼 화산규약지회 오행관 마지막 토의 관문을 시작하겠습니다. 각 조를 담당하는 율령자들의 인솔에 따라 이동해주시기 바랍니다. 열한 개 조는 각기 다른 장소로 이동해 시험을 받게 될 것입니다. 우선 1조부터 출발해주세요. 이 각(30분) 간격으로 출발하도록 하겠습니다."

"자, 1조 출발해주십시오."

1조를 담당하는 율령자의 지시와 인솔에 따라 대공자를 위시한 아홉 명이 그 뒤를 따랐다. 비류연은 그들과 조금 떨어진 측면에서 그들을 보고 있었다. 비류연이 반갑다는 듯 손을 흔들었고, 그 옆에 서 있던 혈심란 교옥도 대공자 비를 향해 무운을 빌며 정중하게 인사했다. 교옥의 인사에 건성으로 고개를 끄덕인 비의 시선이 비류연과 마주쳤다. 비의 눈동자는 차갑고 무정했다.

"먼저 가서 기다리고 있겠다. 이번에는 쉽지 않을 것이다."

그것을 일종의 도전이나 도발이라 봐도 좋은 것일까? 대공자 비가 누군가에게 관심을 드러냈다는 사실에 마천칠걸 모두는 경악하고 말았다. 저 실없어 보이는 인간에게 그만한 가치가 있단 말인가?

"두고 봐야 아는 일이죠."

첫 번째 목요관, 1조 승리. 두 번째 금요관, 2조 승리, 1조·7조 실격. 세 번째 화수관, 7조 승리, 1조 2위.

현재 대공자 비가 속한 1조, 용천명·마하령의 2조, 모용휘·임성진의 3조, 비류연의 7조, 마천각 출신자들이 중심을 이루는 11조, 이렇게 다섯 개 조가 선두를 다투고 있었다. 그리고 그 승부가 결정될 곳은 화산지회 오행지관 최후 최종의 관문 중토관뿐이었다.

가져갈 수 있는 것은 각자의 무기와 일 인당 모포 한 장, 수저 한 벌, 부싯돌 하나뿐이었다. 홍매곡의 비품은 이것 이외에는 아무것도 가져갈 수 없었다. 냄비조차도 능력에 따라 구해야 하는 것이다. 단 그것들 중 개인 물품은 가져가도 상관없었다.

드디어 시험이 시작되었다. 아니 이번 관문은 시험이 아니라 시련이라 하는 편이 오히려 더 어울렸다.

사람들 대부분 이런 자연 속에서 생활해본 경험이 드물었다. 아무리 산속에 자리한 문파에서 수업을 받았다고 해도 그 안에는 인간의 사회가 있었고, 인간의 문명이 있었다. 적어도 비바람을 피하게 해주는 지붕과 몸을 따뜻하게 해주는 이불이 있었다. 그리고 무엇보다 식량이 있었다.

그랬던 이들이 일순간에 자연 속에 방치된 것이다. 맨 처음 그들은 무엇을 최우선적으로 해야 할지 알 수가 없어 우왕좌왕해야만 했다.

이때 길을 가르쳐준 것은 놀랍게도 비류연이었다. 그는 인간이 자연 속에 방치되었을 때 어떻게 해야 하는지 잘 알고 있었다. 그는 심산유곡에 내팽개쳐진 상태에서도 전혀 동요하는 기색을 보이지 않았고 오히려 더 생기가 넘쳐 있었다. 자연 속에 떨어지자 갑자기 그는 모든 방면에 유능해졌고 또 능숙해졌다.

그 동굴을 발견한 것은 우연이었다. 날이 어두워지기 전에 마른 장작을 주워야 한다는 비류연의 제안에 따라 여기저기 흩어져 그 일을 하다 작은 계곡 물가와 얼마 떨어지지 않은 곳에서 풀숲에 가려져 있던 것을 나예린이 우연히 발견한 것이다. 그것은 꽤 넓고 깊은 동굴이었다. 뜻하지 않은 행운이었다. 게다가 곰이나 호랑이 같은 선객도 없는 모양이었다. 만일 그런 일이 있었다면 그것은 불행한 일이 되었을 것이다. 미리 터를 잡고 있던 선객들에게는 말이다.

"이거 좋은데요. 일부러 임시 초옥 같은 것을 만들지 않아도 되겠어요."

비류연이 공로자인 나예린을 칭찬하며 말했다. 거주지, 물, 식량, 이 세 가지가 생존을 위해 가장 최우선적으로 확보해야 하는 과제였다.

만일 동굴이 발견되지 않았다면 진짜로 만들 작정이었다.

"일단 이곳에다가 본진을 치도록 하죠!"

모두가 동의했다. 곧 풀과 나무들을 모아 입구를 봉쇄하고 위장했다. 괜히 노출시켜 귀찮은 경우를 불러들일 필요는 없는 것이다.

일단 물과 거주지, 가장 먼저 해야 할 세 가지 중 두 가지 문제가 해결된 것이다.

"이제 식량은 어떻게 하죠?"

나예린이 걱정스럽게 물었다. 그녀 역시 이런 생활은 처음이었다.

"사냥을 해야죠. 산나물이나 과일 같은 것이 있는지도 살펴보구요."

"사냥?"

"걱정 말아요. 나한텐 든든한 우군이 있으니깐요!"

"우군이라뇨?"

나예린의 반문에 비류연은 싱긋 웃었다

"휘이이이익!"

비류연이 입에 손가락을 갖다 댄 다음 힘차게 휘파람을 불었다.

삐이이이익!

다음 순간 푸른 깃털을 지닌 늠름한 하늘의 왕자가 바람을 가르며 활공해 내려와 비류연의 오른팔에 내려앉았다. 그의 애매인 우뢰매였다.

"어머, 오랜만에 보네요. 그러고 보니 데리고 왔었죠? 다른 사람들은 거의 다 자기 매를 두고 왔는데."

비류연이 싱긋 미소를 지으며 고개를 끄덕였다.

"예린은 잘 모르겠지만 이녀석은 본래 매우 유능한 사냥꾼이에요."

비류연의 우뢰매는 무척 똑똑했다. 다른 사람들은 모두 학관에다 자신의 전서응을 맡기고 왔는데, 유독 비류연만 그러지 않은 것도 그런 이유에서였다. 게다가 천무학관에 많은 수의 전서응이 있었지만, 우뢰매만큼 유능한 사냥꾼은 드물었다. 그리고 동시에 뛰어난 길잡이이기도 했다. 그는 자신의 주인이 무엇을 원하는지 잘 알고 있었고, 언제나 날카로운 눈으로 사냥감이 있는 곳을 알려줄 수 있었다.

"그럼 이제 사냥을 갈 건가요?"

"아뇨! 아직 한 가지 남은 게 있어요."

"뭔데요?"

"가장 중대한 위협에 대비해야 돼요!"

"가장 중대한 위협? 그것이 도대체 뭔데요?"

비류연은 망설이지 않고 대답했다.

"바로 인간!"

산은 깊고 수목은 울창하다. 감시자는 멀리 있고 칼은 가까이 있다. 세상의 험악함을 모른 채 들판에 풀려 있는 사냥감들……. 이 기회에 어떻게든 경쟁자들을 떨구고 우승한다. 이런 상황에 방치되면 누구나 한 번쯤 하게 되는 생각이었다. 게다가 생각뿐만 아니라 충분히 행동으로 옮길 수 있을 만큼의 결단력과 욕심을 겸비한 사람 중에 삼흉(三凶)이라 불리는 악질적인 패거리도 끼여 있었다.

사납고 흉폭한 애들이 적지 않은 거친 기질의 마천각 내에서도 그들은 문제아였다. 어린놈들 주제에 하는 짓이 흉신악살 못지않았던 것이다. 그런 놈들이 하나도 아니고 셋이나 한데 모인다는 것도 쉽지 않은 일이었다. 그래서 그들은 삼흉(三凶)이 되었다. 마천삼흉. 이들은 마천각 내에서조차도 배척받고 기피되고 있는 존재였다.

흑도 최고의 기재들이 모이는 마천각 안에서 나쁜 일을 저지른다는 것은 쉬운 일이 아니었다. 그만한 능력을 갖추지 못하면 단숨에 멸살당하고 만다. 그러나 그들은 삼 년 이상 그 흉명(凶名)을 이어왔다. 그들의 실력과 수단이 범상치 않음을 알 수 있는 대목이다. 하긴 그런 실력이 있었으니 화산지회 대표로도 뽑힐 수 있었을 것이다. 품위보다는 힘을 우선시한 결과였다. 그들은 우연히 한 조에 들어가게 되었고, 다시 한 번 그들의 우정을 돈독히 할 기회를 맞이하게 되었다. 특히 이번 중토관은 그들의 폭력성과 비겁함과 저열함을 마음껏 발휘할 수 있는 실로 완벽한 환경이었다.

규칙은 오직 생존뿐. 생존에 사냥은 필수였다. 그래서 그들은 인간 사냥을 시작했다. 그리고 드디어 첫 번째 먹잇감이 그들 앞에 나타났다. 한 명은 이 인간 형상을 지닌 짐승들조차 눈이 돌아갈 정도로 아름다운 미녀였다. 마치 얼음을 조각해놓은 것 같은 차가운 아름다움과 그 이면에 자리한 보이지 않는 마력이 그들의 욕정을 맹렬히 자극했다. 그 옆에 붙어 있는 앞머리가 긴 놈은 그다지 강해 보이지 않았다. 그런데 그놈이 갑자기 얼굴을 들더니 정확히 그들이 은신하고 있는 곳을 향하여 외치는 게 아닌가.

"어이, 나무 위의 세 놈, 이제 그만 모습을 드러내시는 게 어때?"

앞머리가 긴 녀석은 의외로 감이 좋은 모양이었다. 매복하고 있던 자신들의 존재를 알아낼 줄이야……. 그래도 두려울 것은 어디에도 없었다.

"흐흐흐, 용케도 눈치챘군!"

이 셋은 아편 중독자라는 이야기도 있었다. 그리고 좁쌀만한 홍채와 지나치게 넓은 흰 자위는 그런 소문이 정말 사실일지 모른다는 생각을 하게 만드는 힘이 있었다. 사백안이라고 하던가. 상하좌우 네 방위 모두가 하얗다는 이야기였다.

쭉 찢어진 눈동자에는 핏발이 어려 있었고, 뾰족한 턱 위에 귀까지 닿는 게 아닌가 의심스러울 정도로 길게 찢어진 얇은 입술 가에서는 침이 질질 흐르고 있었다.

그중 한 놈이 자신의 칼에 기다란 혀를 날름거리며 주욱 핥았다.

"이거 피를 볼 생각을 하니 흥분돼서 참을 수가 없구나. 헤헤헤!"

독사보다 더 추잡한 눈이 여인을 훑고 지나갔다. 그자는 발정 난 수캐처럼 헐떡이고 있었다. 그의 머리통 속에서 지금 무슨 잡스런 생각이 난무하고 있는지는 모르는 쪽이 오히려 더 정신 건강에 좋았다.

"몇 조 놈들이냐?"

"헤헤헤, 그게 그렇게 알고 싶으냐? 죽음의 사조(死組) 어르신들이다."

"네놈들에게 지옥을 보여줄 세 분이시다. 마천삼흉의 이름은 너 같은 촌놈도 들어봤을 테지?"

"몰라! 그런 쓰잘머리 없는 것까지 시시콜콜 알아야 할 만큼 난 한가하지 않아!"

비류연이 차갑게 대답했다. 그의 비아냥거림은 그들의 분노를 사기에 충분했다.

"네놈은 특별히 더 잔인하게 죽여주마! 우선 나무에 하루 동안 거꾸로 매달아놓은 다음 피가 머리에 몰려 고통스러운 비명을 지르게 되면 그때 산 채로 내장을 끄집어내고 살을 발라낸 다음 마지막에 가서야 목을 따주마!"

광기가 희번덕이는, 듣는 것만으로 소름이 짝 끼치는 협박이었다.

"할 수 있다면 해보는 것도 좋겠지!"

"아, 저쪽 여자는 살려줄 테니 걱정하지 마! 저 여자는 살아서 이 몸들에게 이것저것 봉사해줘야 될 게 잔뜩 있거든! 흐흐흐흐흐!"

세 마리 짐승의 눈이 색욕으로 붉게 빛났다. 두꺼비가 혀로 핥는 듯한 혐오감에 나예린은 어깨를 움츠려야 했다. 그것은 생리적인 혐오감이었기에 무공의 고하와는 상관없는 문제였다.

"그 말로 네놈들의 운명은 정해졌다!"

겨울 한기가 깃든 싸늘한 목소리로 비류연이 말했다.

삼흉의 말은 옳았다.

그들의 장담대로 확실히 하루 동안 나무에 거꾸로 매달려 있는 고통은 가히 상상을 초월하는 것이었다. 피가 머리에 쏠리자 연약한 뇌가 비명을 질렀고, 붉게 충혈된 눈은 당장에라도 안와를 튀쳐 나올 것만 같았다.

"커억… 이… 개새…끼…들… 다… 주…거…써……."

폐부를 쥐어짜는 듯한 비명이 목구멍 깊숙한 곳으로부터 흘러나왔다. 하지만 그것에 귀 기울여주는 사람은 아무도 없었다. 가치 없는 목소리에 귀 기울여줄 만큼 한가한 사람은 없었던 것이다.

"저것들 어떻게 할 셈인가?"

오비완이 대롱대롱 나무에 거꾸로 매달려 있는 마천삼흉을 흘깃 바라보며 물었다.

"당분간 저렇게 둬야죠! 아무래도 그러길 원하는 것 같으니깐."

장작에 불을 붙인 후 막 그 위에 냄비를 걸어놓으려던 비류연이 건성으로 대답했다.

"우리 마천각에서도 악명이 자자하던 저 삼흉이 저런 비참한 꼴이 되다니… 그러니깐 그냥 잘라버리자고 그랬잖나!"

자신들은 우는 아이도 벌벌 떨게 만드는 마천각의 삼흉 어르신들이라고 떠들던 이들은 지금 온몸에 밧줄이 칭칭 감긴 채 홀딱 벗겨져 거꾸로 매달려 있었다.

궁형에 처해야 한다는 오비완의 강력한 주장이 있었지만, 여성들의 정신 건강과 저녁 밥의 입맛을 위해 기각되었다. 맛있는 저녁을 먹기 위해서는 그런 추잡한 것을 보면 안 된다는 것이 비류연의 매우 설득력 있는 주장이었다.

그들은 눈물과 콧물 범벅이 되어 있었다. 비류연은 살짝 얼굴을 찡그렸다.

"이제 겨우 하루밖에 안 지났는데 엄살이 좀 심하군요!"

"원래 남에게 상처 주기만 한 사람은 자신이 고통받을 경우 저항력이 떨어진다네. 자신이 상처받을 수도 있다는 사실을 평소 그들은 망각하고 있기 때문이지. 저것도 자업자득이라 할 수 있겠지."

"후회는 언제나 상습 지각생이죠. 언제나 빠른 법이 없어요. 후회하고 있을 때는 언제나 이미 늦었을 때니깐!"

남에게 위해를 가하기 위해서는 자신도 위해를 입을 마음가짐이 되어 있지 않으면 안 된다. 그것이 바로 형평성이라는 것이다. 그리고 그런 역지사지의 마음가짐을 지닌 사람은 결코 남을 해치는 법이 없다.

"저녀석들은 시작에 불과할거야. 혈기 때문에 다른 사람들보다 먼저 시작한 것일 뿐이지."

비류연도 같은 생각이었다.

"아마 앞으로 줄줄이 나오겠죠. 이래서는 습격 차례를 정하기 위해 번호표를 발부해야 할지도 모르겠는데요?"

그러더니 갑자기 괴이한 미소를 흘리며 웃기 시작했다.

"흐흐흐흐! 이럴 땐 경고와 교훈이 필요하지. 남을 해코지하고 싶으면 자신도 그만큼 해코지당할 각오가 되어 있어야 하는데, 요즘 애들은 그런 각오가 전혀 없단 말이야. 저 세 놈들처럼!

그러고 보니 저놈들이 우리를 어떻게 한다고 했더라? 우선 거꾸로 매단 다음에… 이건 했고, 다리를 자른다고 했나? 아냐아냐, 피부를 벗기는 게 먼저였나……."

비류연이 가물가물한 기억을 뒤적이자 옆에서 나예린이 도움을 주었다.

"먼저 산 채로 내장을 꺼낸 다음 살을 발라내고 마지막으로 목을 딴다고 했어요."

나예린이 정확하게 그때의 사실들을 되짚어주었다. 감정의 기복이 전혀 느껴지지 않는 목소리. 그래서 더욱 무서운 목소리였다. 그녀의 눈동자에서는 어떤 감정도 읽히지 않았다.

"아, 맞다! 그랬었지! 이제 기억이 나네요. 역시 예린의 기억력은 비상하군요. 흐흐흐흐, 목을 딴다라……. 저녀석들 좋은 발상을 가지고 있군요. 그럼 우선 녀석들의 목을 자르고 내장을 꺼낸 다음 경고용으로 걸어둘까?"

비류연의 두 눈동자는 염화지옥에서 타오르는 겁화로 붉게 빛나고 있었다. 그러자 오비완도 덩달아 음산하고 음습한 웃음을 흘렸다. 그는 매달린 세 명의 귀에 아주 잘 들리도록 신경쓰면서 맞장구를 쳤다.

"크크크크크! 그거 아주 좋은 생각이로구만. 그러면 이곳이 우리의 영역이며, 우리의 영역을 침범한 놈들은 어떻게 되는지를 보여주는 좋은 사례가 되겠지. 이것이야말로 '역지사지'의 교훈이 아니겠는가!"

조금 틀린 것 같지만 이들에게는 아무래도 좋았다. 그러자 조금 전까지 안하무인으로 날뛰던 세 명의 개망나니 입에서 비명이 터져 나왔다. 그들은 근성도 없이 처절한 목소리로 울부짖으며 용서를 빌었다.

"잘못했습니다! 잘못했습니다요, 나으리! 나으리를 몰라본 소인들이 어리석었습니다. 그러니 부디 자비를!"

삼흉이 동시에 비명을 토하며 울부짖었다. 피가 쏠려 붉게 변해 있어야 할 그들의 얼굴은 무슨 조화인지 창백하게 변해 있었다.

"제발 이제부터 새사람이 되겠으니 부디 용서를……. 형님! 나으리! 대협!"

비류연은 새끼손가락으로 귀를 후비며 모른 척했다. 오비완은 정신을 집중하여 톡톡 손톱을 다듬었다. 효룡은 나뭇가지로 모닥불을 이리저리 뒤적였다.

자신들의 목숨이 위태로워져서야 잘못했다는 시늉을 하는 삼흉의 목소리는 그들의 귀에 들어오지 않는 모양이었다. 그들이 하루아침에 진심으로 자신들의 잘못을 뉘우쳤다고 믿을 만큼 순진하지 않았던 것이다. 삼흉의 애걸복걸은 만장단애 아래로 떨어지는 돌멩이처럼 허무의 나락 속으로 빨려 들어갔다.

"나으리, 하느님, 형님, 부처님, 제발 살려주세요!"

마침내 얼굴을 맞대며 쑥군거리던 세 남자의 얼굴이 굴비처럼 매달린 삼흉 쪽을 향했다.

크크크크크크!

켁켁켁켁켁!

삼흉은 두려움에 벌벌 떨어야 했다. 자신들은 향해 다가오는 세 명의 눈빛과 웃음은 그들의 주관적 시점으로 볼 때 인간의 것이라 할 수 없는 것이었다. 그들의 등 뒤로 지옥이 내려오는 것 같았다.

그리고 그들은 마침내 깨달을 수 있었다. 자신들은 절대 적으로 삼지 말아야 할 자를 적으로 삼고 말았다는 것을. 하지만 비류연의 말대로 후회는 언제는 빠른 법이 없는 만년 지각생이다.

오늘도 변함없이 후회는 지각한다.

비류연은 무심한 얼굴로 칼을 들었다. 보기만 해도 한기가 돌 정도로 날카롭게 갈린 칼이었다. 그는 충분한 뜸을 들이며 천천히 칼을 치켜들었다.

오랜 고통을 안겨줄 생각은 없었다. 단숨에 끝내는 것이 자비였다. 그러기 위해서는 생사의 경계를 인식하지 못할 정도로 빠른 일격이 필요하다. 오직 쾌속만이 그것을 가능하게 해준다.

올려진 칼이 정점에 다다르자 비류연의 눈이 반짝 빛났다.

쉬익!

바람을 가르는 날카로운 소리와 함께 칼이 내리쳐졌다.

푸와아아아아악!

목 부위에서 분수처럼 피가 뿜어져 나왔다.

지켜보던 여인 셋이 눈을 질끈 감았다. 너무 잔인하다고 느껴졌을까? 하지만 세계는 약육강식의 먹이사슬에 구속되어 있다. 인간은 살아가기 위해 많은 것을 희생시키지 않으면 안 된다. 다만 그것들에 대한 감사의 마음만은 잊지 않기를 그리고 가능한 한 많은 욕심을 내지 말기를…….

비류연이 능숙하게 가죽을 벗겨내며 말했다.

"예린, 물은 다 끓었어요?"

"예! 다 됐어요, 류연!"

나예린이 고개를 끄덕였다.

오늘 저녁은 토끼 요리였다.

공포(恐怖), 절망(絶望), 비탄(悲嘆)
-죄여오는 공포-

어느 놈의 발상인지는 알 수 없으나 만일 이 관문을 고안한 사람이 대자연 속에서 모두가 사이좋게 협력하여 단결하기를 바랐다면, 그는 큰 실수를 한 것이다. 멍청이나 얼간이, 그 어떤 것으로 불려도 변명의 여지가 없다.

그러나 만일 그가 서로가 투쟁하고 경쟁하고 군림하는 약육강식의 철의 규칙이 존재하는 세계를 만들려고 했다면 그는 최상의 선택을 한 것이고, 그는 야비한 천재라 불릴 만했다. 인간은 먹이사슬이 존재하는 환경 속에서 화합보다는 투쟁과 쟁취를 선택하게 마련인 것이다.

그렇다면 약육강식의 세계에서 더 큰 미지의 공포와 조우하게 됐을 때 인간들은 어떤 반응을 보일까?

중토관이 시작되고 벌써 닷새가 흘렀다. 마천삼흉이라는 머저리들 빼고도 7조를 습격한 사람들이 몇 명 더 있었다. 하지만 그들 역시 삼흉과 똑같은 꼴을 당해야 했다. 현재 이곳 중토관은 먹느냐 먹히느냐, 이 둘 중 하나를 택해야만 하는 치열한 생존경쟁의 장이었다.

닷새째 되던 그날은 안개가 자욱하게 낀 날이었다. 한 치 앞도 제대로 분간하기 힘들 만큼 짙은 안개였다.

"헉헉헉!"

남자는 달리고 있었다. 나뭇가지들이 자신의 몸을 스쳐 지나가든 말든 그는 상관치 않고 달렸다. 목구멍이 타오르고 심장이 터질 것처럼 괴로웠지만 그는 달렸다. 거의 무의식 상태에서 오직 그자로부터 멀어져야 한다는 일념만이 그의 다리를 움직이게 하고 있었다. 그가 속한 조는 9조, 그의 이름은 현운. 주작단의 바로 그 현운이었다.

그는 맹수에게 쫓기는 사슴처럼 도망치고 있었다. 그다지 틀린 표현도 아니었다. 현운은 자신의 실력에 자만하는 사람이 아니었다. 그리고 매우 독특하고 인상적인 대사형을 두다 보면 그럴 엄두를 내기란 거의 불가능하다. 하지만 비류연이나 염도 노사 같은 경우는 예외 중의 예외라 할 수 있었다. 그 둘만 빼면 자신의 실력도 그리 빠지는 편은 아니라고 생각했다. 그러니 천무구룡의 칭호도 아직까지 유지하고 있는 게 아니겠는가.

'도대체 그 괴물은 뭐지?'

그자는 느닷없이 나타났다. 처음에는 다른 조원의 습격인 줄 알았다. 하지만 아니었다. 그런 무시무시한 기백을 지닌 괴물이 그들 사이에 있다고는 믿어지지 않았다. 결정적으로 그자는 노인이었다. 그것도 자신 같은 젊은이 아홉 명이 떼거지로 덤벼도 이기지 못하는 그런 노인이었다. 백도와 흑도에서 거르고 걸러 모아놓은 이들이 손 한 번 제대로 못 쓰고 당해버렸다. 그들 중 그자의 일 검을 받아낸 자는 한 명도 없었다.

　뭔가 이변이 일어난 것이다. 터무니없는 뭔가가 그들 사이에 나타난 것이다. 눈을 몇 번 깜빡하고 나자 서 있는 사람은 자신뿐이었다. 나는 무엇을 해야 하나? 그는 생각했다. 지금 달려들어봤자 전혀 승산이 없었다. 그들은 그자의 옷깃조차 스치지 못했다.

　'시시해! 시시해! 시시해!'

　그 괴물은 그 말만을 되풀이했다. 그들은 심심풀이 장난감조차 되지 못했다.

　'재미없어!'

　혼자 남은 자신을 보며 그자가 툭 내뱉은 말이었다. 여덟 명이 땅바닥에 뒹구는 가운데 그는 하품을 하고 있었다.

　현운은 뒤를 향해 전진했다. 아니 뒤를 향해 매우 빠른 속도로 신형을 날렸다. 이 사실을 누군가에게 알려야만 했다.

　'그럼 누구에게?'

　그러자 한 사람밖에 생각나지 않았다.

　그는 거의 제정신이 아닌 상태에서 발을 움직이고 있었다. 엄청난 공포가 그의 심신을 지배하고 있었다. 아직도 조원들의 비명소리가 귓가에 울려 퍼지고 있었다. 처절하지 않은 것은 하나도 없었다. 그 역시도 비명을 지르고 싶었다. 하지만 마음 밑바닥에서 스멀스멀 기어나오는 공포를 억지로 누르며 그는 달리고 또 달렸다.

　그때 한 그림자가 느닷없이 그의 눈앞에 나타났다. 땅에서 불쑥 솟기라도 한듯 그 등장은 갑작스러웠다. 공포가 폭발한 현운의 입에서 비명이 터져 나왔다.

"으아아아아아아!"

입으로는 비명을 지르고 있었지만 수천수만 번 반복해서 훈련된 몸은 자동 반사적으로 움직였다.

쉬익!

그는 본능적으로 검을 뽑아 눈앞의 불청객을 향해 빠른 속도로 휘둘렀다. 무당파 장문인도 감탄하지 않을 수 없을 만한 그런 쾌속한 일검이었다.

"어!"

짧은 경호성. 하지만 그 그림자의 움직임 역시 만만치 않았다. 그는 자신의 미간을 향해 최단 거리로 찔러오는 검을 고개를 살짝 돌리는 짧은 동작으로 피한 다음 재빠른 금나수법으로 현운의 오른 손목을 잡고 살짝 비틀었다.

부웅!

현운의 몸이 쏟아져 들어가던 힘을 주체하지 못하고 허공중에 원을 그리며 빙글 돌더니 등짝부터 땅바닥에 패대기쳐졌다.

커헉!

현운은 짧게 비명을 질렀다. 그림자가 땅바닥에 메다꽂힌 그를 오만하게 굽어다보며 신경질적으로 말했다.

"야, 위험하잖… 어라? 현운?"

"대, 대사형!"

자신을 물끄러미 내려다보고 있는 사람은 다름 아닌 대사형 비류연이었다. 볼 때마다 정나미가 뚝뚝 떨어지던 비류연의 얼굴이 눈물이 날 정도로 반갑다니, 정말 세상은 오래 살고 볼 일이었다.

"그러니깐 정체불명의 괴한에게 습격을 당했다고?"

겨우 진정이 된 현운을 향해 비류연이 물었다. 이미 물을 세 사발씩이나 벌컥벌컥 들이켠 후 한참 동안 운기조식을 한 터였다. 비류연에게 당하기 전부터 엄청나게 피로가 쌓여 있었던 터라 바로 자초지종을 물을 상황이 아니었던 것이다.

"예!"

현운이 고개를 끄덕였다.

"그럼 그 괴한에게 무슨 특징이라도 있어?"

"특징이라면… 물론… 이… 있습니다."

현운의 목소리는 바람에 희롱당하는 나뭇잎처럼 가늘게 떨리고 있었다.

"뭔데?"

"그… 그것은……."

다시 그 괴물의 모습이 떠오르자 현운은 어깨를 부르르 떨었다. 그 모습은 지켜보며 비류연은 생각했다.

'저녀석 정도 되는 놈에게 저 정도의 공포를 심어주다니… 게다가 인상착의에 대해 별로 말하고 싶지 않다는 듯한 인상까지 풍기고 있군. 대체 왜 저러는 거지?'

현운은 스스로 그 사실을 자꾸만 망각하고 싶어하는 게 아닌가 하는 생각이 들었다. 그것을 다시 떠올리기엔 아직 그의 수업이 부족했다. 하지만 도망만 가서는 아무 문제도 해결되지 않는다. 적어도 현실을 직시하는 용기를……. 그렇게 마음속으로 여러 번 되뇌이며 그는 떠듬떠듬 말을 이어나갔다.

"그는 머리가 눈처럼 새하얀 백발이었습니다. 그리고 가슴께까지 오는 하얀 수염을 기르고 있었습니다. 그리고 그는… 그는……."

현운은 남아 있던 용기를 한꺼번에 쥐어짰다.

"얼굴을 반쯤 가린 은가면(銀假面)을 쓰고 있었습니다."

"으… 은가면?"

현운의 몸이 그의 목소리만큼이나 와들와들 떨리고 있었다.

"예, 그것은… 달빛처럼 차갑게 빛나는… 은빛 가면이었습니다. 그리고 그 가면 뒤에는… 차가운 고… 공포가 숨을 쉬고 있었습니다."

"서, 설마… 그, 그럴 리가……. 그런 바보 같은 일은……."

모두들 숨을 삼켰다. 사람들 대부분의 얼굴이 하얗게 탈색되어 있었다. 멀쩡한 얼굴을 하고 있는 이는 비류연 정도뿐이었다. 반면(半面)의 은가면, 그것은 그들의 기억 밑바닥에 봉인된 가장 어둡고 공포스러운 상징을 절망 속에서 떠올리게 하는 도화선이었다. 가정하는 것만으로도 영혼이 얼어붙을 것만 같은 공포. 그것은 그런 종류의 공포였다.

영겁처럼 흐르던 침묵을 깬 사람은 비류연이었다. 그는 다른 사람들처럼 크게 동요(動搖)하고 있지는 않았다.

"그래서? 자기 소개는 안 하데?"

"자… 자기 소개요?"

"그래, 통성명도 못 해보고 당했냐?"

"아, 그는 이렇게 말했습니다. '나의 이름은 공포, 마음속 깊은 곳 어둠 속에서 스멀스멀 기어나와 심장을 먹어치우는 자! 그것이 나의 이름이다'라고 말입니다."

"선전포고로군. 현운만 멀쩡히 돌려보낸 것도 사실은 자신의 존재를 알리기 위해서였는지 몰라. 그렇지 않다면 과연 여기까지 무사히 도망칠 수 있었을까?"

앞으로 벌어질 일들은 아무래도 심상치 않을 것 같았다.

"그래도 한 가지만은 확실해졌군."

"뭐가 확실해졌다는 말인가? 난 아직 혼란 그 자체일 뿐이네."

효룡은 여전히 어리둥절한 모양이었다. 비류연이 대답했다.

"적어도 이제 서로 싸우고 있을 때는 아니라는 거지. 얼마나 더 당해야 이 사실을 깨달을 수 있을지는 미지수지만 말이야."

비류연의 예측대로 피해자는 비단 현운이 속한 9조만이 아니었다. 다른 조 역시 9조와 비슷한 상황에 처하게 되었다. 여덟 마리의 사냥감으로만는 아직 공복이 가시지 않았던 모양이다.

"넌 누구냐?"

용천명은 느닷없이 자신들 앞에 나타난 은가면을 향해 날카로운 목소리로 외쳤다.

"나 말인가?"

구유의 어둠 속에서 흘러나오는 듯한 목소리, 심령을 억압하는 듯한 목소리가 은가면의 입에서 흘러나왔다.

"나의 이름은 '공포', 마음속 깊은 곳 어둠 속에서 스멀스멀 기어나와 심장을 먹어치우는 자! 그것이 나의 이름이다."

용천명은 손을 떨지 않기 위해 최선을 다하며 물었다.

"그런 분이 여긴 무슨 용무시오?"

은가면이 대답했다.

"그대들의 마음에서 희망을 몰아내고 절망을 안겨주기 위해 나는 왔다!"

"겨우 혼자서?"

더 이상의 대화는 필요도 없었고 하고 싶지도 않았다. 용천명이 신호를 보내자 2조 전원이 각자의 무기를 뽑아들고 그를 포위했다. 두 번 다시 그런 건방진 말을 꺼내지 못하게 해주겠다는 결심과 함께. 공포라니… 그들은 이제 어린애가 아닌 단련된 무인들이었다.

"싸움은 머릿수로 하는 게 아닌 법! 수가 많다고 방심하다가는 큰 코 다칠 수도 있지."

모두들 병기를 꼬나들고 그를 둘러싸고 있었지만, 섣불리 달려드는 자는 아무도 없었다. 정체불명의 압박감이 그들의 뼈와 살을 붙들어매고 있었다.

"쯧쯧, 그쪽에서 오지 않는다면 이쪽에서 가지."

스윽스윽스윽!

사람들의 눈이 경악으로 접시만큼 크게 떠졌다. 은가면이 산보하듯 가볍게 한 발짝 내디딜 때마다 그의 신형이 하나둘 늘어나기 시작했던 것이다.

"부, 분신!"

눈이 휘둥그레진 용천명의 입에서 침음성이 흘러나왔다. 그리고 정확히 여덟 걸음째, 그의 신형 수는 정확히 2조의 조원 수만큼 늘어나 있었다.

"이걸로 일 대 일이군."

무려 구 분신이었다.

아홉 명의 은가면은 어느새 2조원들의 사각에 절묘하게 자리를 점하고 있었고, 너무나 놀란 사람들은 미동조차 하지 못했다. 보이지 않는 거미줄이 그들의 심령을 옭아매기라도 한 듯했다. 그리고 은가면이 한 번 장난처럼 손을 휘두르자 엄청난 검압에 모두들 병기를 떨구고 말았다. 손목이 시큰거리고 손바닥이 얼얼했다. 이게 인간의 경지인가 싶을 정도로 강한 상대의 실력을 접한 그들은 마치 귀신에 홀린 듯한 눈을 하고 있었다.

"어허, 검은 생명인데 그렇게 쉽게 놓쳐서야 쓰나? 그래서 어찌 검객이라 할 수 있겠으며, 무인이라 이름 할 수 있겠고, 자신의 생명을 제대로 간수할 수 있겠는가? "

그 비난에 반박할 말을 찾을 수 있는 사람은 아무도 없었다. 하지만 그렇다고 해서 화가 나지 않는 것은 아니었다.

"검이 없어도 손은 있다!"

몇몇 사람이 용감하게 권법과 장법을 휘두르며 은가면에게 달려들었다. 그러자 그의 입가에 가느다란 미소가 어렸다. 조금은 흡족해진 것일까? 은가면은 다시 한 번 가볍게 손을 휘둘렀다.

크아아아아아악!

일곱 사람의 입에서 동시에 처절한 비명소리가 터져 나왔다. 현세의 것이라 믿겨지지 않는, 무간지옥에서나 울려 퍼졌을 법한 처절한 비명소리였다. 그리고 그를 향해 달려들던 일곱 명의 몸은 움직이던 모습 그대로 딱딱하게 굳더니 썩은 집단처럼 힘없이 쓰러졌다.

순식간에 벌어진 일이었다. 모든 것이 여덟 걸음, 단지 여덟 걸음만에 벌어진 일이었다.

이제 남은 사람은 용천명과 마하령뿐이었다. 용천명은 녹옥여래신검을 빼내 들고는 달마삼검의 제일 검을 펼쳤다. 여래의 광휘처럼 눈부신 검기가 상대를 향해 뻗어나갔다. 은가면은 자신이 들고 있던 검을 살짝 들더니 맥이 빠질 정도로 간단하게 그의 일 검을 받아냈다. 그의 책망하는 목소리가 흘러나왔다.

"쯧쯧, 불가의 검은 부동심과 자비를 바탕으로 해야 하는 법이거늘… 마음은 너울지는 바다처럼 일렁이고, 검에는 살기가 어렸으니 어찌 제 위력을 발휘할 수 있겠느냐? 그 정도 실력으로 녹옥여래신검을 소지하고 있다는 것은 그 검을 모독하는 일이 아니겠느냐?"

"어… 어떻게 그걸!"

핵심을 단번에 관통하는 너무나 정확한 지적에 용천명은 경악하고 말았다.

"시끄러워!"

용천명이 심적 충격을 받고 밍기적거리자 그것을 두고 보지 못한 마하령이 도를 휘두르며 달려들었다. 그리고 다음 순간, 그녀는 비명을 지르며 쓰러졌다.

엄청난 질풍이 불어닥쳤다. 자연의 힘이 아니었다. 그것은 순수한 인간의 힘에 의해 불어닥친 질풍이었다. 갑자기 나타는 작은 체구의 은가면 남자는 폭풍처럼 단숨에 다섯 명의 무인을 잠재워버렸다.

애당초 상대가 되지 않았다. 그는 자신을 향해 달려드는 어린 불나방들을 어린애 다루듯 다루었다.

11조의 공격은 은가면에게 통용되지 않았다. 그들은 옷깃조차 스칠 수 없었다. 항거할 수 없는 힘이 은가면의 주위를 감싸고 있었고, 그 힘의 흐름이 그들의 검과 도를 밀어내고 있었다. 반면 그들은 그가 손가락 하나 까딱하는 것만으로도 호된 꼴을 당해야 했다. 보이지 않는 귀신의 손이 그들을 제멋대로 가지고 놀고 있었다. 게다가 한 수 한 수에 엄청난 나선력이 작용했기 때문에, 그와 장을 부딪치기라도 하면 옷이 몽땅 걸레처럼 찢겨져 나갔다. 보이지 않는 우악스런 손이 빨래 짜듯 옷을 쥐어짜기라도 하는 것 같았다.

먼저 소매가 나선형을 그리며 갈기갈기 찢겨져 나갔고, 그 다음은 전신이었다. 완전한 알몸 대신 누더기로 끝나는 게 그나마 다행이라면 다행일 수 있었다.

"다, 당신은 누구십니까?"

떨리는 목소리의 그는 얼굴 한쪽에 검상이 있는 사내였는데, 소유라는 청년에게서 이 사형이라 불리는 사람이었다. 하지만 그의 싸늘했던 얼굴도 지금은 두려움에 떨고 있었다. 그의 사제는 이미 바닥에 널브러져 있었다.

"나의 이름은 절망! 희망을 삼켜 인간의 마음을 꺾는 끝이 없는 깊은 늪. 그것이 나의 이름이다."

은가면의 입에서 공포스러운 목소리가 흘러나왔다.

습격은 계속되었고, 1조도 예외는 아니었다. 다만 이번에는 대공자 비와 마검익 추명이 잠시 자리를 비운 틈이었다.

"어머, 머릿수가 모자라네, 아까워라!"

장난감을 잃어버린 아이처럼 시무룩한 목소리였다. 그녀는 피처럼 붉은 적의로 온몸을 감싼 채 은가면으로 얼굴의 반을 가리고 있었다.
"웬 년이냐?"
마천오걸 오문추는 그 말 한마디로 자신의 운명을 결정지었다. 입이 걸은 대가를 뼈저리게 치러야 했던 것이다. 은가면의 여인이 손을 한 번 휘두르자 그의 몸은 항거할 수 없는 힘에 의해 천지가 역전되었고, 동시에 방아를 찧듯 대지에 머리통을 박았다.
쿵!
머리가 수박처럼 깨지지 않은 게 신기할 정도로 큰 소리가 울려 퍼졌다.
"어머, 말은 신중하게 하지 않으면 안 돼요. 자칫 잘못하면 화를 부를 수도 있거든요."
같은 1조 소속인 이걸 칠련창 종리추가 일곱 개의 창을 차례로 휘두르며 연속적으로 불청객을 찔러 들어갔다. 이에 보조를 맞춰 삼걸 사갈검편 도추운도 검편을 휘두르며 은가면을 유린해 들어갔다. 역시 동료라 그런지 그들의 호흡은 딱딱 맞았다. 편영과 창영이 어지럽게 공간을 수놓았다. 그러나 그들의 공격은 그저 그녀의 몸을 통과해 들어갔을 뿐이었다. 그들이 찌르고 유린한 것은 실체가 아닌 허상에 불과했던 것이다.
그것은 마치 신기루 같기도 하고 물안개 같기도 했다. 남궁상과 진령까지 한꺼번에 달려들었지만 베어도 베어도 계속해서 생겨날 뿐이었다. 아무리 베어도 안개처럼 스러지고 다시 생성되기를 반복했다. 바다 위의 물안개처럼 형체를 파악하기조차 힘들었다.

"귀, 귀신이다!"

사람들이 기겁하며 물러났다. 베어도 베어도 베이지 않는다. 그런 게 귀신 이외에 또 있을까, 하는 심정이었던 것이다. 그러자 허공중에서 불만 가득 섞인 항의가 터져 나왔다.

"아니, 귀신이라니? 이렇게 우아하고 아름다운 귀신 봤나요?"

"히에에에엑! 지, 진짜 귀신이다!"

덜덜덜덜!

노학이 무서워하는 것도 무리가 아니었다. 그는 귀신이라면 딱 질색이었다. 귀신이 무섭기는 진령도 마찬가지였다. 그녀의 안색은 매우 창백해져 있었다.

"멀쩡한 사람을 보고 귀신이라니… 벌을 받아야겠군요."

그녀의 손에 들려 있던 나뭇가지가—그녀가 들고 있는 건 검도 아니었다—사방을 한 번 훑고 지나갔다. 그러자 처절한 비명소리와 함께 사람들이 몽땅 바닥에 쓰러졌다. 정말 싱거운 싸움이었다. 이제 남은 것은 독고령뿐이었다.

"어머, 귀엽게 생긴 아이구나!"

혈의를 두른 여인이 즐겁게 손뼉을 치며 말했다.

염도만큼이나 맵시가 안 좋은 사람이 또 있었다니… 그녀의 옷에서는 왠지 피 냄새가 나는 듯했다. 그냥 그런 느낌이 들었다.

"너는 좀 더 큰 즐거움을 나에게 선사해줄 수 있겠니? 저 아이들처럼 허약하다면 난 정말 슬퍼질 거야."

어리광쟁이 같은 말투였다.

독고령은 비홍검의 절초인 '비상천리(飛上千里)'로 전력을 다해 공격해 들어갔다. 서른여섯 마리 기러기 모양의 검기가 그녀의 검을 떠났다. 열두 마리가 한계였던 예전 그때와는 천양지차의 위력을 지닌 일격이었다.

"훌륭한 한 수로구나! 하지만 그 정도로는 나를 막을 수 없어요."

은가면의 검이 허공에 한 번 휘저어지자 서른여섯 마리의 비홍검기가 마치 새장 안으로 빨려 들어가기라도 하듯 끌려가더니 완전히 무력해져버리고 말았다. 자신의 일 초가 이토록 간단히 제압당할 줄 몰랐던 독고령은 경악하고 말았다.

"겉보기에는 화려하지만, 마음이 딴 데 가 있어서야… 흔들리는 마음, 불안과 초조가 모두 드러나 있구나. 요즘 연애라도 하는 게냐?"

"무, 무슨 근거로!"

독고령의 얼굴이 벌겋게 달아올랐다.

"왜 그렇게 부정하느냐? 검은 거짓말을 하지 않는다. 너의 검에는 너의 심란함이 모두 깃들여 있구나. '심정청도(心靜淸道)'에 이르지 않고서 어떻게 제대로 된 검을 펼칠 수 있겠느냐!"

"다… 당신이 어떻게 심정청도의 법문을?"

그러나 은가면의 여인은 그녀의 경악 섞인 반문에 전혀 귀를 기울이지 않은 채 자기 말을 계속했다.

"마음의 청정함이 없이는 검이 제 위력을 발휘할 수 없지. 이렇게 말이다."

여인이 손에 든 나뭇가지를 쭈욱 내뻗었다. 상대의 움직임을 읽는 것은 전혀 불가능했다. 텅 빈 허공이 눈앞에 있는 듯했다. 어느새 검기가 그녀의 미간에까지 다가와 있었다.

쉬쉬쉬쉭!

그때 갑자기 수십 장의 나뭇잎이 표창처럼 빠르게 여인의 측면을 휩쓸었다. 여인은 더 이상 검기를 찔러넣지 못하고 몸을 피했다. 모두 눈 깜짝할 사이에 벌어진 일이었다.

독고령과 은가면의 여인이 동시에 나뭇잎이 날아온 곳을 바라보았다. 그곳에는 대공자 비와 마검익 추명이 서 있었다.

"당신은 누구요?"

대공자 비가 물었다.

"나? 나의 이름은 '비탄', 탄식의 바다에서 태어나 비애의 늪으로 사람들을 인도하는 자이니라!"

좀 전의 장난스런 모습과는 사뭇 다른 위압감이 여인의 몸에서 풍겨져 나왔다.

"원군이 도착했으니 이제 더 재미있어 지려나?"

상대가 두 명 더 늘어났지만 이 여인에게는 전혀 위협이 되지 못하는 것 같았다. 두려워하는 기색은 전혀 없었다. 오히려 그녀는 즐거워하고 있었다. 장난감이 늘어난 어린애처럼.

"이러면 더 재미있을까요?"

대공자 비와 정 반대편의 숲에서 목소리가 들리더니 한 사람이 나타났다. 비류연이었다. 그가 왜 1조의 영역에 있는 것일까?

"당신이 어떻게 여기에?"

독고령 역시 비류연의 등장은 의외였던 모양이다.

"사자, 괜찮으세요?"

이번에는 나예린이었다. 그녀의 목소리에는 걱정과 긴장이 가득했다. 그녀 옆에는 이진설이 붙어 있었다.

"그런데 남자라고 하지 않았나?"

또 한 사람이 숲의 어둠 속에서 나타났다. 오비완이었다. 그리고 뒤를 이어 장홍과 효룡, 윤준호, 교옥이 나타났다. 7조 중에서 빠진 사람은 거의 폐인처럼 지내고 있는 위지천뿐이었다. 그는 수화관 이후로 넋이 나간 사람처럼 행동하고 있었다. 그래서 내버려두고 있는 처지였다. 7조가 아닌 사람들도 보였는데, 현운과 모용휘였다. 그들 역시 다들 은가면의 습격을 받은 경험이 있었다. 하지만 다들 살아 있었다.

"여기는 웬일이시오?"

마검익 추명이 무뚝뚝한 목소리로 말했다. 역시 정이 안 가는 놈이었다.

"갑자기 이 산이 뒤숭숭해진 것 같아서요. 어떤 정체불명의 무리가 산을 돌아다니며 장난삼아 습격을 하고 있다지요?"

"장난삼아?"

"아직 아무도 죽은 사람이 없으니 그런 표현을 쓴 것이오."

장홍이 대답했다.

"안 죽었다고?"

"예, 저기 쓰러져 있는 사람들은 걱정 마세요. 비명소리는 컸지만 기절한 것뿐이에요."

나예린이 독고령을 안심시켰다.

"엄청난 심령적 타격을 받고 기절한 거예요."

"저도 그때 경황이 없어 모두 죽은 줄 알았는데… 가보니 다들 멀쩡하게 살아 있는 게 아닙니까? 처음에는 귀신이라도 본 줄 알았죠."

현운이 그녀의 말을 거들었다.

"그런데 죽이지 않은 것까진 좋은데, 간과할 수 없는 문제가 발생해버려서……."

"간과할 수 없는 문제?"

"그들이 각 조들을 습격한 다음 기절시켜놓고 그들의 천율패를 빼앗아간다는 것입니다."

천율패를 빼앗긴다는 것은 이곳 중토관에서 중도 탈락한다는 것을 의미했다.

"아무래도 이곳에 있는 모든 사람의 천율패를 빼앗을 작정인 모양입니다. 그러나 그들의 무공은 워낙 고강해서 각 조원들만으로는 상대가 안 되는 것도 사실이죠. 그래서 우리들은 이 상황을 타개할 방법을 찾아야 한다는 데 의견을 모았습니다. 바로 모든 조원이 일단 분쟁을 중단하고 대동단결하자는 것이죠. 미지의 적의 위협에 대비해서 말입니다. 그래서 이곳까지 오게 된 것입니다. 나머지 조들은 다들 저희 의견에 동의했습니다. 이제 남은 것은 1조뿐이죠. 어떻게 하실지 조금 있다 의향을 들려주셨으면 합니다."

장홍이 그들이 여기까지 오게 된 자초지종을 설명했다. 매우 흥미로운 의견이었다. 확실히 검을 맞대본 지금 독고령은 뼈저리게 통감할 수 있었다. 상대는 자신의 손이 닿을 수 없는 아득히 높은 위치에 있는 존재란 것을.

"근데 진짜로 남자 아니었나요? 목격자들의 진술에 의하면 남자였는데?"

 비류연이 은가면의 여인을 물끄러미 쳐다보며 의아스러운 듯 고개를 갸우뚱했다. 확실히 지금 눈앞에 있는 자도 분명 은가면을 쓰고 있었고, 증언대로 터무니없이 강하긴 했지만, 어딜 봐도 남자 같지는 않았다.

"남자라니!"

 은가면를 쓴 여인의 적의가 분노로 파르르 떨렸다.

"이렇게 미려하고 우아하게 쫙 빠진 늘씬하고 완벽한 몸매를 지닌 남자도 봤니?"

 여인이 여보란듯이 자세를 취했다. 허리와 다리 선, 가슴 선을 동시에 강조하는, 천박하지 않으면서도 훌륭한 자세였다. 음음, 몇몇 남자가 주책 맞게 고개를 끄덕였다. 확실히 잘 빠진 몸매였다.

"몸매 관리를 열심히 하시나 봐요?"

 비류연이 감탄하며 물었다.

"물론! 항상 몸에 좋은 것만 먹고 피부 마사지도 잊지 않는다. 햇빛에 함부로 노출시키지도 않고 운동도 꼬박꼬박 하지. 내 내공의 팔할은 몸매 관리를 위해 소용되고 있다고 해도 과언이 아니야."

 굉장한 자랑거리라도 되는 듯 은가면 여인이 자랑스레 말했다.

"오오, 과연! 그런 노력이 그런 훌륭한 몸매를 만든 비결이군요."

"좋아, 소년! 오늘은 훌륭한 심미안을 가진 자네의 얼굴을 봐서 이만 물러가지. 그럼 소녀야! 다음에 만났을 때는 좀 더 좋은 모습을 보여주길 기대한다. 네 남자 친구에게도 그렇게 전해주렴. 네 남자 친구는 범상한 친구는 아닌 것 같구나!"

"남자 친구 아닙니다!"
 대공자 비와 독고령이 강한 목소리로 부정했다.
"흐흠, 아니면 말고……."
"올 때는 마음대로 왔지만 갈 때는 마음대로 갈 수 없을 것이오!"
 장홍이 단호한 목소리로 말했다. 아직 의문투성이인 것이 너무 많았다. 그러자 여인이 입가를 가리며 풋 하고 웃음을 터트렸다.
"대가릿수가 좀 늘어났다고 이 몸을 막을 수 있다고 생각하는 거냐? 오늘은 흥이 깨져 물러가는 것뿐이란다, 아가야. 난 언제든 올 때도 갈 때도 마음대로란다. 나를 막으려면 아직 백 년은 일러!"
 그 순간 여인의 몸에서 엄청난 검기가 사방으로 뿜어져 나왔다. 모두들 수십 개의 검이 자신을 찔러 들어오는 모양에 기겁해서 제각각 병기를 뽑아들었다. 하지만 검기는 그들의 코앞에서 사라져버렸다.
"어… 어라……."
 사람들은 어리둥절해하며 주위를 두리번거렸다.
"살기로군! 엄청난 살기로 검이 찔러 들어오는 듯한 환상을 불러일으킨 거야."
 장홍이 신음하며 말했다. 단순한 살기만으로 이런 일이 가능하다니… 소름끼칠 정도로 무시무시한 강함이 아닐 수 없었다.

"쳇!"
 비류연은 얼얼한 손을 만지며 투덜거렸다. 딴 사람들에게는 허상을 보여줬으면서 자기한테만은 실제로 손을 쓴 것이다. 다른 사람은 아직 허상의 살기에 어리둥절해하고 있었지만, 그는 그 사실을 알고 있었다. 이 얼얼한 느낌이 무엇보다 큰 증거였다.

"견제였나……."

그렇다면 정확한 판단이었다. 방금 전의 일 초를 막느라 그녀의 움직임을 뒤쫓을 시기를 놓쳐버린 것이다. 그녀는 실로 절묘한 검기로 그의 움직임을 봉쇄했다. 적이지만 감탄하지 않을 수 없는 솜씨였다. 그런데 한 가지 마음에 걸리는 것이 있었다.

'…이 느낌은?'

은가면의 여인과 손속을 나눈 비류연은 의아한 마음을 감출 수가 없었다. 느낌이 결코 생소하지 않았던 것이다. 도대체 누구길래 이런 느낌이 드는 것일까?

그는 너무 많은 생각에 사로잡혀 자신의 허리춤에서 뭔가가 떨어졌다는 사실조차 제대로 인식하지 못했다. 생각할 게 너무 많았고, 이것도 저것도 풀리지 않는 수수께끼투성이였다. 비류연은 사람들이 자신을 부르자 상념을 끊고 몸을 움직였다.

"응?"

비류연 일행의 쑥덕거림을 멀리 떨어져 지켜보던 대공자 비는 땅바닥에 떨어진 이물질을 발견하고 허리를 숙여 그것을 집어들었다.

"이것은!"

그의 손안에 들린 것은 중토관에선 생명과 다름없는 천율패였다. 그곳에 적힌 이름을 확인한 그의 입가에 가느다란 미소가 어렸다.

암살(暗殺)
-다가오는 그림자-

푸드득!
대공자 비의 팔에서 붉은 날개를 활짝 펼치며 한 마리의 매가 날아올랐다.
비는 무정한 눈으로 자신의 손에 남겨진 조그만 전서를 차분하게 읽었다.

하지만 그의 심기는 불편하기만 했다. 오늘은 정기 보고가 있는 날이 아니었다. 그런데도 갑작스럽게 적뢰가 날아왔다는 것은 화급을 다투는 일이라는 뜻이었다.
순간 날카롭게 뻗은 그의 검미가 꿈틀거렸다. 그는 무의식중에 미간을 찌푸렸다.
전서의 내용은 단순히 보아 넘길 수 있는 성질의 것이 아니었다.
"주군, 무슨 안 좋은 소식이라도……."
곁에서 시립해 있던 마검익 추명이 그의 심기가 불편함을 간파하고 조용히 물었다. 비는 조용히 서찰을 그에게 넘겼다.
"이, 이것은……."
조심스럽게 서찰을 받아든 추명의 눈이 크게 부릅떠졌다.

서찰에는 '최우선 긴급'을 나타내는 붉은 인장이 찍혀 있었고, 다음과 같은 말이 쓰여 있었다.

[특급 긴급 사항]
비상사태 대처 규칙 제2조 1항에 의거한 비정기 전서 송신
구척철심안 안명후의 현재 위치 확인
장소 화산 천무봉 삼성각(三聖閣)
현재 의식불명
정보 누수 흔적 아직 없음
최우선 사항으로 소거(消去) 요함
필멸(必滅)

"주군, 삼성각이면……."
돌아보지 않은 채 비가 고개를 끄덕였다.
"그래, 호랑이 굴에 들어가서 호랑이의 비호를 받고 있는 먹이를 빼앗아오라는 이야기다. 무정!"
"부르셨습니까, 주군!"
길게 늘어져 있던 그림자가 일어서더니 한 사람의 모습이 드러났다. 마천육걸 잔무일점혈(殘霧一點血) 무정(無情)이었다. 자신의 동료들에게조차 결코 얼굴을 보이지 않는 그는, 필요에 따라 언제든지 냉혹한 암살자로 변할 수 있는 그런 존재였다.
"해줘야 할 일이 생겼다."
"명(命)을 받듭니다."

감정의 조각이 전혀 느껴지지 않는 목소리로 무정이 대답했다.

천무삼성 전용숙소 삼성각(三聖閣).
얼굴에 붕대를 감은 채 그는 흰색 솜이불을 덮고 침상에 죽은 듯이 누워 있었다. 침상 옆에는 환자를 돌보기 위한 것인 듯 물이 담긴 세숫대야와 붕대 그리고 약탕기가 놓여 있었고, 의원처럼 방 안 가득 탕약 냄새가 은은하게 감돌고 있었다. 창문을 통해 들어온 빛이 방 안에 긴 그림자를 만들어냈다.
스르륵!
특이한 점을 찾아볼 수 없었던 그림자가 순간 요동치듯 일렁거렸다. 그러고는 언제나 태양을 등지던 이 어둠이 반항이라도 하듯 빛 쪽을 향해 몸을 일으켰다.
빛의 투사에 따라 이러저리 자신을 바꾸기만 하던, 자신의 주체성을 단 한 번도 주장해보지 못했던 그림자는 태양의 광휘를 거스르며 서서히 두께와 모양을 갖추었다. 이윽고 그것은 완전한 사람의 형체를 갖추고 있었다.
그림자 사내 무정(無情)은 주위를 둘러보며 기척이 없는지 조심스레 탐색했다. 아무런 기척이 느껴지지 않음을 확인한 그는 서서히 몸을 움직였다.
암습이 밤에만 일어난다는 편견은 버려야 한다. 햇살 가득한 나른한 오후, 사람들의 긴장이 가장 풀어지기 쉬운 때였다.
무정은 마치 죽은 듯이 누워 있는 그 남자를 향해 다가갔다. 그는 어둠과 동색의 복면을 쓰고 있었고, 몸에 달라붙는 야행의를 입고 있었다. 그는 안개처럼 소리 없이 다가섰다. 공기의 떨림조차 용납하지 않는 것 같은 조용한 그리고 매우 은밀한 움직임이었다. 마침내 무정은 침대의 바로 측면에 멈춰섰다.

상대는 여전히 눈을 뜨려 하지 않았다. 정보대로 여전히 의식불명의 상태인 모양이었다. 그는 조용히 검을 들었다.

'대업의 완성을 위해!'

무정은 일말의 망설임도 없이 단번에 누워 있는 남자의 목에 검을 찔러넣었다.

푸화화확!

피가 분수처럼 솟구쳐 나왔다. 이 정도 출혈이면 그 어떤 인간이든 절명하고 만다. 하지만 그는 다시 한 번 확인 사살을 위해 검을 들었다.

그때 문 밖에서 인기척이 들려왔다. 흠칫 놀란 그는 얼른 그림자 속으로 숨어들었다.

문고리를 잡은 임덕성의 손이 문득 멈췄다.

"응?"

'피 냄새?'

그의 후각과 본능을 강하게 자극하는 것이 있었다.

"무슨 일 있습니까, 형님?"

두 사람은 맛있게 식사를 마치고 든든해진 배를 통통 치며 막 방으로 들어가려 하던 때였다.

임덕성은 확신했다. 장지문 저편에서 느껴진 그것은 분명한 피 냄새였다. 무수한 실전으로 다져진 본능이 그에게 경고를 보내고 있었다. 지금 이 문 안으로 들어가는 것은 위험했다. 이 문 저편에 무언가가 그들을 노리고 있었다. 막연한 느낌에 불과할지 모르지만 이 느낌을 무시하고 장수한 사람은 이 바닥에 없다는 것을 그는 누구보다도 잘 알고 있었다.

임덕성은 옆에 있던 모경에게 눈짓으로 신호를 보냈다. 오랫동안 그를 보좌해온 가닥이 있는지라 모경은 채주가 무엇을 하고자 하는지 금세 눈치챌 수 있었다. 그들은 살며시 문고리를 놓고 옆으로 살금살금 돌아갔다.

돌입 방법은 상상을 초월할 정도로 매우 무식했다. 그는 정문으로 들어가지 않았다. 그렇다고 눈에 빤히 보이는 경로인 창문으로 들어갈 생각도 없었다.

"합!"

그는 춘추전국시대의 '공성추'(성문을 부수는 병기)처럼 사납게 벽을 부수며 안으로 난입했다. 발—발목—허리—어깨로 이어지는, 회전력이 고스란히 실린 강철 같은 육체가 엄청난 속도로 부딪치자 벽은 산산조각나 부서졌고, 부서진 파편들이 마치 쏘아진 투석기의 돌멩이처럼 매서운 속도로 날아갔다. 그 저돌적인 무식함에 있어서는 의동생인 모경도 지지 않았다.

와장창창창!

그는 천장을 뭉개고 난입했던 것이다.

상당한 수리비가 지출될 듯한 요란한 난입과 함께 방 안으로 들어온 그들은 등을 맞대고 주위 사방을 경계했다.

모경의 눈에 피로 물든 침상이 눈에 들어왔다.

"어느 놈이 감히!"

모경은 어금니를 으드득 갈며 분노에 찬 대갈성을 터트렸다. '폭랑귀도'라는 거친 별호에서 알 수 있듯 이 사내는 성정이 화급하였다. 그는 분을 참지 못하고 임덕성에게서 떨어져 침상으로 달려갔다.

그러는 동안 임덕성은 시선을 이리저리 움직이며 방 안 전체를 샅샅이 훑었다. 그리고 한순간, 그의 시선이 모경에게서 멀어졌고 허점이 드러났다.

모경의 그림자가 스르륵 움직이며 그곳에서 하나의 인영이 불쑥 솟아났다. 그림자는 가느다란 검을 지체 없이 모경의 심장을 향해 꽂았다.

"아우!"

무정은 경악하여 돌아서는 임덕성을 향해서도 왼손으로 재빨리 암기를 뿌렸다. 그의 오른손으로는 검신을 타고 흘러내린 피가 뚝뚝 떨어지고 있었다.

임덕성은 도를 선풍처럼 회전시키며 도합 열 개의 암기 중 아홉 개를 떨어뜨렸지만 실수로 목 부근에 암기를 한 대 맞고 말았다. 갑작스런 기습과 모경이 검에 찔린 것을 보고 눈이 뒤집혔던 탓에 도가 무뎌진 것이 원인이었다. 독이라도 묻어 있으면 정말 큰일이었다. 하지만 다행이라면 다행인 것이 보통 이렇게 작은 침에서 나오는 독에는 한계가 있었다.

그는 목에서 암기를 빼낼 생각도 않고 태산을 두 동강 낼 기세로 도를 휘둘렀다. 그러자 무정도 주저 없이 쇠꼬챙이 같은 검을 뽑으며 임덕성의 일 초를 피해냈다.

"너, 넌 이제… 죽었……."

임덕성은 말을 끝까지 잇지 못했다. 이 우락부락한 사내는 어울리지 않게도 말을 떠듬거리고 있었다. 혀가 마비됐는지 말이 나오지 않은 것이다.

'설마?'

그는 서둘러 목의 침을 뽑아 상대에게 던졌다. 하지만 무정은 아무렇지도 않게 그것을 가볍게 받아 쥐었다.

조금 전 암기에 묻은 독은 생명에 치명적 손상을 줄 정도는 아니었지만, 혀를 침묵의 밧줄로 칭칭 동여맬 만한 위력은 있었다. 아무래도 '무언독(無言毒)'인 듯했다. 은밀함을 즐기는 어둠 속 족속들이 즐겨 사용하는 독으로, 이름 그대로 목소리를 봉하는 효력을 지닌 독이었다.

그는 다른 곳에 도움을 청할 방도를 잃어버리고 만 것이다. 물론 입이 멀쩡했다 해도 자존심 강한 이 사내가 그렇게 했을지는 의문이지만.

"으으으으으……."

자신의 몸에서 흘러나온 피 웅덩이 위에 쓰러져 있던 모경의 입에서 신음 소리가 흘러나왔다. 임덕성의 눈에 잠깐 희망이 빛이 번뜩였다.

"우… 우우… 우… 어… 어어!"

'살아 있었냐!'는 말이었지만 전혀 발음이 되지 않았다. 효과 하나는 징그럽게 좋은 독인 모양이었다.

임덕성의 눈에 희색이 떠올랐다. 저 보기만 해도 전문가의 냄새가 물씬 풍기는 암살자가 친절하게 검을 비켜 찔러줬을 리는 만무했다. 모경 스스로 살기를 느끼자마자—전문가답게 매우 은밀했겠지만—몸을 틀어 즉사 당첨인 심장과 폐를 관통당하는 치명상만은 피한 듯했다. 조금만 덜 기민했더라도 그의 심장은 단숨에 꼬치가 됐을 것이다.

"며칠 자리를 비워야 할 듯하네. 그때까지 저 사람을 잘 보살펴주게나! 설마 그럴 리는 없겠지만 불온한 움직임이 있을 가능성도 완전히 배제할 순 없는 상황이네. 그때는 자네 두 사람이 저 사람을 책임지고 지켜주길 바라네. 그는 중요한 비밀을 품고 있는 사람이네. 절대 죽게 돼서는 안 되네! 자네 두 사람의 능력을 믿겠네!"
"예, 걱정일랑 붙들어매십시오, 검성 어르신! 이 녹림왕 임덕성의 이름을 걸고 반드시 명을 봉행하겠습니다."
"미안하네! 그럼 잘 부탁하네."
"맡겨주십시오!"

그때 분명 그렇게 말했던 기억이 난다. 가슴을 탕탕 치며 호언장담하지 않았던가. 그런데 지금 이건 뭐란 말인가? 천하의 녹림왕 임덕성이 이 무슨 꼴불견이란 말인가?
"음!"
녹림왕 임덕성은 나직하게 목울대를 울리며 암살자를 바라보았다. 목소리가 나오지 않았지만 그는 걱정하지 않았다. 애초에 도움을 청할 생각 따위는 없었던 것이다. 멀쩡한 두 손 놔두고 왜 남의 손을 빌린단 말인가? 만일 그런 짓을 했다가는 부끄러워 산에 돌아가지도 못한다. 만일 소문이라도 난다면? 잠시 상상해보던 그는 몸을 부르르 떨었다. 그것은 정말 수치스럽고도 끔찍스런 일이 될 터였다.

'좋다, 이놈! 내 오늘 몸소 네놈을 다진 고기로 만들어주마!'

거도의 끝이 암습자를 향했다.

태산과 같은 기백이 그의 몸에서 뿜어져 나왔다. 잠시 천무삼성의 위광에 가려 한동안 찍소리 못하고 있었지만, 그의 신분은 녹림칠십이채의 총 채주, 녹림도의 우두머리, 산의 지배자, 녹림왕 임덕성이었던 것이다. 잡스런 기술만 잔뜩 있는 자객 따위는 그의 상대가 될 수 없었다. 그의 거도에서 발산되는 무시무시한 도기가 무정의 몸을 옭아매며 감히 경거망동할 수 없게 만들었다.

'합!'

마음속으로 기합을 지르며 그는 무시무시한 거력을 지닌 일도를 냅다 내질렀다.

광풍마랑도법(狂風魔狼刀法)
제삼 초
일격일살(一擊一殺)

콰콰쾅!

집이 두 동강이 나며 흙먼지가 일었다. 집이 지진이라도 만난 듯 흔들렸고, 기와들이 우수수 떨어졌다.

하지만 무정은 그 자리에 그대로 우두커니 서 있었다. 두 동강 나지도 않았다. 대신 그자 앞에 나타난 새로운 복면인이 검을 비스듬히 누인 채 임덕성의 일격을 받아냈다. 그자의 방어 앞에 임덕성의 공격이 무위로 돌아가고 만 것이다.

"누구냐 넌? 감히 나의 일격을 가로막다니!"

범상한 자가 아니었다. 임덕성은 자신의 일도를 이토록 수월하게 받아낼 수 있는 자가 있다는 사실을 믿을 수가 없었다.

"일단 도우미라고 해두죠!"

새로 나타난 복면인. 그는 위지천 앞에 나타났던 바로 그자였다.

임덕성의 광폭한 일격은 무위로 돌아갔지만 그 위력마저 모조리 사라진 것은 아니었다. 단지 비껴나간 것뿐이었다. 그렇기에 그 여파는 매우 컸다.

방 안의 기물 중 멀쩡한 형태를 유지하고 있는 것은 거의 없었다. 그것은 침상의 경우도 마찬가지였다. 폭풍 같은 도풍에 휩쓸린 이불이 갈가리 찢겨져 꽃잎처럼 방 안에 흩날렸다.

'이건 안 좋아!'

이 담대한 사내도 이번만큼은 식은땀을 흘릴 수밖에 없었다. 자신의 적이 바보이기를 바랐지만 아무래도 그것은 너무 큰 기대였던 모양이다.

"이런 바보 같은!"

무정의 입에서 무심결에 경호성이 튀어나왔다. 벙어리는 아니었던 모양이다.

"속았군!"

검을 든 도우미가 말했다.

무정과 도우미가 놀라는 것도 무리는 아니었다. 침상 위에 피를 흘리며 누워 있는 것은 인간이 아니라 정교하게 만들어진 인형이었기 때문이다. 아니 정교하게 만들어진 부분은 얼굴 위뿐이었고, 나머지는 옷 속에다가 이것저것 지푸라기라도 쑤셔넣은 듯한 조잡하기 짝이 없는 물건이었다. 숙련된 전문 암살자라는 작자가 이 정도 단순한 속임수에 넘어갔다는 것은 참으로 부끄러운 일이 아닐 수 없었다.

'흥! 안됐군! 네놈들의 계획은 실패다.'

저들의 당황한 표정에 기분이 좋아진 임덕성은 의기양양한 목소리로 외치고 싶었지만, 독 때문에 아직 말이 제대로 나오지 않고 있었다.

'혹시나 해서 마련해놓은 장치인데 설마 진짜로 올 줄이야…….'

모경이 겉보기에는 무식해 보여도 이쪽 방면으로 재주와 꾀가 많았다. 그는 좋은 부하를 두고 있었다.

'그러니 모경 죽지 마라… 너같이 유능한 녀석을 다시 찾기는 힘드니깐…….'

그때 도우미가 차가운 목소리로 말했다.

"상관없습니다. 당신의 몸은 두 개가 아니니까요. 이봐요 당신! 그는 이 안 어딘가에 반드시 있습니다. 내가 저자를 막을 테니 당신은 어서 그자를 처리하세요!"

무정이 고개를 끄덕이고는 몸을 움직였다.

'그렇겐 안 돼!'

쾅!

임덕성은 일도를 휘둘러 도우미를 견제한 다음 안명후가 있는 곳을 향해 지체 없이 몸을 날렸다.

"쳇, 체면이 말이 아니구만……."
임덕성은 땀을 뻘뻘 흘리며 한탄했다. 그의 몸 여기저기 상처투성이었다. 게다가 벌써부터 숨이 차오르고 있었다.
진짜 안명후가 누워 있던 곳은 화사하게 꾸며진 여인의 방이었다. 원래 검후가 사용하기로 되어 있던 방이었지만, 한동안 안명후가 차지하고 있었다. 이것 역시 간단하지만 심리의 사각을 찌르는, 시간을 벌기 위한 장치였다.
'겨우 십 리 정도밖에 뛰지 않았는데도 이렇게 지치다니…….'
산에서의 십 리는 평지에서의 오십 리와도 맞먹는다. 보통 사람이라면 괴물이라고 했겠지만 그의 신분을 생각할 때 그것은 결코 과한 일이 아니었다. 그는 녹림칠십이채의 총 채주였고, 녹림의 왕이었다. 그는 산중의 제왕이고 지배자였다. 그에게 산은 집이자 일터였고, 앞마당이었다. 그의 일부라고 해도 과언이 아니었다.
보통 때라면 십 리든 백 리든 끄떡 없었다. 그러나 지금은 상황이 좀 달랐다. 등에 진 짐이 문제였다.
'사람을 업고, 누군가를 지키며 싸운다는 게 이렇게 힘든 일일 줄이야.'
그는 언제나 약탈하고, 습격하고, 공격하는 쪽이었지 지키는 쪽은 아니었다. 지키는 쪽은 항상 그의 반대편에 서서 칼을 겨누는 존재였다. 그런데 지금 상황이 역전되어 그가 수호의 역할을 맡고 있다는 사실이 운명의 장난처럼 느껴졌다.
 그가 이 업계에서 본격적으로 영업에 나선 게 열두 살 때였다. 그로부터 사십 년. 지금의 호위 무사 역할이 적성에 맞을 리 없었다. 등에 업힌 존재가 신경을 거슬리게 했고, 그의 신경을 분산시켰다. 때문에 등에 업힌 존재를 잊고 마구잡이로 싸우다가 낭패를 당할 뻔도 했다.
 어딘가에 내려놓고 단숨에 결판을 냈으면 좋으련만 무슨 일이 일어날지 모르는 지금의 상황에서는 너무나 위험했다. 그나마 추격하는 두 놈 중 한 놈에게 상처를 입혀 발을 묶어놨다는 것이 그나마 위안이 되었다. 그래도 그의 투지는 전혀 사그라지지 않고 있었다.
 그는 언제나 위험과 함께 살아왔고, 피와 상처를 두려워하지 않았다. 그는 누구보다도 용맹했고, 거칠었고, 사나웠다. 그의 이빨과 발톱은 자잘한(?) 상처 속에서도 전혀 무뎌지지 않았다. 하지만 출혈 때문인지 그의 몸은 피곤으로 계속해서 무거워지고 있었다. 한순간 그는 발을 헛디디고 말았다. 그의 몸이 중심을 잃고 휘청거렸다. 작은 실수였지만 뒤를 쫓는 자에게는 단숨에 거리를 좁힐 수 있는 절호의 기회였고, 그자는 그 기회를 놓치지 않을 만큼 충분히 유능했다.
 "끝이다!"
 일순간 진기를 방출해 도약한 복면인이 검을 치켜들며 외쳤다.
 "죽어라!"
 복면인은 절대 임덕성이 자신의 이 일격을 피하지 못하리라 확신했다. 몸이 지나치게 튼튼한 임덕성은 아마 죽지 않을지도 모른다. 칼침을 아흔아홉 개나 몸에 맞고도 죽지 않은 인간이니 그럴 가능성이 다분했다. 그러나 그가 등에 업고 있는 사람은 반드시 이 일격에 숨이 끊어질 것이다. 하지만 그가 내심 회심의 미소를 지으며 검을 내리칠 때 느닷없이 눈앞에 한 불청객이 끼어들었다.

성광일시(星光一始)

불청객은 들고 있던 곤을 별처럼 흩뿌렸다.

따당땅땅!
복면인은 검을 공세에서 급히 수세로 전화해 자신을 향해 찔러 들어오는 곤을 막아냈다. 안명후에 대한 공격은 포기할 수밖에 없었다. 그런 와중에 미처 피하지 못한 일격이 그의 옆구리를 스치고 지나갔다.
다시 중심을 되찾은 임덕성은 고개를 돌려 자신을 위기에서 구해준 은인에게 사의를 표하려 했다. 그리고 느닷없이 끼어든 청년도 자신이 도와준 사람이 누구인지 얼굴이라도 한번 볼 요량으로 고개를 돌렸다.
"아, 고맙……."
"이봐요! 괜찮습……."
컥!
두 사람의 눈이 허공에서 마주친 순간, 두 사람 모두 말을 잃어버린 채 멍하니 상대방을 쳐다보았다.
"아, 아들아!"
"아, 아버지!"

곤을 휘둘러 임덕성을 위기에서 구해준 사람은 다름 아닌 그의 아들 진성곤 임성진이었다. 임덕성이 도망쳐온 곳이 공교롭게도 중토관 시험이 치러지고 있는 장소였던 것이다.

갑작스럽게 성사된 부자 상봉에 두 사람 모두 말을 잃었다.

"여, 여긴 어떻게……?"

그때 그의 시선이 아버지의 등 뒤에 칭칭 묶여 있는 사람에게로 향했고, 험상궂게 생긴 아버지의 얼굴과 죽은 듯 정신을 잃고 있는 사내의 얼굴을 번갈아 오가던 임성진은 눈을 게슴츠레 뜨며 따지듯 물었다.

"그건 또 뭡니까? 이젠 인신매매에까지 손을 뻗치신 겁니까?"

진성곤 임성진의 일격
-아버지와 아들-

"독자인가?"
복면인이 자신의 앞을 가로막고 있는 임성진을 향해 물었다.
"그렇소."

"누나는?"
"저런 얼굴을 한 아버지 밑에 여자 형제가 있다면 좀 불쌍하지 않겠소?"
"그건 그렇군!"
복면인은 너무나 쉽게 그 사실을 인정해버렸다. 그러자 뒤에서 욕하는 소리가 잠시 들려왔다. 그는 그것을 무시하고 말을 이었다.
"너희 부자는 오늘 나에게 감사해야 할 것이다. 아들은 아버지의 죽음에 대해 슬퍼할 필요가 없고, 아버지는 아들을 잃은 상실감을 오래 즐기지 않아도 될 테니 말이다. 이 얼마나 좋은 일이겠는가!"
"그 말의 뜻은?"
임성진의 힘 있게 뻗은 굵은 눈썹이 땀 맺힌 이마 아래서 꿈틀거렸다. 복면인이 으스스한 한기를 뿌리며 말했다.

"오늘 유비, 관우, 장비, 이 삼국지의 세 영웅이 도원결의라는 술잔치까지 거창하게 벌려놓고도 달성하지 못한 일을 내가 해주겠다는 것이다. 영광으로 알아라."

한날 한시에 죽게 해주겠다는 말을 꼭 그렇게 길고 복잡하게 말해야 하는 건가? 영광으로 알아야 될지 말아야 될지 판단하기 전에 임성진의 뇌리 속에 먼저 든 의문이었다.

'성광일시라 했던가……'

불에 달군 쇠꼬챙이에 지져지기라도 하는 듯한 고통이었다. 뼈가 으스러지지 않은 게 신기했다. 상처가 타들어가는 듯한 고통이 그의 정신을 비명 지르게 만들고, 그의 육체를 몸부림치게 만들고 있었다. 그 고통을 내색하지 않기 위해서는 엄청난 인내가 필요했다.

복면인은 분노했고 복수를 결심했다. 그리고 그 결심을 행동으로 옮기는 데는 시간이 필요치 않았다. 그는 그의 날카롭게 연마된 검을 치켜들었고, 산악을 누비는 사슴의 다리처럼 단련된 다리로 대지를 박찼다.

그는 시위를 떠난 화살처럼 공간을 가로질렀고, 임성진의 간격 안으로 뛰어들었다. 그는 자신보다 긴 간격을 지닌 상대와 싸우는 법을 아는 자였다.

"끝이다!"

그의 검이 곧 임성진의 심장을 관통할 것만 같았다. 하지만 검은 암살자의 독심 어린 검이 심장을 관통하려는 찰나, 임성진은 전심전력으로 곤을 회전시켰다.

쐐래래래래랙!

소용돌이를 연상케 하는 무시무시한 회전력과 함께 발생한 강력한 회전 기류가 지척까지 다가온 검을 튕겨내며 그의 심장을 수호했다.

"큭!"

일 장 밖으로 밀려난 복면인이 짧은 신음 소리를 내며 입술을 잘근잘근 씹고 있는 게 보였다. 그는 자신의 오른손과 옆구리를 바라보고 있었다. 조금 전 엄청난 회전력이 휘젓고 지나간 곳이었다. 회전하는 나선의 경력에 그의 옆구리 쪽의 옷이 너덜너덜해져 있었고 맨살이 훤히 드러나 보이고 있었다. 손바닥의 사정은 더욱 끔찍했다. 단단하고 질기기 짝이 없기로 소문난 교룡피로 만든 특수 장갑은 이제 형체를 알아보기 힘들었고, 맹수가 물어뜯은 듯 찢어진 상처에서는 붉은 선혈이 뚝뚝 떨어지고 있었다.

"큭, 내가 너를 무시한 것 같구나!"

이런 낭패를 당할 줄은 몰랐다.

"미리 말했지 않소. 나를 이긴다는 것은 쉽지 않은 일일 거라고!"

"아직 자만하긴 이르다!"

복면인이 씹어 내뱉듯 말했다.

"그런 말은 이 일격을 받아본 다음에나 하시오!"

임성진이 곤을 들어 가장 기초적인 기본형 중 하나라 할 수 있는 한 손 찌르기 자세를 취했다.

아버지가 보고 있었다. 그의 곤법을 무시하던 아버지가. 곤은 연약한 놈이나 쓰는 거라고 말했던 아버지가. 절대 부끄러운 모습을 보일 수는 없었다. 이 절호의 기회를 그는 절대 그냥 넘길 수 없었다.

"성진아, 잘 들어라."

"예, 사부님."

"지금부터 우리 문파의 최고 오의를 너에게 전수해주마."

임성진은 숙연한 마음으로 사부님의 말을 경청했다.

"너는 가장 강력한 일격은 어떤 일격인지 아느냐?"

사부가 말을 이어나가기 시작했다.

"곤의 시작은 하나요 그 끝도 하나다. 곤은 찌르기에서 시작해 찌르기로 끝난다. 가장 짧고 가장 단순한 공격이 가장 강력한 공격이다. 자신의 목숨이 실린 가장 짧은 일격, 그 일격에 너의 몸과 마음을 모두 실을 수 있다면 너는 최강의 일격을 내지를 수 있게 될 것이다."

"예, 사부님! 명심하겠습니다."

'방어는 원(圓), 공격은 점(點), 힘의 이동은 나선(螺旋). 가장 기본이면서도 절대로 잊어서는 안 될 가르침이다. 너는 이것을 머릿속에 새기고 잊지 말도록 해라!'

한시도 잊은 적이 없는 가르침이었다.

일점일격필중필살의 의지로 나선의 힘을 담아, 임성진이 일섬 찌르기를 선보였다.

가장 단순하면서도 가장 강력한 공격. 빛이 그의 오른손에서 빠져나와 적의 중심을 향해 쏘아졌다.

진성십이곤 최종오의(最終奧義)

일점필중(一點必中)

한줄기 섬광처럼 작열하는 필살기에 복면인은 입에서 피를 뿜으며 날아갔다. 이 일격이 뚫지 못할 것은 아무것도 없는 것 같았다.

"제길, 놓쳐버리고 말았군요. 재빠른 게 바퀴벌레 못지않네요."
 그는 나타날 때보다 더 빠르게 사라졌다. 그리고 우거진 수목과 낙엽은 그에게 좋은 은폐물이 되어주었다.
 검은색으로 전신을 칭칭 두른 암살자를 떠올리며, 임성진은 생각하면 생각할수록 바퀴벌레와 동질성을 느꼈다. 아마 그 검은 복면인은 깜장 바퀴벌레를 볼 때마다 무한한 애정과 친밀감을 느끼리라. 임성진은 그렇게 생각해버렸다.
"쯧쯧, 누굴 닮아서 그렇게 굼뜬 거냐?"
 임성진은 도끼눈을 희번득거리며 자신에게 이런 굵직하고 두툼한 몸을 물려준 아버지를 째려보았다.
"뭐, 뭐냐, 그 눈빛은? 잘하면 내리찍겠다?"
"지금 그걸 몰라서 물으시는 거예요? 그렇게 무식하게 굵은 팔뚝과 통나무 같은 허벅지를 매일 달고 다니시면서도요? 저라고 좋아서 굼떠진 게 아니라구요!"
 육체의 빠르기는 어느 정도 선천적인 재능에 속하는 경우가 많았다. 후천적인 단련만으로는 한계가 있었던 것이다. 딱 한 가지, 유일하고 무이한 방법이 있다는 이야기가 있기는 했다. 그러나 그것이 사실인지 꾸며대기 좋아하는 행자 하나가 남긴 헛소문인지는 확인해볼 방도가 없었다.
 바로 환골탈태였다. 과거의 몸을 새롭게 바꾸고, 육체의 능력을 재편성하는 지고의 경지. 그 아득한 경지까지 심신을 단련해야만 하는 것이다. 현 강호에서 그 경지를 넘은 사람은 추측만으로도 손에 꼽을 정도에 불과했다.

"그건 그렇고 몸 상태는 어때요?"

"멀쩡하다, 멀쩡해! 몇 군데 상처를 입었지만, 이런 거야 긁힌 거에 불과한 정도지. 크하하하하하!"

임덕성이 사지에 입은 상처를 보여주며 호탕하게 웃었다. 그 바람에 쇠침처럼 삐죽삐죽 튀어나온 수염들이 바람 맞은 소나무처럼 흔들렸다. 강철로 만들어진 게 아닐까 착각이 일 정도로 그의 몸은 튼튼했다.

"누가 아버지한테 물어봤어요?"

아들이 퉁명스럽게 핀잔을 주었다.

"그럼?"

"죽여도 죽지 않을 만큼 튼튼한 사람 걱정을 제가 왜 합니까? 그런 시간 낭비는 하기 싫어요. 그 무식하게 큰 근육은 그냥 장식품이 아니잖아요? 강철호체신공을 약장수하려고 익힌 것도 아닐 테고. 제가 걱정하는 건 무식하게 튼튼한 강철근육갑옷을 두른 아버지 쪽이 아니라 거기 그 사람이오, 아버지가 업고 있던 사람."

저 자존심 높기로 유명한, 그것 빼면 시체나 다름없는 임덕성이 생전 처음 보는 사람을, 그것도 꽤나 젊은 애송이처럼 보이는 인물을 업고 도망이란 것을—죽음보다 수치스러워하는—쳤다는 것은 범상한 일이 아니었다. 그 사람의 정체가 무엇일까? 그 자초지종이 무엇일까? 호기심이 일지 않을 수 없었다. 하지만 그런 아들의 반응은 당연히 아버지의 심기를 뒤틀리게 만들었다.

"이… 이놈이! 말하는 싸가지하고는! 여태껏 키워준 애비한테 고딴 식으로밖에 말 못 하냐?"

눈알을 부라리며 으르렁거렸다. 그러나 임성진은 고개를 돌린 채 못 들은 척했다.

"쫓아낸 것도 바로 그 키워준 아버지죠. 그것도 굉장히 시답지 않은 이유로."

가시가 느껴지는 대꾸였다. 평소 둔감하기 짝이 없는 임덕성도 그것만은 확실히 느낄 수 있었다. 갑자기 임덕성이 조용해졌다. 그의 입에서 나직한 한숨이 새어나왔다.

"집 나간 아들놈한테 도움을 받다니, 나도 늙었구나!"

"이제 인정해주시는 겁니까?"

"아직 멀었다! 그런데 너, 돌아오지 않을 거냐?"

임성진이 그 말에 흠칫 몸을 떨었다.

"아직 경험해봐야 할 것이 산더미처럼 많이 있습니다. 역시 세상은 넓더군요."

"그러냐……."

약간 침울한 목소리로 임덕성이 대답했다. 하지만…….

"열심히 해라!"

그것은 아들의 행동을, 인생을, 삶을 인정해준다는 이야기였다. 항상 아들의 길을 부정하려 했던 아버지에게 그는 처음으로 인정받은 것이다. 독립된 개체로서, 그는 드디어 홀로 서게 된 것이다.

"고… 고마워요, 아버지!"

무진장 쑥스러운지 코끝을 긁적이며 임성진이 말했다.

"근데 저 사람 진짜 누굽니까?"
"아, 저 사람……."
어쩔 수 없이 임덕성은 짧게나마 자초지종을 이야기해줄 수밖에 없었다. 그리고 임성진은, 그의 아버지가 자신이 존경해 마지않는 우상 천무삼성을 만나 함께 이곳에 올라왔다는 대목에서는 까무라칠 정도로 놀라버리고 말았다. 어째서 천무삼성은 자기 아버지를 잡아다가 감옥에 처넣지 않았을까? 그 점이 참 잘 이해가 되지 않았다.
이야기를 다 들은 임성진이 등 뒤쪽 나무 위를 보며 말했다.
"구경은 이제 그만해도 되지 않나? 좋은 장면은 다 지나간 것 같은데? 이야기도 다 끝났고."
"아, 들켰나?"
나무 위에서 목소리가 들리더니 인영 하나가 떨어져 내렸다.
"부자 싸움이야말로 세상이 시작되고 인간의 역사가 시작한 이래로 계속되는 세기의 싸움 아닌가? 그쪽 부분도 상당히 재미있다구. 꼭 몸으로 치고받고 하는 싸움에서만 흥미를 느낄 필요는 없는 것 아닌가. 난 사소한 부분에 대해서도 흥미를 느낄 수 있을 만큼 충분히 너그럽고 다양한 취향을 가지고 있네."
"네, 네놈은!"
임덕성이 손가락질을 하며 외쳤다. 그도 본 적이 있는 인물이었던 것이다.
"오우, 산적 아저씨~ 오랜만이네요. 이 산에 영업하러 오셨나요?"

비류연이 활기차게 인사했다.

"생업은 잠시 접었다. 휴가 중이야."

임덕성이 대답했다.

"휴가?"

이상한 말을 들었다는 듯 비류연의 고개가 모로 꼬였다. 산적질에 휴가라니… 참으로 가관이 아닐 수 없다는 노골적인 반감이었다.

"이십 년 근속했으니 나도 좀 쉬어야지. 오랜만의 휴가다."

임덕성이 가슴을 펴며 당당하게 대답했다. 자기 아버지만 참으로 뻔뻔스럽다고 생각하는 임성진이었다.

"혼자 오셨나요?"

그제야 그는 까마득하게 잊고 있던 한 사람을 기억해냈다. 방치해 두고 나온 한 사람을!

"아차, 고래!"

"고래 아저씨도 여기에 오셨어요?"

고래란 모경의 또 다른 별명이었다.

"이런! 난 급히 가봐야겠다. 이 사람은 너희들이 좀 보살피고 있어라. 그쪽은 무슨 일이 벌어질지 모르니깐 이쪽이 더 안전할지도 몰라. 그놈도 아직 숨이 붙어 있고… 그럼 잘 부탁하마."

"어어, 아버지!"

그러고는 아들의 애타는 부르짖음도 무시한 채 삼성각을 향해 달려가는 임덕성이었다.

그 시각 모경은 삼성각에서 피 웅덩이에 처박힌 채 몸을 파닥거리며 구조를 기다리고 있었다.

"으으으… 행님요… 빨리 오이소…….."
 핏기가 가신 창백해진 그의 몸에서 혼백이 빠져나갈 채비를 하고 있었다. 문 저편에서 저승사자들이 손짓하며 그를 부르고 있었다.

"자, 그럼 이 짐을 어쩐다?"
 선택의 여지는 거의 없었다.
"일단 떠메고 가봐야지."
 임성진이 한숨을 내쉬며 말했다. 아버지가 아니라 역시 웬수였다. 한순간 좋은 감정을 가졌던, 부자간에도 정이 흐를 수 있을지 모른다고 생각했던 자신이 바보였다.

"그건 또 뭔가?"
 거처인 동굴에 도착하자 장홍이 물었다.
"아, 이거? 임시 보관 물품이야."
"내가 보기엔 아무래도 사람 같은데?"
"사람 맞아."
"죽었나?"
 축 늘어져 대롱대롱 들려 있는 게 보기에도 애처로웠다.
"아니, 아직 살아 있어."
"은가면을 쓴 정체불명의 암습자 때문에 안 그래도 신경이 쓰이는데, 그런 짐까지 떠맡아서 어쩌겠다는 건가?"
"글쎄… 검성이 부탁했다고 하니 별 수 없잖아."
"거, 검성님이!!!"

"어, 그렇다는구만."

 검성의 부탁을 받은 산적 우두머리의 일방적 부탁이라는 부분은 굳이 알릴 필요가 없다는 판단 아래 알리지 않았다. 어쨌든 검성의 부탁이라는 말도 틀린 말은 아니었으니깐 말이다. 이편이 더 편했다. 그편이 이 환자에게도 좋을 것이다. 이름값 하나로 대우가 확연히 틀려질 테니 말이다.

안명후, 눈을 뜨다… 그리고…….
-누명-

남자는 어둠 속을 헤매며 달리고 있었다.
'한시도 지체 없이 상부에 이 사실을 알려야 합니다.'
'화산이 위험합니다.'

'대장님, 여기는 저희에게 맡기십시오!'
'걱정 마십시오. 대신 술 산다는 약속은 꼭 지키셔야 합니다!'
크악!
크악!
크아아악!
남자는 귀를 막은 채 어둠 속을 계속해서 달렸다. 도망쳐야 한다는 생각밖에 없었다.
데구르르르르!
무엇인가 자신의 눈앞으로 굴러왔다. 남자는 발을 멈추고 자신 앞에 굴러온 그것을 바라보았다. 그것은… 그것은… 부하 개코의 목이었다.

번쩍!

옆으로 누워 있던 수급의 눈이 번쩍 떠졌다.

남자는 비명을 질렀다. 그 눈동자 안은 새카만 어둠이었다. 텅 빈 동공 속에서 핏물이 흘러내렸다.

'대장님… 원한을… 원한을…….'

그 텅 빈 어둠 속에서 수천만 마리의 지네와 구더기가 꾸물꾸물 기어나오기 시작하더니 순식간에 남자의 몸을 뒤덮었다.

"으아아아아아악!"

안명후는 비명을 지르며 눈을 번쩍 떴다. 처음에는 망막에 엷은 막이라도 낀 것처럼 희뿌옇기만 했다. 한참을 눈을 껌뻑이고 나서야 사물의 상이 또렷이 맺히기 시작했다. 여긴 어디지? 낯선 천장이었다. 둥글고 거친 돌로 된 천장, 여기는 방 안이 아니라 동굴이었다. 식은 땀을 흘렸는지 등이 축축했다.

"내가 왜 여기에……."

몸은 납이라도 매단 듯 무거웠다. 자신의 몸이 자기 게 아닌 것 같았다. 손가락을 움직여보려 했지만 잘되지 않았다. 여기는 어딜까? 나는 왜 여기 있는 거지?

"아, 깨어나셨군요. 정신이 드나요?"

들어본 적 없는 여인의 목소리가 옆에서 들려왔다. 고개를 돌리자 화장을 단정하게 한, 화려한 옷을 걸친 여인이 다소곳이 무릎을 꿇고 앉은 채 웃고 있었다.

"누… 누구……."

"아, 제 소개를 안 했군요. 처음 뵙겠습니다. 제 이름은 교옥이라고 합니다."
 여인이 웃으며 대답했다.

 안명후는 자신을 간호하고 있는 여인의 도움으로 간신히 자리에서 일어날 수 있었다. 눈을 뜬 지 일다경(一茶頃)은 족히 된 듯했다. 그제야 그는 여인에게 자신이 어디에 있는지 물었다. 화산지회 시험장인 어느 산속 한 동굴이라는 대답이 돌아왔다.
 "그럼 여기가 화산이란 말입니까?"
 "엄밀히 따지면 그렇지요. 하지만 보통 화산이라고 부르는 곳하고는 조금 떨어져 있습니다. 산줄기가 연결되어 있기는 하지만요."
 "화산은… 천무봉은 무사합니까?"
 심각한 얼굴로 다그치듯 묻는 그의 눈빛에는 초조함이 가득했다.
 "예, 일단은 무사합니다."
 그 박력에 놀랐던 여인이 마음을 진정시키고 대답했다.
 "그렇다면 사람을 불러주십시오."
 "사람을요?"
 "예! 화산이 위험합니다!"
 "그냥 그대로 정신을 잃고 있었으면 좋았을 것을……."
 여인이 소곤거리듯 중얼거렸다. 목소리가 너무 작아서 안명후는 알아들을 수가 없었다.
 "예?"
 "안됐지만, 다시 잠들어주셔야겠어요."
 여인이 속삭이는 듯한 목소리로 부드럽게 말했다. 안명후는 지금은 그럴 때가 아니라며 정중히 사양했다. 그는 마음이 조급해져 있었다. 자신이 정신을 잃고 얼마나 긴 시간이 흘렀는지 알지 못했기에 더욱 그랬다.

"아, 보시다시피 몸은 괜찮습니다. 그보다 사람을! 시급히 전해야 할 말이 있습니다."

"전해야 할 말?"

"네, 거대한 음모에 대한 것입니다."

"음모라뇨?"

안명후는 자신이 보고 듣고 경험한 일에 대해 빠른 속도로 이야기해 나갔다. 맨 처음 여인은 무척이나 놀란 얼굴을 했지만 곧 진정한 듯 안색을 회복했다. 여인의 붉은 입술에 미소가 번져갔다.

"정말 고생하셨군요. 그렇다면 더욱더 몸을 추스르지 않으면 안 되겠네요. 자, 잠들어야 할 시간입니다."

"아닙니다. 걱정해주시는 건 감사합니다만 먼저 이 건을 해결하고 난 후에……."

안명후의 말을 끊으며 여인이 고개를 가로저었다.

"말 안 듣는 아이를 전 싫어하죠. 자, 제가 자장가를 불러드릴게요. 장송곡이라는 이름의 영원한 꿈을 꿀 수 있도록 해주는 자장가를!"

"예?"

서걱!

그의 목의 경동맥을 뭔가 예리한 것이 스치고 지나갔다.

푸화아아아악!

움찔할 틈도 없이 그의 목줄기에서 선혈이 뿜어져 나왔다.

'왜 이러지? 빨리 그 사실을 알려야 하는데… 왜?'

눈앞은 검은 장막이 드리운 것처럼 새까맣게 변했고, 소리는 점점 멀어져 갔다. 말을 하려 했지만 혀가 마비된 듯 움직여지지 않았다. 감각은 박탈당하고 정신은 부유하는 듯했다. 그제야 깨달을 수 있었다. 뭔가 부조리한 일이 자신의 몸에 일어났다는 사실을. 안간힘을 써서 겨우 한마디를 토해낼 수 있었을 뿐이다.

"왜… 왜……."

흐릿흐릿 어두워지고 좁아지는 시야 안에서 여인이 조용히 말했다.
"보아서는 안 될 것을 보고, 들어서는 안 될 것을 들은 데다 입까지 가벼우시니 저승 갈 이유로 충분한 듯싶군요. 그동안 수고 많으셨습니다. 이제 푹 쉬세요."

이토록 잔인한 짓을 서슴지 않고 저지른 사람의 목소리라고는 상상할 수 없을 정도로 상냥하고 부드러운 목소리였다. 귀신에라도 홀린 것 같았다.

붉은 피보라 사이로 마지막으로 본 사신의 미소 어린 입술은 석류처럼 농염한 붉은 빛깔이었다.

까아아아악!

높고 가느다란 여인의 비명소리가 산 전체에 울려 퍼졌다. 동굴 쪽이었다.

"이게 무슨 일이야?"

비명소리에 동굴로 돌아온 비류연은 진한 피 냄새에 잔뜩 눈살을 찌푸렸다. 입구에서 만난 나예린은 소매로 불쾌한 피 냄새를 막아보려 했지만 이내 소용이 없다는 것을 깨닫고 그만두었다.

속속 사람들이 몰려들었다. 독고령과 대공자 비의 모습도 보였다. 한순간 비류연과 대공자의 눈이 마주쳤다. 여전히 무슨 꿍꿍이를 품고 있는지 알 수 없는 눈이라고 비류연은 생각했다.

피바다 속에서 두 명이 쓰러져 있었다. 한 명은 보호하고 있던 의식불명의 환자였다. 서둘러 살펴보았지만 이미 경동맥이 깨끗하게 잘려 나가 있어 소생할 가망이 전혀 없었다. 또 한 명은 그를 간호하던 혈심란 교옥이었다. 그녀는 정신을 잃은 채 피 웅덩이에 쓰러져 있었다. 그래도 이쪽은 다행히 아직 숨이 붙어 있었다. 상처도 없었다. 그냥 기절한 것뿐인 모양이었다.

"끔찍하군!"

누군가가 중얼거렸다.

원통한 듯 부릅떠진 눈은 허공을 향하고 있었다. 얼마나 분했으면 눈을 감을 수도 없었을까? 그의 부릅떠진 눈 안에는 아직도 죽기 전의 그의 비통함이 남아 있는 듯했다.

"정말 나무랄 데 없이 깨끗한 솜씨로군."

안명후의 경동맥을 자르고 지나간 그 절단면은 면도날로 그은 것보다 더 매끄러웠다. 필시 평범한 솜씨를 지닌 자의 소행이 아니었다.

"쳇, 당하다니! 너무 방심했어! 분명히 자신의 생명이 잘려 나가는 줄도 모르고 있었을 거야! 아차 하는 순간에 당했겠지."

비류연이 씹어 내뱉듯 말했다. 솔직히 입맛이 썼다. 요즘 자신이 조사하고 있는—발로 뛰는 대부분의 노동은 그의 사제들이 대신해

주고 있는—일에 대한 실마리를 잡을 수도 있는 기회였다. 잠시 잠깐의 방심이 돌이킬 수 없는 결과를 가져오고 만 것이다. 분명 이곳이 절대 안전한 곳이 아님을 알고 있었음에도 적절한 조치를 취하지 못한 것은 분명한 실수였다. 자신의 시야가 미치는 분야에는 한계가 있음을 인정하지 않을 수 없었다. 어쨌든 이대로는 꿈자리가 뒤숭숭할 터였다.

"아무래도 술래잡기 시간이 시작된 것 같군."

비류연이 조용히 혼잣말로 중얼거렸다.

비류연과 효룡 그리고 장홍은 길게 침묵하며 안명후의 얼굴을 바라보았다. 죽기 전의 충격 때문일까, 그는 원통하고 분통한지 죽어서도 눈을 감지 못한 채 두 눈을 부릅뜨고 있었다. 동굴 안을 진동하는 피 냄새에 효룡이 인상을 찌푸렸다. 이것은 정말 유쾌하지 않은 상황이었다.

"끔찍하군. 누가 이런 만행을 저지른 것일까? 왜? 무슨 이유로? 이 사람이 도대체 누구길래?"

효룡이 침통한 어조로 말했다.

"그가 품고 있던 비밀은 도대체 무엇이었을까?"

현재 장홍이 풀기 위해 고심하고 있는 의문의 난마였다.

"한 가지 확실해진 것은 있군."

"그게 뭔가?"

비류연의 말에 장홍과 효룡이 되물었다.

"그가 품고 있던 비밀이 암살이라는 극단의 수법을 써서까지 봉해야만 하는 중대한 것이었다는 거지."

　일리 있는 말이었다.

"하지만 그래 봤자 이제 무슨 소용이 있단 말인가? 할 말이 있던 자는 이제 두 번 다시 입을 열 수 없잖은가! 유일한 실마리가 끊어지고 말았어."

　장홍이 한탄하며 한숨을 내쉬었다.

"꼭 그렇게 단정할 수만은 없지! 아직 섣부른 결론은 이르다네."

　말을 받은 사람은 놀랍게도 대공자 비였다.

"이상한 점이 하나 있군!"

　어느새 동굴 안에 들어온 대공자 비가 안명후의 시신을 여기저기 훑어보며 말했다. 비류연은 잔뜩 못마땅한 얼굴로 그 모습을 바라보았다.

"뭐가 이상하단 말이지?"

　비류연이 물었다.

"그럼 자네는 이상하지 않단 말인가?"

　그런 것 하나 제대로 간파하지 못하느냐고 비웃는 듯한 어투였다. 비류연은 대꾸의 필요성이 없다고 판단, 입을 다물었다.

"이자를 이토록 잔인하게 살해한 자가 왜 교옥은 살려두었을까? 입을 막으려면 둘 다 막는 게 더 나았을 텐데?"

"무의미한 살생이 싫어서?"

　장홍이 건성으로 대답했다.

"이 정도로 솜씨가 깔끔한 범인이 그런 자상한 마음의 소유자라고는 생각되지 않는군."

"그럼, 당신은 뭔가 집히는 게 있다는 건가?"

비가 고개를 끄덕였다. 그는 동굴 안으로 들어온 이후 계속해서 상황을 주도해 나가고 있었다. 어느새 다들 그의 입을 쳐다보기만 하는 방관자가 되어 있었던 것이다.

"'그'는 그녀가 죽으면 무척 곤란해지는 사람이라는 뜻이지."

"너무 쉽게 범인을 남자라 단정하는 것 아닌가?"

그러나 대공자는 비류연의 말을 개무시한 채 계속해서 말을 이었다.

"그는 분명 어떤 이유 때문에 그녀를 죽이지 않았을 것이네. 즉 그녀가 필요했다는 뜻이지. 아마 등 뒤로 조용히 다가가 그녀의 수혈을 짚고 이자를 베었겠지. 그녀의 이목을 속일 수 있을 만큼 그자는 뛰어난 실력의 소유자였다는 뜻이네. 혹은 그녀가 안심하고 믿을 수 있었던 사람인지도 모르지."

"그건 말이 안 돼. 그녀와의 친분을 이용해 접근했다면 그녀의 입도 막았어야 해. 그녀가 눈을 뜨면 금세 자신의 정체가 밝혀질 테니깐."

비류연은 그의 추리가 지닌 허점을 간파한 후 지적했다. 맞는 말이었다. 그럴 경우는 둘 다 죽어 있어야 정상이다. 대공자는 사사건건 토를 다는 비류연에 대해 잠시 불쾌한 표정을 지어 보이고는 다시 말을 이었다.

"약을 썼는지도 모르지. 그녀 몰래 접근해 그녀가 먹는 물이나 음식에 약을 섞는다. 그리고 그녀가 그것을 먹고 잠이 들거나 기절하는 것을 보고는 유유히 자기 할 일을 하는 거지."

상당히 일리 있는 이야기인지라 몇몇 사람이 그럴 수 있겠다는 듯 고개를 끄덕였다.

"그럼, 그녀가 죽으면 곤란해진다는 건 무슨 말인가?"

"곤란? 자네가 이 화산규약지회 오행관의 규칙을 아직 잊지 않고 있으면 좋겠군."

대공자 비의 날카로운 시선이 비류연의 얼굴을 훑었다.

"각 조원 중 한 명이라도 낙오자가 발생하면 그 조는 실격 처리된다."

추명이 무뚝뚝한 목소리로 또박또박 말했다. 그러자 여기저기서 웅성거리는 소리가 들려왔다. 그의 그럴듯한 말이 중인의 공감을 얻고 있음이 분명했다.

'약은 놈!'

비류연이 속으로 그를 욕했다.

"서… 설마 그 얘기, 우리 7조에 범인이 있다는 말?"

대공자 비가 가볍게 한 번 고개를 끄덕였다.

"헛소리! 무슨 증거로 그런 말을 하는 건가? 어차피 당신이 주장하는 건 여러 가지 가설 중 하나가 아닌가? 범인이, 그인지 그녀인지는 모르겠지만, 그녀를 죽일 수 없는 이유는 백 가지도 더 댈 수 있어! 혹은 그녀 자신이 범인일지도 모르지!"

세차게 쏟아진 그의 목소리는 분노로 떨리고 있었다. 그러자 비가 싸늘하고 무정한 목소리로 대꾸했다.

"아무리 자신의 범행을 숨기고 싶다고 해도, 그렇다고 부끄러운 줄도 모르고 연약한 여성을 범인으로 몰아서야 쓰겠나?"

이제는 아주 비류연을 범인으로 단정 짓는 듯한 어투로 비가 말했다.

"동기가 없잖아? 그리고 증거도 희박해."

비류연이 투덜거리며 말했다.

"그럼 비명소리가 들렸을 때 자네는 어디에 있었나? 자네와 함께 있던 사람이 있었나?"

"그… 그건……."

일이 꼬이려면 끝까지 꼬인다더니 당시엔 혼자였기에 그 사실을 증언해줄 사람은 아무도 없었다. 대공자는 회심의 미소를 지었다.

"자네, 혹시 죽은 사람도 때때로 말을 할 수 있다는 사실을 알고 있는가? 그의 꽉 움켜진 오른손 안에 뭔가가 쥐어져 있는 것 같더군. 그게 단서가 될지도 모르지!"

대공자의 말에 모두의 시선이 죽은 자의 주먹으로 향했다. 과연 그는 무엇인가를 쥐고 있었고, 손가락 사이로 끈이 빠져나와 있었다. 몸을 숙인 비가 그 주먹을 억지로 열었다. 사후경직이 진행 중이라 쉽지 않은 일이었지만, 그의 손에 걸리자 무척이나 쉽게 해결되었다. 그 안에서 나온 것은 조그만 크기의 목패였다. 비는 무척이나 흥미롭다는 표정을 지으며 그것을 들어 모두가 잘 볼 수 있도록 한 바퀴 빙 돌렸다. 이곳에 모여 있는 사람 중 그 물건이 어떤 것인지 모르는 사람은 아무도 없었다.

"처… 천율패……."

사람들 사이에서 경악성이 터져 나왔다. 역시 범인은 우리들 안에 있었단 말인가! 세찬 동요가 피부를 통해 느껴졌다.

"자, 그럼 여기 적힌 이름을 보면 누구 것인지 알 수 있겠군. 직접 확인해보게!"

비가 피에 젖은 그 패를 비류연의 코앞에 들이밀었다. 이번만큼은 아무리 무관심의 달인인 비류연이라 해도 놀라지 않을 수 없었다.

"이… 이럴 수가……."

그것에는 다음과 같이 적혀 있었다.

화산규약지회 중토관 7조 천무학관 비류연 男

"자, 이래도 할 말이 있나?"

대공자 비가 날카로운 목소리로 추궁했다. 의아해하던 사람들의 시선도 이제 경계와 적의로 뒤바뀌어 있었다. 그를 쏘아보는 사람들의 눈빛은 차갑기 그지없었다. 물론 억울하기 짝이 없는 비류연으로서는 할 말이 많았다.

"'그건 저번에 잃어버렸던 거야!' 해봤자 믿어주지 않겠지?"

자신이 해놓고도 한심할 정도로 궁한 대답에 비류연은 스스로 낙담하고 말았다. 자신도 믿지 않을 변명을 남들은 믿어야 한다고 우길 수는 없는 노릇이었다. 아무리 사실이라고 해도 그딴 변명을 믿어줄 사람은 마음씨 좋은 바보뿐일 것이다.

"당연하지! 그런 눈에 빤히 보이는 변명을 누가 믿어주겠나?"

그렇겠지……. 비록 겉으로 내색하지 않았지만 마음속으로는 인정하지 않을 수 없었다. 때론 간단한 진실보다 과장된 거짓이 더 현실감을 띠게 마련이다. 진실이란 때론 공기와도 같아 그것이 없어지기 전에는 잘 느끼지 못하는 경우가 대부분이다.

"하지만 여기서 천율패를 빼앗긴, 혹은 잃어버린 사람이 비단 나뿐만은 아닌 것 같은데? 그 은가면들이 기절시켜놓고 아무 패나 하나 뽑아 그 손에 쥐어줬을 가능성도 배제할 수 없지. 그때 재수 없게 걸린 게 내 거였을 가능성도 충분히 있잖아? 일종의 속임수지. 별다른 동기도 없는 내가 살인을 저질렀다는 것보다는 그쪽이 더 현실감이 있다고 생각하는데?"

 비류연이 주위를 둘러보며 싸늘한 목소리로 말했다. 몇몇 사람이 흠칫하는 게 느껴졌다. 은가면에게 당한 사람들이 그 당시의 악몽을 떠올린 모양이었다. 또 몇몇은 그의 의견에 동조하는 것 같기도 했다. 그러나 대공자 비만은 당황하지 않았다. 그는 단호하게 고개를 가로저으며 말했다.

"아냐, 그건 틀리지. 자네는 그자들에게 당한 적이 없잖은가? '패'를 빼앗긴 사람들은 모두 그들에게 당해 정신을 잃은 자들뿐이야!"

"옳소! 옳소! 생각해보니 확실히 그렇군. 그녀석들에게 쓰러지지도 않은 주제에 어떻게 천율패를 빼앗길 수 있겠어?"

 잠시 비류연 쪽으로 기울던 일부마저도 다시 대공자 쪽으로 기울어졌다.

"그녀석들에게 쓰러져 정신을 잃었다가 목숨을 구걸받은 게 그렇게 큰 자랑인가? 목숨 대신에 나무패 하나만 빼앗긴 게 그렇게 자랑스럽고 기쁜 일인가 말이다?"

 비류연이 냉소했다. 그다지 틀린 말은 아니었다. 하지만 그런 그의 행동은 불난 집에 기름을 끼얹은 행위였다. 순식간에 그를 향한 적대감이 세 배 정도 증폭했다. 장홍과 효룡은 그런 친구의 행동에 관자놀이를 감싸줘어야 했다. 그나마 눈곱만큼 남아 있던 우호적 의견까지도 단숨에 반대편으로 넘어가버리고 말았다. 이제는 다들 비류연이 범인이 아닐 가능성을 상상하는 게 더 어려운 듯했다.

'이건 안 좋아……'

장홍이 몸을 잔뜩 긴장시키며 생각했다. 제반 정황이 너무나 불리하게 돌아가고 있었다.

"사람들은 자네보다 내 의견을 더 믿는 듯하군."

정신이 번쩍 든 비류연이 고개를 들어 주위를 훑어보았다. 거의 대부분의 인간이 눈에 경계의 빛을 띤 채 차갑고 냉정하게 자신을 바라보고 있었다. 안절부절하지 못한 채 걱정 어린 눈으로 자신을 바라보는 나예린의 눈빛이 그나마 위안이 되었다. 그리고 다행히 주작단 중에는 대공자의 말을 믿는 얼간이가 없는 듯했다. 만일 저런 단순 꼬임에 넘어갔다면 단순한 특훈으로는 끝나지 않을 것이다. 물론 그러기 위해서는 우선 이 누명부터 벗어야겠지만…….

이미 중인과 자신 사이에는 거대한 의심의 벽이 세워졌다. 어쩌면 대공자 비는 자신이 범인이든 아니든 상관없는지도 모른다. 그의 목적은 단지 의심의 씨앗을 심어놓는 것만으로도 충분했던 것이다. 그리고 그가 사람들에게 심어놓은 의심의 씨앗은 그들이 평소 가지고 있던 불평불만과 천대, 비하를 양식으로 무럭무럭 자라나 금세 열매를 맺었다. 줏대도 머리도 없는 놈들…….

'이게 소위 말하는 왕따란 건가?'

비류연은 내심 고소를 지으며 그렇게 생각했다. 선천적인 성격상 비극의 주인공을 연기할 생각은 없었다. 아직도 그는 낙관적인 편이었다. 겨우 이 정도에 무릎을 꿇는다는 것은 자존심이 허락하지 않았다. 그리고 어리석은 중생을 탓하기만 하는 영양가 없는 짓거리도 할 생각이 없었다.

'대공자 비……'

역시 방심할 수 없는 존재였다.

"아무도 나를 믿지 않는다면 여기 있을 필요가 없겠지! 하지만 이 누명은 반드시 벗고야 말겠어!"

게으르던 그의 심신에서 오랜만에 투지가 솟아나기 시작했다. 그의 손가락이 갑자기 대공자 비의 미간을 향했다.

"경고해두지, 당신! 나를 귀찮게 만든 것을 반드시 후회하게 해주겠어!"

그러고는 몸을 돌려 한때 동료였던 자들의 싸늘한 시선을 헤치며 동굴 밖으로 향했다.

"잠깐! 멈춰라! 너 미쳤냐? 함부로 여기서 벗어날 수 있다고 생각하나!"

샤샤샥!

장정 여섯 명이 포위진을 형성하며 비류연의 앞길을 막았다. 모두들 각자의 병기를 든 채 살기등등한 모습이었다. 범인을—이미 그들의 머릿속에는 비류연이 범인으로 각인된 모양이었다—이대로 보낼 수는 없다는 공통된 의식이 흐르고 있었다. 그중 한 명이 외쳤다.

"순순히 오랏줄을 받아라! 그리고… 충분한 시간을 들여 천천히 그리고 낱낱이 자백하게 만들어주마!"

비류연의 발걸음이 우뚝 멈췄다. 그의 어깨는 조금 앞쪽으로 추욱

쳐져 있었고 고개도 반쯤 숙여져 있었다. 그런 그의 입에서 나직하고 조용한 목소리가 흘러나왔다.

"지금… 시방 날… 막겠다는 거냐?"

평소의 목소리와는 한참 다른, 두 번 꼬이고 세 번쯤 비틀린, 잔뜩 심사가 꼬인 목소리였다.

"물론이다!"

사내들이 분개해서 외쳤다. 낮게 울리는 조소가 그들의 분노에 화답했다.

"큭큭큭, 난 지금 기분이 몹시 더러워. 이렇게 기분이 더러워진 것도 참 오래간만이야. 그러니 경고하는데, 다치고 싶지 않으면… 비켜."

여기까지는 나직했다. 하지만…….

"감히 네까짓 것들이 날 막을 수 있다고 생각하나!"

순간 비류연의 몸에서 엄청난 살기가 뿜어져 나왔다. 장마철에 범람하는 황하처럼 모든 것을 집어삼킬 듯한 무시무시한 살기였다. 이 농후한 살기는 단숨에 여섯 명의 심장을 관통했다. 여섯의 몸이 뻣뻣하게 굳어졌다. 이 느낌… 기억에 있었다. 은가면과 검을 마주 대고 섰을 때 느꼈던 바로 그 느낌이었다. 심장이 얼어붙는 것 같고 뱀 앞의 개구리처럼 손가락 하나 까딱할 수 없던 바로 그 느낌, 사람들이 공포라 부르는 바로 그 느낌이었다.

여전히 심기가 불편한지 비류연은 입을 닫고 침묵한 채 그들 여섯 명 사이를 지나갔다. 아무도 미동조차 하지 않았다.

'움직이면 죽는다!'

식은땀에 흥건한 여섯 명의 창백하게 탈색된 머릿속에 공통적으로 떠오른 생각이었다.

'역시 그녀인가……'
 역시 가장 의심이 가는 사람은 혈심란 교옥이었다.
 부풀어오른 풍만한 가슴, 잘록한 허리, 쭉 뻗은 미끈한 다리. 남자라면 누가 봐도 육감적인 몸매에(이건 인정한다) 교태와 색기가 철철 넘쳐흐르는 젊고 아름다운 여인이 그런 흉악무도한 일을 저질렀으리라고 생각하지 않았다. 그렇다고 해서 그들의 상상력 빈곤을 비난하고 싶은 생각은 없었다. 그들로서는 보기만 해도 침이 질질 흐르고 아랫도리가 불끈 서는 염태를 소유한 묘령의 여인보다 출신도 불분명하고 신분도 확실치 않은 데다 사문은 별 볼일 없는 것 같고, 권위에 복종할 줄 모르며, 주제를 모르고 사회의 틀을 부수려 하는, 그 행동 하나하나가 매우 못마땅하고 눈엣가시 같은 놈팽이를 용의자로 지목하여 비난의 화살과 의심의 창날을 갈아세우는 것이 훨씬 합당한 행동이었던 것이다. 게다가 상당히 그럴듯한—남들에게는 결정적인—증거품까지 나왔는데 그들로서는 망설일 필요가 없었다.
 그들은 사회가 보장하는 허접한 권위의 단맛에 푹 빠져 있었으므로, 그들의 뇌는 설탕물에 절인 것처럼 야들야들해진 터였기에, 어리석은 행동을 하는 데 충분히 익숙해져 있었던 것이다. 눈은 장식품이나 다름없는 맹인 얼간이들에게 품을 기대 따위는 털끝만큼도 없었다.
 '이제 어디로 가야 하지? 놀이는 끝난 건가?'
 비류연은 어디로 갈지 방향을 정하지 않은 채 그들을 떠났다. 얼마

지나지 않아 누군가가 자신의 앞을 가로막고 있다는 사실을 깨달았다. 그는 고개를 들어 그 사람의 얼굴을 바라보았다. 놀랍게도 그 얼굴의 주인은 나예린이었다.

"어딜 혼자 가려 그래요?"

평소 잘 보이지 않던 엷은 미소까지 지으며 그녀는 그를 맞이했다.

"어, 기다려준 건가요? 아니면 작별인사?"

비류연이 물었다.

"뒷말은 틀렸네요. 같이 가야죠. 혼자서 가면 못써요. 우린 동료잖아요."

"우리?"

그러자 반대편 풀숲이 움직이는가 싶더니 몇 명이 걸어나왔다. 장홍, 윤준호, 효룡, 이진설(그녀는 자신보다 효룡 때문에 따라온 듯했지만, 넘어가고!) 그리고 모용휘까지 있었다. 조금 쑥스러워하는 기색이 역력했다. 대표로 말을 꺼낸 사람은 장홍이었다.

"우린 자네를 믿어! 그래서 자네를 따라가기로 했네."

모용휘는 같은 조도 아니었는데 그와 동행하려 하고 있었다.

"따라와도 별다른 이익이 없을 텐데? 저쪽 주류로부터 완전히 배척받을 수도 있어. 게다가 같은 조도 아니잖아? 우승의 기회가 영영 사라질지도 모르는데?"

비류연이 말했다.

"어리석은 다수가 만드는 것을 주류라고 하는 게 아냐. 어느 게 주류가 될지는, 아니 어느 게 옳은 방향이 될지는 역사가 정하지. 게다가 우승이라면 이미 물 건너갔어. 은가면에게 된통 당해서 거의 대부분 천율패를 빼앗겨버렸거든. 그걸 되찾지 않는 이상 우승은커녕 등수 안에 들기도 힘들어."

장홍이 대신 대답했다.

"그건 그렇고 자네, 아무래도 이번엔 궁지에 단단히 몰린 듯해. 이번 누명은 벗기가 쉽지 않겠는걸?"

장홍이 혀를 차며 말했다. 그는 뇌가 설탕물에 절여진 인종들과는 다른 인종이었다. 그리고 그는 한유가 사촌동생 십이랑의 죽음을 두고 쓴 '천고의 절문' 〈제십이랑문(祭十二郎文)〉을 읽고 눈물을 흘릴 줄 알 만큼 우애가 뭔지도 아는 사람이었다.

예로부터 공명의 〈출사표(出師表)〉를 읽고 눈물을 흘리지 않는 이는 충신(忠臣)이 아니고, 이밀(李密)의 〈진정표(陳情表)〉를 읽고 눈물을 흘리지 않으면 효자(孝子)가 아니며, 한유(韓愈)의 〈제십이랑문〉을 읽고 눈물을 흘리지 않는 이는 우애(友愛)가 없다고 하였던가?

그래서 장홍은 자신의 친구인 비류연이 그런 귀찮은 일을 저지를 만큼 부지런하지 않다는 사실을 굳게 믿고 있었다.

"쳇, 이 몸을 이 지경까지 몰아넣다니……. 방심하다가 한 방 먹고 말았어!"

"이제 어떻게 할 텐가?"

"일단 남이 억지로 입힌 누명이나 벗어야지. 나한텐 안 어울리는 것 같거든. 그런 쓸데없이 귀찮기만 한 건 좀 더 어울리는 사람에게 줘야지."

"어떻게 말인가? 쉽지는 않을 텐데? 자네의 결백을 밝히는 게 어렵다기보다 저쪽에서 그것을 곧이곧대로 받아줄까 그게 의문이네. 자넨 너무 많은 사람을 적으로 만들었어! 원한을 품고 있는 사람이 한 둘이 아니라구. 게다가 요번의 검후 대결 건으로 경계심도 높아졌고……. 다들 자네를 잡아먹지 못해 안달이 나 있네. 조금만 방심해도 독수리 떼에게 내장까지 말끔히 뜯겨 나갈걸?"

"바보들한텐 말로 해봤자 눈과 귀를 몽땅 틀어막고 자기 좋을 대로 상상하니 글렀고, 성과를 눈앞에 보여줄 수밖에."

"어떻게 말인가?"

"일단 가장 의심 가는 놈들부터 족쳐봐야지."

"설마 그자들 말인가?"

"그래, 그 은가면들. 일단 제일 의심 가는 건 그쪽이니깐."

"확실히 그렇긴 하지만……. 어디서 그들은 찾는단 말인가?"

"다 방법이 있지."

자신감 넘치는 목소리로 비류연이 대답했다.

"……?"

"실을 하나 풀어뒀거든!"

"실?"

"그래, 실! 그들이 어디 있든 그 실이 길잡이가 되어 나를 인도할 거야!"

씨익!

비류연이 미소 지으며 들어올린 검지 끝에서 가느다란 은빛 선 하나가 투명하게 빛을 발했다.

"좋아! 그럼 친구들, 가볼까!"

"오우!"

힘찬 함성을 내지르며 그들은 길을 걸었다. 그들만의 독자적인 길을, 자신들의 내면에서 우러나온 순수한 의지를 담아. 때문에 그들은 후회하지 않을 수 있었고, 신앙에 가까운 신뢰를 가질 수 있었다. 붉은 석양이 그들의 뒷모습을 포근하게 감싸 안았다. 그리고…….

그들은 끝내 중토관이 끝날 때까지 돌아오지 않았다.

우승의 행방

중토관 시험이 끝난 지도 벌써 삼 일이 흘렀다.
여느 때와 마찬가지로 아침은 밝았고, 비도 언제나처럼 눈을 떴다.
하지만 대공자 비의 눈에는 오늘 뜨는 태양이 어제와는 다른 느낌으로 다가왔다.

그리고 내일이면 더 새롭게 보이리라. 왜냐하면 오늘은 새로운 역사가 시작되는 날이기 때문이다. 구시대의 마지막을 위해 뜨는 태양과 새 시대의 시작을 알리기 위해 뜨는 태양이 같을 수는 없었다.

대공자는 거울처럼 자신의 무정한 눈을 비추고 있는 구리 대야에 파문을 일으켜 흐트러뜨렸다.

그는 거울을 보는 것을 좋아하지 않았다. 거울은 언제나 현재의 모습만을 비춘다. 특별한 무력(巫力)이 없는 이상 그것을 통해 미래를 보는 것은 불가능하다. 그리고 현재의 상은 항상 과거를 반추하게 만든다.

현재와 과거, 그는 이 두 가지를 비교하고 싶지 않았다. 때때로 과거와 현재의 현격한 차이를 인식한다는 것은 그다지 썩 유쾌한 일이 아니었다. 그래서 그는 거울 보는 것을 좋아하지 않았다. 그것이 물의 머무름에 의해 일시적으로 형성된 것이라고 해도.

찰팍찰팍.

손을 씻었다. 세 발짝 떨어진 곳에서 추명이 한쪽 팔뚝에 수건을 늘어뜨린 채 공손하게 부복해 있었다.

"준비는?"

"모두 끝났습니다, 주군. 오늘 용이 날아오를 것입니다."

추명이 감개무량한 목소리로 대답했다.

"좋아! 그들은?"

추명은 되묻지 않아도 그들이 누구를 지칭하는지 알고 있었다. 잠재적 위험으로 지명받은 자, 예측할 수 없는 변수. 하지만 그 변수는 이미 침묵하고 있었다.

"…아직 소식이 없습니다. 특별한 움직임은 없는 듯합니다."

"그런가… 그렇다면 아무런 방해도 할 수 없겠군. 삼성은?"

"그쪽 역시 특별한 움직임은 느껴지지 않습니다."

"그렇다면 우리의 행사를 막을 자는 아무도 없겠군. 강호의 사가(史家)들은 오늘을 기억해야 할 것이다. 강호의 역사가 새로이 쓰여지는 오늘을! 재생을 위한 파괴! 오늘을 기해 무력이 끝나고 '신무림기(新武林記)'가 시작된다!"

얼음으로 만든 조각처럼 무정하던 그의 목소리에도 이번만큼은 열기가 피어오르고 있었다. 새로운 시대를 연다는 사명감이 그에게 열기를 불어넣어주고 있었다.

"추명, 오늘 피는 매화는 한층 더 아름답겠지?"

"물론입니다."

화산지회 오행관 시험이 공식적으로 모두 끝났다. 참가자들은 모두 대연무장에 모여 있었다. 이제 곧 천율십령의 장인 혁중으로부터 우승 발표가 있을 예정이었다.

우승은 1조로 확정된 것이나 다름없었다. 다른 조는 모두 중토관에서 정체불명의 은가면들에게 습격을 당해 천율패를 빼앗겼던 것이다. 단 하나의 천율패도 빼앗기지 않은 조는 1조뿐이었다. 그들도 나뭇가지를 든 은가면에게 습격을 당해 된통 당하긴 했지만, 패를 빼앗기지는 않았다. 지극히 모순적이게도 그 모두가 그들이 주체가 되어 쫓아낸 비류연 덕분이었다.

"비 공자와 나 소저가 안 보이네요? 효 공자랑 장 공자도 안 보이고……. 무슨 일이라도 있었나요, 염도 노사님?"

은설란이 걱정스런 목소리로 물었다.

염도는 딱딱한 식장에 있는 게 지루하다는 핑계로 단상과 좀 떨어진 곳에서 은설란과 함께 서 있었다. 그녀는 결과가 궁금하다는 이유로 그와 동행하고 있었다. 그런데 있어야 할 익숙한 얼굴들이 보이지 않아 의아하게 여기고 물은 것이다.

"글쎄… 언뜻 듣기로는 시험 도중 무슨 사건에 휘말렸다고 하던데……."

"사건이라니요?"

"으음, 누군가가 살해당한 사건이라는 것밖에는 몰라."

은설란의 안색이 크게 나빠졌다. 그녀의 기분이 침울해진 것을 깨달은 염도가 당황하며 말했다.

"아, 그렇게 걱정스런 얼굴 하지 마라. 다친 사람은 없다더구나. 죽은 사람은 참가자가 아니었던 모양이야."

"그런데 왜……."

"더 이상 깊이 알려 하지 마라!"

염도는 은설란을 걱정시키고 싶지 않았는지 더 이상 자세한 내막에 대해서는 입을 다물었다.

"그럼 화산규약지회 최우수 조를 발표하겠습니다. 백 주년 기념 화산규약지회 오행지관 최우수 조……."

진행을 맡은 율령자가 잠시 뜸을 들이더니 외쳤다.

"1조! 최우수 조는 1조입니다. 1조 대표는 단상으로 올라와주시기 바랍니다."

1조 쪽에서 환호성이 터져 나왔다. 대표로 단상으로 올라간 이는 대공자 비였다. 그는 당당한 걸음걸이로 좌중을 압도하는 기백을 흘리며 단상으로 올라갔다. 그런데 바로 그때였다. 대공자를 향해 있던 사람들의 시선이 하나둘씩 위로 쭈욱 올라갔다. 단상 바로 뒤에 위치한 건물인 '천무전'의 지붕 위에 겁도 없이 누군가가 올라가 있었다.

"잠깐!"

그자가 외쳤다. 그의 외침은 대연무장을 쩌렁쩌렁 울릴 정도로 심후한 내공이 깃들여 있었다.

"이의 있음!"

그자가 다시 쩌렁쩌렁한 목소리로 외쳤다.

"저, 저자식이 왜 저런 곳에?"

맨 앞줄에 서 있던 마하령의 눈이 부릅떠졌다. 지붕 위에 나타난 자의 정체를 알아본 것이다. 그는 놀랍게도 중토관 시험 도중 안명후 살해 혐의를 받고 사라진 비류연이었다.

근데 뭘 들고 있는 거지? 그녀의 생각이 채 끝나기도 전에 비류연은 오른손에 들고 있던 것을 단상 앞, 대공자 비의 코앞으로 던졌다.

그 물건은 매우 부피가 크고 무거워 보였는데, 생각 이상으로 느릿느릿하게 날아왔다. 보이지 않는 손이 그 물건을 받치고 있기라도 하듯. 하지만 대공자의 코앞에 이르자 보이지 않는 손이 사라졌는지 물건은 뚝 떨어졌고, 요란한 소리를 내며 단상을 부순 후 몇 바퀴 더 구르더니 비의 발아래로 널브러졌다.

놀랍게도 그것은 실로 건방지게 사지가 달려 있었다. 그것도 보통 사람의 두세 배는 족히 될 듯한. 하지만 그 거구의 사내의 얼굴은 여기저기가 부르팅팅하게 부어 있었고, 입에는 게거품을 문 엉망진창의 모습이었다.

그런데 그 모습을 본 대공자의 검미가 하늘로 치솟았고, 그의 눈이 부릅떠졌다. 그가 누군지 그 숨겨진 두 번째 신분까지 알고 있던 대공자로서는 경악을 금치 못했다.

"그 덩치, 누군지 알고 있겠지?"

지붕 위에서 비류연이 외쳤다. 중인은 처음 보는 남자였다. 그들이 아는 율령자 중에 저런 덩치는 없었다.

"우 대숙수!"

그의 신분을 알아본 사람은 진행을 맡고 있던 율령자였다. 홍매곡에 상존하는 요리사들의 수는 무려 서른여섯. 그 모두의 정점에 서 있는 숙수 중의 숙수, 대숙수 도살도 우둔우. 그것이 바로 그의 정체였다.

"자, 변명은 준비되셨나요?"

비류연이 씨익 웃으며 물었다.

"나보다 먼저 변명을 늘어놓아야 하는 것은 자네 아닌가?"

"내가 왜?"

"아직 안명후 살해 사건에 대한 혐의를 벗지 못했을 텐데? 자네야말로 그 사건의 범인이 아니었던가? 죄인의 말 따위에 누가 귀를 기울여주겠나?"

비류연이 피식 웃었다.

"아아, 난 또! 그거라며 걱정 푸셔요. 나에게는 든든한 보증인이 있으니깐! 그분들이 내 말과 행동을 보증해줄 겁니다요."

"보증인?"

"바로 우리들이다!"

사람들은 이번 같은 충격을 받도록 길들여져 있지 않았기 때문에 몇몇 사람은 심장이 튀어나올 것만 같은 표정을 지었고, 몇몇 사람은 눈이 튀어나올 것만 같은 표정을 지었다.

자리에서 일어난 사람은 놀랍게도 천무삼성 세 사람이었다.

"이건 정말… 놀랍군……."

대공자 비 역시 경악을 숨길 수는 없었다. 설마 이들이 끼여 있을 줄이야……. 아무런 움직임도 포착하지 못했었는데. 아마 그것은 부하의 무능 탓이 아니었을 것이다. 모든 것을 비류연과 일행에게 맡겨놓고 본인들은 태연을 가장했던 것이리라. 자신을, 아니 보이지 않는 적을 방심시키기 위해서.

"자, 이제 자백할 마음이 들었나요?"

비류연이 다시 한 번 웃으며 말했다.

은가면의 정체

비류연과 그 일행은 풀려진 실을 따라 생각 이상으로 쉽게 은가면들의 뒤를 쫓을 수 있었다. 그리고 마침내 그들이 숨어 있는 곳을 찾아냈을 때는 모두들 놀라고 말았다.

그들 세 명은 어디선가 잡아온 멧돼지를 통째로 불 위로 올려놓은 채 빙글빙글 돌려가며 지글지글 굽고 있었다. 붉은 옷으로 온몸을 감싼 여인이 빨랑빨랑 하라며 재촉을 하고 있었고, 키가 작은 땅딸보 노인은 열심히 통돼지 구이를 돌리고 있었다. 무척 맛있는 냄새가 사람들의 코를 찔렀다. 그러고 보니 추적을 한다고 두 끼 정도는 굶은 듯했다.

"응? 이거 오랜만의 손님이로세."

열심히 통돼지를 돌리던 땅딸보 노인이 뒤도 돌아보지 않은 채 말했다. 비류연 일행은 아직도 풀숲 안에 숨어 있는 그대로였다.

"무슨 일로 예까지 찾아왔나? 숨어 있지 말고 나오게."

은가면을 쓴 키 큰 노인이 부드러운 목소리로 말했다. 모용휘는 저 목소리가 그때 그 밤에 자신이 들었던 그 무시무시한 목소리가 맞는지 의심스러웠다. 그때는 공포 그 자체처럼 느껴졌는데 낮에 이러고 보니 묘한 친밀감까지 느껴지는 게 아닌가.

"거기 그렇게 쭈그리고 있지 말고 나오너라."

키가 큰 백염의 노인이 말했다. 더 이상 숨어 있을 수 없게 된 비류연 일행은 경계를 늦추지 않은 채 풀숲에서 나왔다.

"용케도 여기까지 찾아왔구나?"

"변변찮지만 몇 가지 재주가 있어서요."

그답지 않은 겸손을 떨며 비류연이 말했다.

"여기까지 온 것은 기특하지만 여기까지 온 이상 각오는 되어 있겠지?"

"그 통돼지 구이를 함께 나눠 먹을 정도의 각오는 돼 있지요!"

예상 밖의 대답에 세 사람은 유쾌한 듯 크게 웃었다.

"허허허, 재미있는 아이구나. 마음에 들었다. 그래 용건이 무엇이냐?"

"한 가지 질문할 게 있어서요."

"질문?"

"한 사람의 죽음에 대해서요."

"죽음?"

세 명의 은가면이 흠칫하며 반문했다. 비류연은 그들의 일거수일투족을 절대 놓치지 않겠다는 기세로 그들을 면밀히 관찰했다.

'저런 반응을 보이다니……'

"그자의 이름은?"

"안명후라고 하더군요!"
 마침내 비류연이 말했다.
 "뭐라고? 안명후가 죽었다고!"
 키 작은 노인이 산이 떠나갈 듯한 대갈성을 터트리며 순식간에 간격을 좁혀왔다. 다른 사람이 봤다면 순간 이동이라도 한 듯이 보였으리라. 땅에서 마찰열에 불탄 것처럼 연기가 피어올랐다. 먼지였다.
 노인은 비류연의 멱살을 움켜잡으려고 했던 게 분명했다. 멱살을 움켜잡고 목을 조이며 숨을 쉬지 못해 호흡 곤란에 빠져 괴로워하는 그에게 이실직고를 받아낼 참이었던 것이다. 하지만 그의 손은 비류연의 옷깃 바로 한 치 앞에서 멈추었고, 그 거리는 더 이상 좁혀지지 않았다. 그의 눈에 놀라움이 깃들였다. 미묘한 차로 자신의 금나수를 피했다는 것을 깨달았기 때문이다.
 "전에 봤을 때 내 눈을 의심했지만, 과연 보통 놈이 아니구나!"
 "언제 보셨는지는 모르겠지만 남들하고 똑같으면 재미없잖아요?"
 비류연은 여유를 잃지 않은 채 씨익 웃으며 대답했다. 생사의 기로일지도 모르는 상황에서도 평정심을 잃지 않는 놀라운 배짱이었다.
 "입심 한번 대단하구나! 대단해! 그리고 좋은 배짱이다, 아가!"
 여인이 탄성을 터트렸지만 이내 어두운 얼굴로 돌아갔다.
 "아가, 다시 한 번 말해보거라! 지금 구척철심안 안명후가 죽었다고 했느냐?"
 "별호가 팔척인지 구척인지는 잘 모르겠지만 이름이 안명후라는 것만은 틀림없죠. 정확히는 살해당했어요."
 전방위에 걸쳐 그물처럼 펼쳐졌던 살기가 풀어지는 것을 느끼며 비류연도 경계를 조금 누그러뜨렸다.

"이, 이런……."

키가 큰 노인의 입매가 딱딱하게 굳어지며 그 사이로 침음성이 흘러나왔다. 이 세 사람 모두 일신에 세상을 뒤엎을 만한 무력을 지니고도 그런 사소한 일에 놀라고 있었다.

과연 무슨 일이 어떻게 얽혀 있는 것일까?

자초지종이 궁금해졌다.

"잠시 시선을 뗀 사이 그런 일이 벌어질 줄이야……."

"도락에 너무 빠져 있었던 거지. 애들하고 노는 재미에 빠져 중요한 일을 망각하다니……."

"우리 모두의 책임이에요."

세 사람 모두 저마다 한마디씩 내뱉었다.

"어라? 당신들도 몰랐던 겁니까?"

장홍이 앞으로 나서며 물었다.

"몰랐을 뿐만 아니라 그런 일이 있다는 걸 알았다면 세상을 뒤집어 엎어서라도 막았을 거다."

침통한 기운이 감돌고 있었다. 비류연도 꿀 먹은 벙어리가 된 채 말을 이을 수 없었다.

"아무래도 변고가 생긴 듯하오."

"이제 어떡하죠?"

"궁리를 짜내봅시다."

세 사람이 수근수근 의견을 나누었다.

"당신들, 도대체 정체가……?"

비류연이 의아해하며 물었다. 정말 독특한 모임이었다. 얼마 전 자신들을 '공포'와 '절망'과 '비탄'이라고 소개한 사람들과 도저히 동일 인물로 보이지 않았다.
"아, 우리들 말이냐?"
작고 통통한 사람이 말했다. 비류연은 고개를 끄덕였다.
"우리로 말할 것 같으면……."
"이런 사람이지."
갑자기 목소리가 바뀌고, 그들을 휘감고 있던 분위기가 전변되었다.
세 사람이 일제히 가면을 벗었다.

"설마, 그 세 사람이……."
대공자 비의 목소리가 세차게 떨렸다. 그의 시선이 한쪽으로 향했다. 그곳에는 강호에서 가장 유명한 세 사람이 서 있었다. 그들이 일제히 고개를 끄덕였다.
"이러면 기억이 나겠느냐?"
도성의 말에 세 명 모두 품에서 무언가를 꺼내 얼굴에 썼다.
"헉!"
여기저기서 헛딸꾹질 소리가 들려왔다. 세 사람이 얼굴에 쓴 것은 바로 차갑게 빛나는 은가면이었다.
"어… 어째서 이런 일을……."
마음을 억지로 진정시키며 대공자 비가 물었다.
"그건 내가 대신 대답해주지!"

그렇게 말하며 대화에 끼어든 사람은 바로 혁중이었다.

"이번 화산지회에서 저희들에게 부탁할 일이 있으시다고요?"
 검성이 노인을 향해 정중한 어조로 물었다. 그 노인, 혁중에게는 그만한 자격이 있었다. 천무삼성의 예를 받을 만큼 충분한.
 "아, 그렇네. 저 밖에 모여 있는 아이들, 자네들은 어떻게 생각하나?"
 "상당히 재능 있는 아이들이라고 생각합니다. 저 나이에 저 정도 경지까지 오르려면 많은 노력을 기울였겠지요. 재능도 그렇고……."
 "그럼 저 친구랑 비교하면 어떤가?"
 노인의 손가락 끝에 도성이 서 있었다.
 "그건 비교의 의미가 없는 것 같군요."
 검성이 솔직히 대답했다. 비교라는 것은 어느 정도 비슷한 차이가 나는 것에 대해 필요한 행위다. 하늘이 높은지 나무가 높은지 비교하는 것은 비교가 아닌 것이다.
 "저 아이들은 고르고 골라 수십 종류의 시험을 뚫고 들어온 아이들이네. 영재라고 할 수 있지. 현재 가장 촉망받는 인재들… 강호에서 가장 강한 애들이라고 해도 과언이 아냐. 하지만 저 애들이 겪은 건 아직 작은 경험일 뿐이지. 온실 속의 화초일 뿐, 그 이상은 안 돼. 그런데 저 아이들은 그걸 몰라. 우리들이 경험했고, 그들이 아직 경험해 보지 못한 것… 그것은 그들의 행운일 수도 있고 불행일 수도 있지."
 "그것이라 함은……."
 검성의 목소리가 조금 낮아졌다. 혁중은 고개를 끄덕였다. 우물 안

개구리에게는 하늘의 넓이를 가르쳐주지 않으면 안 된다.
"내가 자네들에게 부탁하고 싶은 것은 그걸 저 애들에게 가르쳐줬으면 하는 거야. 압도적인 공포(恐怖)란 것을 말일세……."

현 강호를 이렇게까지 단결시켜준 것은 아이러니한 이야기이긴 하지만 천겁혈신 위천무 덕분이었다. 그가 없었다면 강호는 두 개의 큰 축으로 재편되지 못했으리라. 물론 천무학관이나 마천각 같은 무공 연구교류육성기관도 탄생하지 못했을 것이고, 광적인 무공 발전에 심혈을 기울이지도 않았을 것이다.

천겁령이 부활할지도 모른다는 공포는 그에 대응할 힘을 모색하게 만들었고, 현재의 무공으로는 부족하다고 느낀 각파의 인사들이 한데 모여 자유로운 논검과 토론을 통해 서로의 무공을 단점은 보완하고 장점을 육성한 덕에 강호의 무공은 한 단계 더 높은 곳으로 발전하게 되었다. 천겁혈신이 없었다면, 아마 이런 일은 일어나지 않았을 것이다. 여전히 이전투구에 정신없는 밤낮을 보내고 있을지도 모른다. 아니면 아예 멸망해 버렸거나.

물론 백도와 흑도가 표면적으로 화해의 약속을 하고, 서로 간의 교류도 활발해졌지만, 두 집단 간의 이익 대립이 완전히 정리되지는 않았다. 이권의 개입은 언제 어디서나 말썽을 가져오는 문제였다. 하지만 그래도 자제력은 있었는지, 그것이 표면적으로 부상하는 일은 없었고 언제나 음지 속에서 해결되었다.

백도와 흑도의 무공 교류의 장, 그리고 미래의 위협에 대처하기 위한 검과 방패, 강호를 지킬 철벽, 위협을 물리칠 단옥단강(斷玉斷鋼)

의 예기, 최강의 방패, 최강의 검을 만들기 위한 장이 바로 화산규약지회였다. 그리고 이것 이외에 또 다른 목표가 더 있었으니, 그중 하나가 바로 열쇠지기를 구하는 것이었다.

"왜 백 년 전 강호는 흑백의 분간을 잊고 하나로 뭉쳤을까?"
 혁중이 물었다.
 "확실히 '그'에 대한 공포심이 그 역할을 수행했다는 것을 부정할 수 없군요."
 "공포뿐만이 아니었네. 공포와 절망과 비탄을 우리들은 뼈저리게 느껴야만 했지. 저들은 단결할 필요가 있어. 겉보기만이긴 하지만 백 년 동안 평화가 지속된 지금, 강호는 다시 여러 조각으로 분리되어 있네. 그들 모두 자신만의 이익과 자존심을 앞세울 뿐 뭉치려 하지 않아. 그들은 단결할 필요가 있어."
 "왜 직접 교습하지 않으시고?"
 검후가 물었다.
 "자네들도 잘 알지 않나. 가르쳐서 되는 것이 있고, 가르쳐도 안 되는 것이 있지. 남에게 넘겨들은 지식은 진정한 지식이라 할 수 없네. 그건 진정한 앎이 아니지. 자신의 마음속에서 생겨난 것, 스스로 깨닫고 발견한 것을 확인하고 인정하고 받아들일 때만이 진정한 앎을 터득할 수 있는 것이네. 진정으로 마음에 새기게 해줘야 하지 않겠나?"
 맞는 말이었다. 그런 것은 스스로 느끼지 않으면 안 된다.
 "그 아이들이 뭉치지 않으면……?"
 "뭉치지 못한 힘은 모래성처럼 허물어질 뿐이지. 참 교훈을 깨우치지 못하면 죽음뿐이네. 현명한 선택이 생존에 얼마만큼 이익을 안겨주는지 몸소 체험해보면 알 수 있겠지. 해줄 텐가?"

"재미있겠군요."

도성이 대답했다.

"흥미롭기도 하고."

검후가 대답했다.

"물론 받아들이겠습니다, 대형!"

검성이 대답했다.

"우리도 그런 단순한 이유 때문에 이런 무지막지한 일을 저지를 줄은 몰랐어요. 아아, 나름대로 화끈하더군요, 이곳도!"

비류연은 오히려 그런 게 마음에 드는 듯했다.

"흥, 그런 방법으로 모래알들이 뭉쳐질 수 있을까? 어차피 일시적인 타협일 뿐이야. 곧 다시 분열될 뿐."

"폭력과 억압으로 묶어놓은 단결 역시 한시적인 건 마찬가지! 어차피 그럴 바에야 자발적인 참여를 유도하는 쪽이 더 옳다고 보여지는군요. 더 오래가기도 하고."

"저 사람의 정체는 어떻게 알았나?"

비가 아직도 정신을 잃은 채 널브러져 있는 우둔우를 가리켰다.

"아, 그건 우연이었어요."

비류연이 검지를 불쑥 세우며 말했다.

"그나저나 실마리가 완전히 끊어져버렸군! 이제 어떻게 하지?"

도성이 침통한 어조로 말했다. 그는 분명 무엇인가 중요한 것을 목격했고, 그것을 이곳에 전하려 했다. 그가 목격한 사실이 얼마나 중요한 것이었는지는, 그를 뒤쫓던 무리의 규모만 봐도 충분히 알 수 있었다. 하지만 그들은 모두 자살해버렸고, 남은 것은 이제 안명후뿐이었다. 그런데 잠시 다른 곳에 한눈을 판 사이 그마저 죽어버린 것이다. 입맛이 씁쓸했다.

"그렇게 섣불리 단정하긴 이르죠."

　비류연의 말에 두 사람의 고개가 눈부신 속도로 회전했다.

　두둑!

　목뼈에서 괴상야릇한 마찰음이 울렸지만 무시했다.

"뭔가 있나?"

　둘의 눈빛이 똑같이 반짝이고 있었다.

"몇 가지 들은 게 있어요. 단편적인 정보긴 하지만, 없는 것보단 낫지 않겠어요?"

"그게 뭔가? 뜸 들이지 말고 빨리 말해보게."

　다급한 마음을 이기지 못한 장홍이 재촉했다.

"그는 계속 혼수상태였는데, 뭔가 알아낸 게 있단 말인가? 어떻게 알아낸 건가? 자네, 독심술이라도 익혔나?"

"독심술은 무슨. 그런 편리한 건 아직 못 익혔어. 그냥 지나가다 들려오는 걸 들은 것뿐이야."

"뭘?"

"잠꼬대!"

"잠꼬대? 혹시 잠자면서 중얼거리는 그것?"

사람들이 어이없다는 표정으로 비류연을 쳐다보았다.
"아아, 바로 그 잠꼬대. 굉장한 악몽을 꾸고 있던 중이었나봐. 사람들 이름을 막 부르는데, 부하였던 모양이더군. 다 죽었나봐, 임무 수행 중에. 뭐, 그런 사람들에겐 흔히 있는 일이겠지만… 그래도 충격이 컸던 모양이야."
"그래서?"
비류연이 그때를 회상하는 듯 잠시 침묵하더니 말을 이었다.
"그때는 별로 신경써서 듣지 않았지. 그런데 뭔가 그냥 흘러 지나칠 수 없는 말을 하더군."
"그게 뭔가?"
꼴깍!
사람들은 마른침을 삼키며 비류연의 말에 귀를 기울였다. 단 한마디도 놓치지 않겠다는 각오로.
"화산이… 위… 위험……. 그는 그렇게 말했지."
"이곳이 위험하다고?"
"좀 더 구체적인 내용은 없었나? 그런 밑도 끝도 없는 내용만으로는 현 상황을 제대로 파악할 수가 없잖아. 하긴 벌써 사람이 살해당하는 사건이 일어났으니 충분히 위험하긴 하지만……."
장홍이 말했다.
"그러고 보니 이런 말도 했었지. 에… 그러니까……."
"음?"
"용린(龍閦)… 염우(炎雨)…라고 말야. 그게 뭔지는 잘 모르겠는데, 그걸 말할 때 식은땀깨나 흘리더군. 표정도 죽어가는 부하들 부를 때

만큼이나 심각하고."

'용린… 염우… 어디서 들어본 것 같기도 한데……. 어디서 들어봤지?'

장홍은 필요할 때마다 기억력이 나빠지는 자신의 대갈통을 저주하고 싶었다.

"용린! 염우!"

그때 도성이 경악하며 소리를 버럭 질렀다. 이 갑작스런 반응에 깜짝 놀란 검성이 재빨리 물었다.

"왜 그러나, 자네? 혹시 아는 게 있나?"

검성의 질문에 도성은 심각한 눈빛으로 사람들을 훑어보며 암울한 목소리로 말했다.

"자네들, 내가 이러저리 떠돌아다니는 방랑벽이 있다는 건 알지? 그러다 보면 이것저것 주워듣는 것도 많아지게 되지. 게다가 때때로 일반인은 쉽게 접근할 수 없는 정보를 접촉하게 되는 일도 생겨."

"뜸 다 들었네. 밥 타기 전에 빨리 얘기해보게."

"염우란 특별히 제조된 고순도의 기름을 말하네. 듣기로는 휘발성이 대단히 강해서 취급에 상당한 주의를 기울여야 한다더군. 그리고 용린은 그 염우와 한 쌍이 되는 물건인데, 전설의 문파인 벽력궁에서 가장 특별히 취급되었던 물건이라고 하더군."

"전설의 벽력궁이라면……."

검성도 들은 기억이 있었다.

"그래, 그런데 왜 전설이냐면 이미 이 세상에 더 이상 존재하지 않는… 약 백이십 년 전에 멸문한 문파라서 그러지. 그들이 가지고 있던 화약의 제조와 응용 기술이 너무나 위험했기 때문이었다고도 해. 그 후 그 기술의 일부가 군부로 흘러 들어갔다는 이야기도 있었지. 진실인지 거짓인지 확인되지는 않았지만. 칠대금용암기에 속하는 염마뢰도 그쪽에서 제조법이 흘러나온 것이라고 하더군. 그런데 백이십 년 전 사라진 문파의 물건이 어떻게 여기에 나타난 거지?"

한편, 이때 자유 연상에 의해 유도된 비류연의 의식 흐름은 전혀 엉뚱한 곳에 도달해 있었다. 이미 멸문한 문파의 이야기에는 그다지 관심이 없는 모양이었다.

'기름? 요리? 맛있는 것? 덩치? 복면인? 거지? 노학?'

여기저기서 주워들은 단편들을 모아 하나로 통합하자 채워지지 않은 전체 그림의 여백 속에서 한 가지 간과하고 있던 사실을 찾아낼 수 있었다.

그것은 바로 노학 건이었다. 노학이 목격한 네 사람 중 두 사람의 정체를 밝혀낸다면—그들이 이 일과 관계가 있음은 점쳐볼 것도 없이 명백했다—잃어버린 조각들을 맞출 수 있을지도 몰랐다. 그리고 방금 그중 하나가 있을 만한 곳이 불현듯 떠올랐다.

지금까지 완전히 잊고 있었던 노학의 증언이 새삼스럽게 떠올랐다.

'그 덩치가 곰 같은 복면인은… 에, 말로 설명하기는 힘들지만… 맛있어 보였어요.'

염우는 기름이라고 했다. 만약 뭔가 일을 꾸미려면 보통의 양으로는 어림도 없을 것이다. 그럼 그런 위험천만한 물건을 가장 안전하고 감쪽같이 숨길 수 있는 곳은 과연 어디일까? 노학은 왜 그자를 처음 본 순간 입에 군침이 돌 정도로 맛있다는 느낌을 무의식적으로 받았을까? 그에게 식인 취미가 있는 것도 아닌데.

'맛있는 것은 요리, 입에 침이 고이게 하는 것도 요리… 요리를 위해 가장 필요한 것은? 대량의 기름을 가지고도 전혀 의심받지 않을 만한 곳, 많은 물품이 수시로 들어오고 나가야 하는 곳, 기름을 가장 많이 쓰는 곳, 수백 명분의 요리를 만들어야 하는 곳은……?'

"주방이다!"

비류연이 느닷없이 큰 소리로 외치자 다들 깜짝 놀란 표정을 지었다.

"뭐라고?"

"주방이라구요! 기름을 대량으로 쓰고도 모자라는 곳, 대량의 기름을 보유하고도 전혀 의심받지 않을 수 있는 곳, 그럴 만한 곳이 주방 말고 또 어디 있겠어요?"

아무래도 요리사로 오래 있다 보니 자신도 모르는 사이에 몸에 냄새가 배었으리라. 그쪽이라면 그런 물건들을 숨기는 일도 식은 죽 먹기였을 것이고, 그걸로 일을 도모하기도 쉬웠으리라.

듣고 보니 과연 그러했다. 비류연의 추론은 매우 타당해 보였고 충분히 검토할 가치가 있었다. 도성이 외쳤다.

"가자!"

그 다음 일은 일사천리로 진행되었다. 약간의 협박과 회유로 노학의 자발적 참여를 유도한 비류연은 그 길로 식당으로 향했다. 그리고 노학은 그자를 한눈에 알아보았다. 주방이라는 단절된 장소에만 처박혀 있었기 때문에 그를 미처 발견할 수 없었던 것이다. 그 덩치는 검은 천으로 감싼다고 숨겨지는 성질의 것이 아니었다. 비류연과 일행은 곧 일에 착수했고, 별 어려움 없이 그자를 확보한 다음, 매우 고도의 정치적이고 아주 약간의 주먹적 기술이 가미된 방법을 이용해 일의 대강의 전말을 캐낼 수 있었다. 게다가 창고에서 식용을 가장해 들여온 기름도 찾아낼 수 있었다. 기름을 가져온 곳은 놀랍게도 '중원표국'. 하지만 그런 부분까지는 세세하게 신경쓸 틈이 없었다.

새로운 재생
-파괴와 재생-

"자, 이제 전말을 다 알았으니 하고 싶은 말 있나요?"
비류연이 물었다.
"아니, 하지 않도록 하지. 귀찮기도 하고, 구차하기도 하고."

대공자 비는 의외로 순순하고 차분한 목소리로 대답했다.
"아무래도 들켜버린 것 같군. 여기서 변명해봤자 안 믿어주겠지?"
그가 싱거울 정도로 간단하게 인정했다. 여기저기서 경악이 뒤섞인 웅성거림이 전해졌다.
"그럼 안명후를 죽인 것도 역시 당신 짓?"
"그 일은 내가 하지는 않았다. 하지만 무관하지 않다고 해두지. 뭐, 내가 한 걸로 쳐도 좋아. 어차피 도구를 이용했다 해도 내 도구였으니 말이야."
"이런 짓을 하는 이유는? 그리고 목적은?"
"이유가 듣고 싶나?"
"물론!"

비류연이 고개를 끄덕였다.

"낡은 관습 타파! 그리고 강호의 새로운 재생!"

신념에 가득 찬 눈빛을 칼날처럼 날카롭게 빛내며 비가 대답했다.

"새로운 재생? 어째서?"

비류연이 의아한 얼굴로 반문했다. 무슨 이유로 현재의 강호란 틀을 파괴하려 한단 말인가?

"정말로 몰라서 묻는 건가?"

"몰라서 묻는 거 아니냐니? 설마 자기가 알고 있는 건 남도 알고 있다고 착각하는 건 아니겠죠? 그건 이 세상에 내가 모르는 건 없다고 착각하는 것만큼이나 바보 같은 짓이라구요!"

긴장감 없는 목소리로 비류연이 말했다.

"그렇다면 확실히 말해주지! 현재 이 무림이 썩어빠진 웅덩이이기 때문이다. 염오(染汚)된 호수, 그것이 현재 강호의 진실한 모습이다. 누구나 들춰보기 꺼려 하는 진면목! 과거로부터 대대로 전해져 오는 권위와 기득권에 안이하게 빠져들어, 그 단물만을 마셔대고 있는 구더기들이 들끓는 썩은 웅덩이!"

더러운 것을 내뱉기라도 하듯 대공자가 외쳤다.

"규격화된 교육의 틀, 권위에 대한 맹종을 조장하는 통념, 전통의 수호라는 이름하에 교사되는 가르침에 대한 의문은 용납되지도 않지! 시조로부터 내려오는 가르침을 단지 답습하고 모방하는 것이 최고라고 생각하는 어리석은 족속들! 정형화된, 형식화된 가르침을 답습하는 것에서 무슨 새로운 창조가 탄생된다는 말인가? 참된 무리(武理)를 터득하기 위해서는 아직 가야 할 길이 까마득한데 겨우 이런 곳에서 '전통의 보존'이라는 명목하에 주저앉아야 하는가? 자신의 기득권을 잃어버리는 것이 그렇게도 두려운가? 그런 틀 따위는 파괴해버리는 게 더 나아! 파괴만이 새로운 재생을 가져온다."

"진보와 발전을 위해서 전통은 쓸모가 없다는 이야기?"

"그것은 너의 말이지 내 말이 아니다. 난 전통이 쓸모없다고 말한 적이 없다. 다만 전통의 모방은 오히려 전통을, 진리를 훼손시키는 일이라고 말하고 있는 것이다. 옛 가르침을 본받고 계승하는 것과 모방하는 것은 전혀 다른 세계의 이야기다. 이 둘을 같은 것으로 본다면 내가 해줄 수 있는 것은 경멸뿐이다."

불을 토하는 듯한 웅변은 계속되었다.

"조사(祖師)의 진의보다 조사가 전해준 한낱 문자에 집착하는 족속들! 부분만 보고 전체를 말하려는 족속들! 지난 백 년간 이 강호에 얼마만큼의 변화가 있었다는 것인가? 얼마만한 진보가 있었는가?"

"천무학관과 마천각의 탄생은 진보의 대가가 아니었다는 뜻?"

"그 시도는 상당히 쓸 만했다고 본다. 하지만 그 체계 역시 완벽하지 못했다. 너희들은 참된 무리를 탐구하는 대신 그 안에서 세력 싸움을 되풀이하지 않았나? '우리'에 대한 불안과 공포에서 벗어나기 위해 너희들은 다른 잡무에 신경을 소모했다. 강호의 평화 따위는 상관없었던 것이다! 왜냐하면 애당초 그런 것이 있다는 것을 너희들은 믿지 않았으니깐. 어떻게 자신이 믿지도 않는 것을 목표로 진심으로 추구할 수 있겠는가?"

뜨거운 열변이 돌연 차가운 냉소로 돌변했다.

"흥, 전통을 수호한다고? 단지 선지자들의 위업을 훼손시킬 뿐이 아닌가? 이 버러지만도 못한 것들은! 양 떼밖에 길러내지 못하는 목장은 부숴버리는 게 나아! 강호에 필요한 건, 진정한 무를 구하고자 하는 용과 범뿐!"

자신이 믿고 있는 정의에 한 치의 의심도 품고 있지 않은 듯 그의 목소리는 일말의 망설임도, 의문도 깃들여 있지 않았다.

"짝짝짝!"

느닷없이 박수 소리가 났다. 분위기 파악도 못하고 박수를 친 사람은, 다름 아닌 비류연이었다.

"그건 참 옳은 말이군요. 자신을 얽매고 있는 틀을 부수지 못하면 앞으로 나아갈 수 없지요. 과거를 뛰어넘는 것에 현재의 가치가 있으니깐."

"그자식 이야기에 동조해서 어쩌자는 거야?"

장홍이 버럭 화를 냈다. 분위기 파악을 못 하는 건지 일부러 안 하는 건지 상당히 수상쩍은 비류연이 그에게 마땅할 리가 없었다.

"하지만!"

비류연이 잠시 말을 끊었다.

"이론이 맞다고 해서, 그 말이 옳다고 해서 그 행동이 모두 용납되는 것은 아니지요."

비류연의 눈에 기광이 번뜩였다.

"옳은 말은 옳은 행동을 만났을 때 그 가치를 지니는 법. 그 전에는 그저 혹세무민하는 헛소리일 뿐이지요. 지금 내가 보기엔 그다지 옳은 행동을 하고 있는 것 같지는 않군요. 중도(中道)를 버리고 극단을 향해 치닫는 것은 균형을 무너뜨릴 뿐, 새로운 창조를 이룩할 수 없어요. 중용을 모르고 극단으로 치닫는 행위는 반발을 불러일으키고 파괴만을 주관하는 법. 새로운 창조를 위한 파괴가 아니라, 파괴를 위한 파괴가 되어버리고 말아요. 그런 건 별로 재미있는 일이 아니라구!"

웬일로 저녀석의 입에서 저런 바른 소리가? 그를 아는 사람들은 다들 놀라 자빠지고 말았다.

"그렇소. 게다가 당신의 계획은 이미 발각되었소! 창고에 있던 염우도 우리들이 모두 확보했소. 그만 포기하시오! 당신에겐 이미 그럴 힘이 없소!"

장홍이 외쳤다.

"힘이 없다고? 크크크큭!"

갑자기 비의 입에서 음산한 괴소가 흘러나왔다.

"계획을 막았다고? 어딜 막았다는 건가? 이런 피라미를 하나 잡았다고? 너희들이 찾아낸 건 미끼일 뿐이야. 다 쓰고 남은 찌꺼기 같은 거지. 이미 늦었다! 어리석은 구더기들! 강호를 좀먹는 좀벌레들아! 이미 모든 준비는 끝마쳤다. 계획은 예정대로다!"

모골이 송연해질 정도로 소름끼치는 목소리였다. 평소의 대공자비라고는 도저히 생각할 수 없는 그런 목소리였다.

"뭐, 뭐, 뭐라고!!!"

사람들 사이에서 경악성이 터져 나왔다.

"아깝군! 여기에 무림맹주까지 왔으면 좋았을 것을… 한꺼번에 쓸어버릴 수 있었을 텐데……. 지금부터 그 증거를 보여주지."

대공자가 손을 들었다. 그러자 우르릉 산이 진동하기 시작했다.

"뭐, 뭐지? 지진인가?"

계곡 안이 지진이라도 만난 것처럼 심하게 흔들렸다. 대공자와 그의 부하들이 일제히 합창했다.
"고인 물은 썩고 쓰지 않는 검은 녹슨다! 화룡이 날아오르고 불의 홍수가 산을 뒤덮으리라! 그리고 재 속에서 불사조는 날아오른다!"
마치 주문을 외우는 사람처럼 비와 그의 추종자들이 외쳤다.
"나, 불꽃의 봉화로 새로운 세계의 시작을 고하노라!"

천검혈세 혈신재림!

그리고 진이 발동되었다.
원형을 이루고 있는 계곡의 열두 방위에서 불꽃 기둥이 치솟아올랐다. 마치 역류하는 폭포처럼…….

역류하는 불꽃은, 폭포는 잠자는 용의 각성을 고하는 시초에 불과했다.
"어서 멈춰라! 우리 셋의 손에서 빠져나갈 수 있다고 생각하느냐?"
검성이 고압적인 목소리로 말했다. 저 불꽃은 위험했다. 그의 본능이 그것을 말해주고 있었다.
"소용없습니다."
"뭐라고?"
"한 번 발동한 화룡멸겁대진은 아무리 저라도 멈출 수 없습니다. 잠에서 깨어난 불의 용은 모든 것을 집어삼키기 전에는 그 분노를 풀지 않지요. 그리고 전 잡히지 않을 겁니다."

비가 순간 눈에 보이지 않을 만큼 엄청난 속도로 몸을 뒤로 뺐다.

콰콰쾅!

그 순간 단상이 엄청난 굉음과 함께 폭발했다. 가설해놓았던 염마뢰가 신호에 맞춰 폭발한 것이다. 엄청난 충격파와 폭풍이 사람들을 덮쳤다. 그것을 신호로 홍매곡 여기저기에서 연쇄 폭발이 일어나기 시작했다. 이곳을 가루로 만들려고 작정을 한 듯했다.

"도망갈 수 있을 것 같으냐?"

비뢰도 오의 검기 사살기

유성호접검

비류연의 양팔에서 뻗어나온 수십 개의 칼날 그림자가 유성처럼 대공자의 몸에 쇄도했다. 당장에라도 그의 몸은 예리한 유성우에 관통당할 것 같았다. 그런데 갑자기 대공자의 몸이 세 겹으로 분리되었다. 유성 같은 검류는 허무하게 비의 첫 번째 그림자와 두 번째 그림자를 훑고 지나갔다.

'설마, 삼첩영(三疊影)?'

비뢰문의 독문신법인 삼첩영. 방금 비가 펼친 것은 그것과 똑같지는 않았지만 매우 닮은 기술이었다. 대공자는 비류연의 공격을 피해 착지하자마자 바로 손을 뻗렸다. 틈을 줘서 다시 공격당하는 일이 있어서는 곤란했다.

영뢰(影雷) 잔흔(殘痕)

보이지 않는 칼날이 비류연의 전신을 향해 살의를 번뜩이며 달려들었다. 하지만 당한 대로 갚아준다. 등가교환의 법칙에 충실한 비류연답게 그는 전방위로 휩쓸고 들어오는 비의 공세를 모조리 피해냈다.

"설마, 모조리 피해내다니… 그때보다 세 배는 더 강력한 공격이었는데!"

대공자의 입에서 침음성이 흘러나왔다.

"한 번 본 기술에 또 당할 거라고 생각했나? 이 기술, 역시 그때 어둠 저편의 존재는 당신이었던 모양이군. 설마하고 긴가민가했었는데……."

자신의 감이 맞았던 모양이다.

"그럼 이제 방화, 폭파, 살인 교사에 납치까지 죄목을 추가해야겠네요."

손가락으로 하나하나씩 일일이 죄상을 꼽으며 비류연이 말했다. 불쾌해진 대공자가 미간을 찌푸렸다. 그러나 두 번째 신호가 하늘로 오르고 있었다.

"미안하지만 더 이상 놀아줄 수 없겠군. 시간이 다 됐거든! 용이 날아오를 시간이다!"

더 이상 지체하면 자신과 부하들마저 화룡의 제물이 될 수 있었다. 잿더미가 된 몸으로 대업을 이룰 수는 없는 일, 비는 신속하게 몸을 뺐다.

육십사괘(六十四卦)의 방위에 따라 매설되어 있던 '강룡(降龍)'이란 이름의 특수 장치에서 염우와 함께 먼지처럼 미세한 화약인 용린이 뿜어져 나왔다. 용린은 공기의 흐름을 타고 퍼져 나가더니 거대한 하나의 띠를 형성하기 시작했다. 그 검은 띠 위를 불꽃이 포효하며 달리기 시작했다.

화룡멸겁대진(火龍滅劫大陣) 제이 단계 발동!

잠자고 있던 화룡이 눈을 떴다. 화룡이 분노의 불꽃을 토하며 대지를 불꽃의 강으로 뒤덮었다. 타오르는 불꽃이 화룡의 비늘처럼 일렁이는 몸통을 이끌며 질주했다. 검은 연기가 공간을 한순간에 집어삼켰다. 후끈거리는 열기가 대기를 끓어오르게 하고 있었다. 급속도로 가열된 대기가 폭발할 듯 거세게 요동쳤다.

화르르르르륵!

화룡의 입이 꼬리를 물자 거대한 불꽃의 성벽이 세워지며 그들을 가두었다.

무시무시한 열기에 여기저기서 비명소리가 터져 나왔다. 혼란에 빠진 중인이 우왕좌왕하기 시작했다.

홍매곡에 입구는 하나뿐이었다. 화룡멸겁대진이 일 단계에서 이 단계로 전위되는 순간 잠시 동안 생로가 열린다. 그 생로를 놓치면 지옥의 겁화는 모든 것을 싸그리 쓸어버릴 것이다.

대공자는 순식간에 독고령을 제압한 뒤 부하들을 이끌고 생로를 빠져나갔다. 뒤쫓으려던 비류연은 마천칠걸의 저지에 발이 묶여 추적을 포기해야만 했다.

한 여인을 들쳐멘 비와 그의 수하들이 찰나의 생로를 지나 입구를 통과하자 홍매곡의 입구가 천둥 신의 북소리와 함께 무너져 내렸다. 더 이상 이곳은 사람이 드나들 수 없었다. 홍매곡은 완전히 고립된 것이다.

준동하는 열화가 초열지옥을 현세로 끌어들였다. 불의 홍수가 그들의 생명을 위협하고 있었다. 천무삼성과 혁중이 기를 모아 불꽃을 어찌해보려 했지만 속수무책이었다. 염마뢰가 그들을 어찌하지 못했듯 그들 역시 화룡멸겁대진을 어찌하지 못하고 있었다.

풍신(風神) 발동
-생사기로-

항아리 모양의 계곡 안을 주회하고 있는 불꽃의 기류.
사나운 화룡은 거침없이 계곡 안을 날뛰었다.
열에 데워진 공기는 상승 기류를 형성하고 있었다.

하지만 현재 이 계곡 안은 벽처럼 둥글게 둘러싼 불의 장막과 항아리형의 지형 때문에 상승해야 할 공기가 위로 제대로 빠져나가지 못하고 압축되어 있었다.

이대로 연기에 질식사할 것인가 아니면 불에 타죽을 것인가? 둘 중 하나를 택할 수밖에 없는 상황이었다. 은밀하게 마련해놓은 단 하나뿐인 비상 탈출구마저 뇌탄의 폭발로 막혀버렸고, 하늘로 날아 탈출하기에는 등의 날개를 하늘에 맡겨놓고 온 상태였다.

"이대로 다 죽어야 하나?"

소용돌이치는 불꽃의 벽이 점점 더 포위를 좁혀오고 있었다. 이 거대한 재해 앞에서는 삼성의 무공도 제대로 힘을 발휘하지 못하고 있었다. 일시적으로 그들의 세력을 저하시킬 수 있었지만 완전히 진화

하는 것은 불가능했다. 보통의 불이었다면 애초에 그들의 검풍 앞에 무릎을 꿇었을지도 모른다. 하지만 이곳의 불은 특별한 재료와 진법을 이용한 화진이었다.

"정말 아무런 방법이 없단 말인가?"

여기저기서 연기로 인한 기침 소리가 들려왔다. 이때 불타는 홍매곡 정 가운데서 우렁찬 목소리가 울려 퍼졌다. 그 목소리에 절망의 빛 따위는 없었다.

"모두 한곳으로 모여요! 아직 방법은 있어요!"

사면초가의 상황에서도 의지를 꺾지 않은 목소리의 주인공은 바로 비류연이었다.

비류연에게 일격을 당한 대공자는 그의 수하들과 함께 이미 계곡을 빠져나간 후였다. 그는 계곡의 입구 쪽으로 단 한 번 열리는 생로의 때가 언제인지 잘 알고 있었다. 게다가 친절하게 입구까지 파괴해 주었다.

다른 출구는 마련되어 있지 않았다. 비상 대피소가 마련되어 있었지만, 첫 번째 폭발로 이미 무너진 뒤였다. 적들은 그곳의 존재를 알고 있었음에 틀림없다. 그들의 적은 정말로 용의주도했던 것이다.

"소형제, 정말 방법이 있단 말인가? 우리 삼성조차도 아직 방법을 찾지 못하고 고민하고 있는데?"

검성이 물었다.

"물론 있죠. 하지만 그 방법은 막대한 내력을 소진하는 일이라 여러분의 도움이 필요해요. 아직 혼자 힘으로는 그것을 완벽하게 구현해낼 자신이 없거든요. 좀 빌어먹을 기술이라……."

혁중과 천무삼성은 눈을 크게 떴다.
"정말 그것이 가능하겠는가? 정말 이 상황을 타개할 만한 기(技)가 존재한단 말인가?"
"물론 확실히 제 몸속에 그건 존재하고 있어요."
"소형제의 말이 사실이라면 우리는 우리가 할 수 있는 모든 조력을 아끼지 않겠네."
혁중의 말에 천무삼성도 동의하는 듯 고개를 끄덕였다. 그러는 와중에도 불꽃의 벽은 점점 더 다가오고 있었다. 이제 곧 '화룡멸겁대진'의 최종 단계로 접어들려 하고 있었다. 지금의 상황이 아직 끝이 아니었던 것이다. 지금은 시냇물처럼 천천히 다가오고 있지만 곧 장마 때의 강물처럼 급격하게 불어난 불꽃의 흐름은 비교할 수 없을 정도의 빠르기로 강력한 폭발과 함께 그들을 덮쳐올 것이 분명했다. 그리고 분명 모든 생명을 그 붉은 어금니가 번뜩이는 아가리 안에 삼켜 버릴 것이었다.
"근데, 그 대신이라고 하긴 좀 그렇고, 뭐 물어볼 말이 있는데요?"
"뭔가?"
"만일 제 모험이 성공한다면……."
"성공한다면?"
"이 화산지회의 우승자는 누가 되는 거죠?"
순간 꿀 먹은 벙어리가 된 네 사람의 눈이 잠시 껌뻑여졌다. 잠시 후 혁중이 말했다.
"만일 성공만 한다면 두말할 것도 없이 자네가 이 화산지회의 승자가 되는 것일세. 그리고 모든 명예와 부상과 자격과 권리가 주어질 것이네. 물론 자네의 배당금과 함께 말일세."
 혁중은 그때 안목품평회에 참가하던 비류연을 보고 있었기 때문에 그 사실을 잘 알고 있었다.
 "그렇다면 절대 실패할 수 없겠군요. 그럼 우선……."
 비류연은 나예린을 바라보았다. 나예린은 그가 무슨 이야기를 하고 싶은지 금세 알아차렸다. 이제는 말로 안 해도 그 눈빛 속의 의도를 알아차릴 수 있었던 것이다. 정말 못 말리는 사람이었다. 이런 위급한 상황에서도 그런 것까지 챙길 여유가 있단 말인가? 불꽃의 열기 때문에 붉어진 얼굴이 더욱 붉게 변했다.
 '성공을 위한 부적, 여신의 입맞춤.'
 하지만 지금 이런 상황에서? 이렇게 많은 사람이 보고 있는 앞에서? 그리고 더욱더 곤란한 것은 사부인 검후가 직접 보고 있는 앞이라는 것이었다.
 '진짜로 해야 돼요?'
 나예린은 눈빛으로 그렇게 물었고, 비류연은 묵묵히 고개를 끄덕였다. 입맞춤을 해주지 않으면 불에 타죽는 한이 있더라도 움직이지 않을 듯했다. 물론 그렇지는 않겠지만.
 "후우~"
 나예린은 한숨을 내쉬었고, 그에게 다가갔다. 갑자기 자신이 위험에 처해 있긴 한가 하는 생각이 들어 조금은 마음이 편해졌다. 그녀의 마음속에 있던 공포와 절망은 이미 어디론가 달아나버린 것 같았다. 이 사람을 믿자! 그리고 살자! 그런 결심이 들었다.
 "흐읍~!"

헛바람 들이켜는 소리와 함께 검후와 검성과 도성과 혁중과 그 외 많은 사람의 눈이 동그랗게 떠졌다.

그는 왼쪽 손으로 나예린의 허리를 부드럽게 감았고 강인하게 끌어당겼다. 그리고 비류연과 나예린의 입술이 한곳에서 부딪쳤다. 어느 누구도 입맛 벙긋할 뿐 이 의외의 사태에 대해 말하지 못했다.

긴 입맞춤이 끝난 후, 비류연은 입술을 떼며 씨익 한 번 웃었다.

"이게 효과가 끝내주거든요. 이제 절대 실패하지 않아요."

실로 미심쩍기가 짝이 없는 말이었다.

어흠, 검후가 헛기침을 하며 말했다.

"좋은 배짱이다. 안 그래도 뜨거운데 더 뜨겁게 만들어주는구나. 정말 내 제자가 이런 애였을 줄이야……. 요 며칠간은 계속 놀라운 일의 연속이로구나."

검후가 아직도 어물쩡거리고 있는 비류연을 향해 말했다.

"뭘 그렇게 뜸을 들이느냐? 냉큼 시작하지 않고. 뭣 하면 내가 대신 또 한 번 해주랴?"

"조심하게, 소년! 백 년 묶은 할망구의 입술에 당하면 중독사할지도 몰라."

도성이 옆에서 심각한 목소리로 경고했다. 충분히 타당한 이야기였다.

와하하하하하!

여기저기서 웃음이 터져 나왔다. 희망을 되찾은 웃음이었다.

그렇다. 그들은 아직 살아 있었고, 살아 있는 이상 희망은 있는 것이다.

"잘 들어라. '풍신'을 쓰기 위해서는 먼저 자연의 법칙을 이해하는 것이 중요하다. 그것이 선행되지 않으면 풍신을 쓸 수 없다. 풍신이란 기술의 범주를 초월한 기술이다.

풍신이나 뇌신 모두 자연을 인간의 몸으로 체현하는 것이다. 인간의 몸을 자연과 동조시켜 가장 강력한 힘을 불러일으키는 것이다. 인간 내부의 힘만으론 한계가 있는 법. 소우주의 힘은 눈덩이를 굴리는 힘이다. 그리고 그 눈덩이를 키우는 것은 대우주의 힘이다.

기본은 이렇다. 이 세상은 끝없이 순환하고 있으며 그것을 상징적으로 가장 잘 나타내는 것이 바로 원이다. 하지만 원의 형태로 순환하고 있지만 그것이 다가 아니다. 태극이란 이름의 원형 틀 위에서 그것을 축으로 음과 양 두 개의 축이 나선으로 한데 얽히며 세계란 이름의 바퀴를 굴리는 것이다. 그것은 측량할 수 없을 정도로 강하고 장대한 힘이다.

그러므로 자연과 자신을 먼저 동조해, 자신을 움직이는 것이 곧 자연을 움직이는 것임을 깨달아야 한다. 이일분수(理一分殊), 모든 것은 리에서 나왔기에 리가 아닌 것이 없고, 그렇기에 전체는 하나이며 하나는 전체다. '자표이리(自表而裏) 급기관지(及其貫之) 만사일리(萬事一理).' 현존하는 사물은 그것을 받쳐주는 이면의 원리가 있다. 그 원리를 거슬러 올라가다 보면 만사(萬事)를 하나로 꿰고 있는 리(理)에 도달하게 된다. 그 리가 무엇인지 접하고 깨닫고 그것을 구현한다. 세상을 움직이기 위해 자신이 먼저 세상이 움직이는 형태로 움직인다."

먼저 원(圓)을 그리고… 하늘[天]과 땅[地] 사이에 그려진 원의 내부를 두 개의 힘이 나선(螺旋)을 그리며 달린다.

철컹철컹철컹!

 비류연의 양손에 채여 있던 묵환과 오른쪽 다리에 채여 있던 묵환이 모두 풀려 나갔다. 그리고 그의 양 소매에서 열 개의 비뢰도가 모두 그 모습을 드러냈다. 하지만 그것은 사람들의 눈에 띄기도 전에 그의 주위로 원을 그리고 있었다. 좌우 다섯 개씩, 열 자루의 비뢰도와 뇌령사가 마치 나선의 춤을 추듯 그의 주위를 빙글빙글 돌았다.

 처음에 그 회전은 그다지 빠르지 않았다. 하지만 시간이 갈수록 그 회전 운동은 점점 더 빨라지기 시작했고, 이윽고 비류연의 모습을 완전히 삼켜버렸다. 회전하는 은빛 소용돌이가 반경 삼 장 정도의 원형 벽을 형성했던 것이다.

 그 원 중심에 비류연은 눈을 감고 고요하게 서 있었다. 부동(不動)의 동인(動因)처럼 그는 미동도 하지 않았다. 거대한 힘이 그의 내부에서 끓어 넘치고 있었다. 우주의 핵(核), 세상의 중심에 자기가 있었다.

비뢰도(飛雷刀)
최종비전오의(最終秘傳奧義)
풍신(風神) 발동(發動)

 그 순간 비류연의 눈이 번쩍 떠졌다.
콰콰콰콰콰콰콰!
 비류연의 전신에서 엄청난 힘이 방출되면서 나선으로 얽혀 있던 기가 거대한 용권풍이 되어 포효했다. 주위의 자갈과 먼지가 날뛰는 용권풍 안으로 빨려 들어갔다.

'이… 이것이 인간의 기술이란 말인가?'

천무삼성마저도 그 기에는 놀라지 않을 수 없었다. 인간의 몸에서 이런 힘이 뿜어져 나오다니, 정말 믿어지지 않는 일이었다.

용권풍의 힘은 점점 더 세력을 확장해 나갔다. 그러자 마침내 그들을 삼키기 위해 시시각각 다가오던 불꽃의 벽에게도 영향을 미쳤다. 압축되어 있던 기류가 비류연이 만들어낸 기적 같은 용권풍을 중심으로 나선을 그리며 움직였다. 세 배는 빨라진 속도로 거리를 좁혀오던 불의 장벽도 오 장 앞으로는 더 이상 다가오지 않았다.

번쩍!

그 순간 화룡멸겁대진이 마지막 용트림을 했고, 잠재되어 있던 모든 힘을 폭발시켰다. 엄청난 충격파가 계곡 전체를 휩쓸었고, 불의 홍수가 생명을 유린하기 위해 날뛰었다.

비류연이 만들어낸 용권풍의 세력도 이번 폭발을 견뎌내지 못하고 점점 더 좁혀졌다. 비류연은 이를 악물었다. 이대로 물러나면 모두 죽는 것이다. 천무삼성과 혁중이 그를 도와주고 있었다. 아직 힘은 다 소진되지 않았다.

비뢰도

최종비전오의

풍뢰(風雷)의 장(章)

나선(螺旋)의 인(刃)

용권(龍捲) 승룡(昇龍)

거대한 폭풍이 계곡 전체를 미친 듯이 휩쓸었고, 마구잡이로 뒤흔들었다. 비류연이 서 있는 장소를 중심으로 엄청난 소용돌이가 형성되었다. 놀랍게도 비류연이 서 있는 장소만이 태풍의 눈처럼 고요할 뿐이었다. 하지만 그의 힘은 지금도 쉴새없이 움직이고 있었다.

팽창되고 갈 길을 찾지 못하던 뜨거운 공기가 비류연이 하늘과 땅 사이에 만들어놓은 바람의 기둥을 타고 하늘로 하늘로 끝없이 밀려 올라갔다. 그 모습이 멀리서 보면 마치 붉은 용이 승천하는 것처럼 보였다고 한다.

엄청난 바람과 불이 한데 어우러져 천지를 진동시켰다. 그리고 이 엄청난 작업에 힘이 다했는지 불꽃은 단번에 꺼져버렸다. 더 이상 태울 재료도 공기도 남아 있지 않았던 것이다. 모든 것은 한순간에 사라졌고, 순간 정적이 찾아왔다. 믿을 수 없는 고요가 그들의 주위를 감쌌다. 이제 어디에도 그들을 위협하는 불꽃은 없었다.

"와아아아아아아아아!"

살아남은 사람들로부터 기쁨의 함성이 터져 나왔다. 어쨌든 그들은 살아남았고, 그것에 대해 기뻐하며 서로를 얼싸안고 축복했다.

"살았군요. 살았어요, 류연!"

나예린이 기뻐하며 그의 몸을 끌어안았다. 평소라면 결코 일어날 수 없는 일이었다. 그녀 자신이 생각하기에도 실로 대담무쌍한 행동이었지만, 지금 이 순간만큼은 아무래도 좋았다.

"그렇네요."

비류연은 나예린의 가냘픈 허리를 감싸면서 씨익 웃으며 대답했다. 하지만 그의 목소리에는 평소와 같은 활기가 깃들여 있지 않았다. 이미 그의 몸속에 힘은 한 조각도 남아 있지 않았다. 그리고 그는 이내 정신을 잃었고 나예린의 품속으로 안기듯 쓰러졌다. 남자가 할 수 있는 가장 호사스런 기절이었다. 전 무림의 질투 어린 공분을 살 만한 만행이었다.

"류연! 류연!"

천하제일의 미녀가 다급한 목소리로 그를 불렀지만 그는 눈을 뜨지 않았다. 그는 엄청난 피로감과 싸우고 있었고, 그것의 해결 방법은 잠밖에 없었다. 사람 걱정 잔뜩 시켜놓고 잠들어버린 것이다.

"정말 어쩔 수 없는 사람이라니깐……."

그녀의 입가에 살포시 가느다란 미소가 어렸다. 나예린은 그 자리에 앉은 뒤 비류연의 머리를 무릎에 올려놓고 계속해서 그의 자는 얼굴을 지켜보았다. 그가 다시 눈을 뜰 때까지.

"수고하셨어요, 류연."

그의 머리카락을 쓰다듬으며 나예린이 꿈결처럼 부드럽고 조용한 목소리로 속삭였다.

에필로그

검은 폐허의 한 켠.
붉은색과 푸른색으로 대비되는 두 사람이 나란히 서 있었다.
하지만 둘 다 불에 그을리고 재를 뒤집어쓴 터라 거의 비슷하게 거무스름했다.

그들은 황량해진 대지를 물끄러미 바라보고 있었다. 일단 목숨은 건지긴 했다. 하지만 이토록 살아 있다는 사실이 부끄럽고 괴롭게 느껴지기는 처음이었다.
"한심하군. 정말 한심해. 나 자신이 이렇게 한심할 줄이야……."
염도가 투덜거리며 말했다. 아, 정말 자기 자신이 미웠다.
"그래, 맞네. 자네는 한심해."
착 가라앉은 눈빛으로 빙검이 말했다. 여전히 염도의 속을 박박 긁는 소리만 골라 하는 것도 재능이었다.
"이자식이, 뭐라……!"
울컥한 염도가 불같이 벌컥 화를 냈지만 이내 거두어들여야 했다. 그 친구는 그가 알던 그 재수 없는 얼음땡이가 아니었다. 그는 부르르 떨고 있었다. 게다가 그의 으스러질 정도로 꽉 쥔 주먹에서는 핏방울이 낙숫물처럼 점점이 떨어지고 있었다. 악 깨문 입술 끝으로도 붉은 피가 새어나오고 있었다.

"이봐… 얼음땡이……?"

항상 재수 없을 정도로 무감정한 놈이었다. 빈틈이라고는 찾아볼 수 없는 냉철함, 흔들림 없는 부동심, 자신과는 정반대의 속성을 지닌, 그래서 매번 부딪칠 수밖에 없었던 이 빙검이란 인간이 이토록 괴로움에 몸부림치며 고통을 삭히는 것을 그는 한 번도 본 적이 없었다.

"내 책임이야. 내가 무의미한 희생을 만들었어. 죽어간 아이들을 볼 면목이 없군. 모두 나의 탓일세. 천무학관의 대무사부로서, 그리고 그들의 인솔 담당 노사로서, 화산지회 대표단의 총 책임자로서 나는 모든 책임을 완수하지 못했어. 그 아이들이 죽은 것은 모두 내 탓일세. 날 비웃어도 좋아, 염도. 이번만은 그것을 허락하지. 자신의 의무를 완수하지 못한 자가, 돌이킬 수 없는 실수를 저지른 자가 무슨 낯짝으로 변명을 늘어놓을 수 있겠는가. 마음껏 비웃어도 좋네."

역시 희생자는 피할 수가 없었다. 중상자도 있었다. 미처 화마를 피하지 못한 몇 명의 학생이 화룡멸겁대진이라는 공포스러운 이름을 지닌 불꽃의 진에 휩싸여 죽거나 크게 다친 것이다.

사망 세 명, 중상 열세 명, 경상 스물다섯 명……. 이 숫자의 무게와 그 의미가 그의 마음을 짓누르고 있었다. 물론 몰살당했을 수도 있는 상황이었다. 그러니 이 정도 피해는 정말 감지덕지라고 생각할 수도 있었다. 하지만 셋이라 해서 그 생명의 무게가 줄어드는 것은 결코 아닌 것이다.

　염도는 갑자기 속이 뒤집힐 만큼 화가 났다. 저런 꼴불견은 차마 봐줄 수 없었던 것이다. 게다가 그 역시 책임의 한 켠을 맡고 여기까지 오지 않았던가. 때때로 잊고 있지만 그 역시 천무학관의 무사부였던 것이다. 그리고 이 아이들의 인솔자였다.

　"이… 바보 자식이! 그게 어떻게 자네 탓뿐인가? 네놈이 그렇게 대단한 놈인 줄 알아? 착각하지 말라고. 인솔 노사는 자네 혼자만이 아니었어! 나도 인솔 노사였다구! 그런데 이게 뭔가? 일이 왜 이렇게 된 거야, 엉? 모든 걸 혼자서 짊어지려 하지 마! 자넨 그렇게까지 대단한 놈이 못 되니깐! 나도 책임을 나눠 질 권리가 있다구! 아니지, 이 몸이 자네보다 더 뛰어나니 더 많은 책임을 져야겠지. 안 그래? 뭐야 그 다 죽은 개구리 같은 표정은? 전혀 안 어울린다구! 으이구, 열받아!"

　염도가 소나기처럼 빙검을 향해 퍼부었다. 빙검은 잠시 염도의 얼굴을 물끄러미 바라보더니, 얼굴은 좀 펴며 염도가 결코 들어본 적이 없는 말을 했다. 그리고 그 말은 들은 순간, 염도는 병찐 표정이 되고 말았다. 충격으로 멍한 상태가 된 염도가 물었다.

　"…뭐? 지금 뭐라고 했나? 내가 잘못 들었나? 고마… 뭐라고, 엉?"

　빙검의 표정이 금세 예의 그 무뚝뚝하고 싸늘한 표정으로 변했다. 기적 같은 일이지만 내심 부끄러워하고 있는지도 몰랐다.

　"두 번은 말 안 해! 잊어버려. 환청이었으니깐!"

　정이 뚝 떨어질 만큼 싸늘한 목소리였다. 염도는 왠지 이 말 쪽이 더 납득이 가는 모양이었다.

　"그, 그렇지? 자네가 나한테 고마… 뭐시기란 부끄러운 말은 할 리가 없겠지?"

 그럼 그렇지… 그런 말을 할 리가 없지. 염도는 내심 다행스럽다는 생각이 들었다. 그런 언어도단스런 일은 일어나지 않아. 피곤한 일의 연속이었으니 그럴 만도 하다고 생각하지만… 이런 농담 같은 상황은 너무하다고 생각했다. 아무래도 수면 부족이 분명했다. 하지만 그딴 소름끼치는 환청이라니… 그런 닭살스런 말을 들었다가는 밤에 무서워서 제대로 잠들 수도 없을 것이다. 아무래도 아무 데나 엎어져 잠부터 청해야 할 것 같았다. 그래도 그 전에 확인 절차는 한 번 더 거치는 게 좋을지도 모른다. 오늘은 정말 피곤한 날이다.

 그런 염도의 고민을 아는지 모르는지, 빙검으로서는 저 불타는 개차반 녀석이 바보짓을 하고 있을 때가 기회였다. 그는 재빨리 화제를 돌리기로 했다.

 "그런 건 아무래도 좋네! 아무래도 그때가 온 것 같아! 사부님이 예견하신 그때가… 악몽의 부활이……. 그것이 필요한 때라는 예감이 드네."

 염도의 표정이 다시 진지해졌다. 확인 작업만큼 이것도 이것 나름대로 중대한 문제였다.

 "그것 말인가?"

 빙검이 고개를 끄덕였다.

 "그래, 이제 두 개로 나뉘어졌던 거울이 다시 하나로 합쳐져야 할 때가 온 것 같네!"

 "건곤조화신경(乾坤造化神鏡)……. 사부님께서 남기신 마지막 최후의 비전… 마지막 유작……."

"그것을 계승할 자를 찾아야 하네."

빙검의 말에 염도는 비장한 얼굴로 고개를 끄덕였다. 그것은 그가 처음으로 보이는 동의의 표시였다. 물과 불처럼 떨어져 있던 두 사람의 뜻이 하나가 되는 순간이기도 했다. 드디어 이십 년을 떨어져 있던 거울이, 나뉘어졌던 반 토막의 비전이 하나로 합쳐지려 하고 있었다.

"봐둔 사람은 있나?"

이 두 사람 모두 티격태격하기는 해도 사부님의 유언을 잊은 적은 한 번도 없었다.

"난 두 사람이 떠오르는군. 하나는 재수 없고, 하나는 듬직하고."

"우연이군. 나도 마찬가지일세."

"하지만 한 명은, 그 빌어먹을 사부는 이런 걸 필요로 하지 않을지도 몰라. 제대로 익히기나 할지도 의문이고. 분명 귀찮다고 회피할 게 분명해. 전설의 무공인데 말야……"

두 사람만이 아는 전설이었다. 하지만 그것을 남긴 장본인은 이미 전설이었다. 태극신군 무신 혁월린… 그 이름을 모르는 사람은 이 강호에 존재하지 않는다.

"나머지 쪽을 공략하는 게 어떨까? 어르신의 보장도 있고……"

"그게 좋겠네. 가망이 없는 쪽보다 있는 쪽이 훨씬 낫겠지. 게다가 조금 전 '그 사람'이 보인 불가사의한 기술, 그것은 인간의 기술이 아니었어. 어쩌면 그에게는 이미 이런 것이 필요 없을지도 몰라."

조금 전 자신의 눈으로 직접 목격하고도 아직도 믿겨지지 않는 그 신위는 분명 인간의 것이라 보기 힘든 것이었다. 그것을 다시 떠올리는 것만으로도 소름이 돋는 것 같았다. 그것은 염도도 마찬가지였다.

"이봐, 얼음땡이… 아까 그런 걸 봤더니 말야… 갑자기 드는 기분 나쁜 예감이 있는데 말야…….."
"뭔가?"
"우리 둘 다 과연 그 사부의 제자라는 굴레에서 벗어날 수 있을까? 자칫 잘못하면 영원히 벗어날 수 없을지도 모른다는 아주 안 좋은 예감이 드는데 말야……."
염도의 얼굴은 정말로 심각해 보였다.
"그, 그런 불길한 생각은 하지 말게. 진짜가 될까 무섭네."
빙검이 떨리는 목소리로 대답했다.

 검게 불타버린 홍매곡을 바라보는 노인의 눈은 씁쓸함과 처연한 분노로 가득 차 있었다. 자신의 탓이었다. 그는 그렇게 생각했다. 모든 것을 관장하고 주재한 사람은 바로 자신이었다. 그러나 틈을 보이고 말았다. 우려했던 대로 적들은 놓치지 않고 그 틈을 파고들었다.
 만일 이 함정에 빠져 자신과 천무삼성이 죽었다면 그 후 강호는 어찌 되었을까? 그들의 발호를 억누르고 있는 마지막 구속력이 일순간에 사라지게 되는 것이다.
 설마 이 정도까지 세력을 회복하고 있었을 줄이야……. 그들의 핵심 세력이 아직도 건재하다는 사실은 알고 있었지만 강호의 최요충지라 할 수 있는 천무봉 안에까지 침투되었을 줄은 상상도 못했다. 이렇게 되기 전에 막았어야 했다. 그러나 실패하고 말았다. 적보다 먼저 한 수 앞을 내다보지 못한 자신의 실수였다. 죄였다. 책망의 가시 채찍이 그의 심장을 후려갈기고 있었다. 친구와의 약속을 저버리고 말았던 것이다. 부끄럽고 수치스러웠다. 뭐가 무림의 신화고 강호의 전설이란 말인가? 십만 명을 상대할 무력이 있으면 뭐 하는가? 이제 저들은 다시 일어나리라. 천겁의 후예를 깨우는 봉화가 올려진 것이다. 잠자고 있던 거대한 악이 눈을 떴다. 그 악에 대항할 새로운 힘이 필요했다.

앞으로의 싸움은 쉽지 않을 것이다. 한 가지 다행스런 점은 아직 희망은 남아 있다는 사실이었다. 젊음이란 이름의 희망이.

"드디어 왔군."

혁중은 뒤도 돌아보지 않고 말했다. 굳이 돌아보지 않아도 누가 왔는지 알 수 있었다. 그는 이 순간을 고대하고 있었다.

"이제 결심이 섰느냐?"

혁중이 뒤를 돌아보며 말했다. 모용휘였다. 그의 얼굴은 굳건한 결의에 가득 차 있었고, 두 눈은 투지에 불타고 있었다. 이제 예전의 고민은 흔적조차 남아 있지 않았다.

"좋은 얼굴이다. 이제 더 이상 헤매는 것은 그만둔 모양이구나! 방황은 끝났느냐?"

"예, 어르신! 제가 가야 할 길을 찾았습니다. 이제 두 번 다시 헤매지 않을 것입니다."

수려한 용모의 청년은 공손하게 대답했다. 이제 갈 길은 명확했다. 그러기 위해 치른 희생은 컸다. 미숙한 자신을 좀 더 단련하지 않으면 안 된다.

"늦었다고 생각할 때가 가장 빠른 때라는 말도 있다. 자신의 길을 찾기 위해 들인 시간과 희생이 쓸모없었던 것이라고 생각지는 않는다. 그것은 비난받아야 할 일이 아니야. 비난은 엄청난 시간을 소비하고 그만한 희생을 치르고서도 자신의 길을 발견하지 못한 사람을 위한 것이지."

우선 선방을 먹었다. 심상치 않은 치명타였다. 하지만 여기서 전의가 꺾여 주저앉을 수는 없었다. 그것은 곧 종말을 의미하기에.

모용휘 역시 매듭지어야만 하는 목표가 있었다.

"제 자신이 얼마나 미숙한지 이번 기회를 통해 다시 한 번 절실히 깨달았습니다. 그리고… 어떻게 해서든 이기고 싶은 두 사람이 있습니다."

"두 사람?"

"예, 하나는 어떻게 해서든 이기고 싶은 친구고, 다른 한 사람은 반드시 이겨야만 하는, 이기지 않으면 안 되는 적입니다. 저는 그자를 용서할 수 없습니다."

혁중은 고개를 끄덕였다.

"좋아, 앞으로 각오해야 할 거다. 일단 전설로 남은 무공이니깐, 쉽지 않을 거야."

"예, 어르신."

모용휘의 목소리는 확고부동한 결심으로 가득 차 있었다.

"왜 날 구했죠?"

독고령이 독기 어린 외눈을 번뜩이며 남자를 바라보았다.

"그냥 단순한 변덕이오."

강철 같은 의지를 지닌 남자, 대공자 비가 무정한 목소리로 대답했다. 하지만 그런 그도 단 한 사람만은 재로 만들 수가 없었다. 그래서 그는 그녀를 구했다. 인간의 마음을 완전히 버린 줄 알았던 자신인데 아직도 그 조각이 남겨져 있었던 모양이다. 우스운 일이었다.

"난 당신을 증오해요!"

표독한 목소리로 독고령이 외쳤다.

"그건 당연하오. 당신은 날 증오할 자격이 충분하오."

비가 대답했다. 독고령은 충격을 받은 얼굴이 되었다.

"여… 역시 당신은… 그 사람이 맞군요."

순간 불에 달군 쇠꼬챙이로 지진 듯 잃어버린 왼쪽 눈이 아파왔다. 폭우가 쏟아지던 날 울려 퍼지던 악몽 같은 목소리가 귓가에 다시 울리는 듯했다.

대공자는 묵묵부답 말이 없었다.

"그런데 왜? 왜 날 구했죠? 그때 나를 한 번 죽였으면서 왜 이번에는 살린 거죠?"

독고령이 필사적인 목소리로 외쳤다. 거의 울 것 같은 목소리였다.

"나도 모르겠소. 하지만 한 가지 확실한 건 그때의 죄책감 때문은 아니라는 것이오."

이제 그는 완전히 자기 자신을 인정하고 있었다. 자신이 그녀의 한쪽 눈을 빼앗아간 장본인이라는 것을.

"당신이란 사람은 정말 잔인하군요……."

독고령이 싸늘한 목소리로 말했다.

"이제 날 어쩔 셈이죠? 이제 하나 남은 오른쪽 눈마저 빼앗아갈 건가요? 그렇다면 좋아요! 빨랑 가져가세요! 가져가라구요!"

그녀는 이제 울부짖고 있었다.

"그러지 않을 것이오. 그때의 그런 더러운 느낌은 한 번으로 족하니깐. 그냥 기분이 내켜서 구한 것뿐이오. 하지만 당신을 지금 당장은 돌려보내줄 수가 없소. 아직 나에게는 해야 할 일이 남아 있기 때문이오."

"당신을 반드시 죽이고야 말겠어요!"

독고령의 외눈이 증오로 번뜩였다.

"언제라도 가능하다면 시도해도 좋소!"

대공자 비, 한때 은명(隱名)이라 불렸던 남자가 대답했다.

처음 이곳에 발을 디뎠을 때, 계곡은 절기를 잊고 핀 고고한 붉은 매화와 높이 뻗고 넓게 펼쳐진 녹옥빛 나뭇잎으로 가득 차 있었다. 병풍처럼 둘러쳐진 삼 면의 절벽에서는 맑고 푸른 옥수(玉水)가 떨어지고, 새하얀 물안개는 현세와 이계의 경계를 허물었다.

꽃, 나무, 나비, 벌, 새, 어느 것 하나 자연의 은택을 누리지 않는 것이 없었고, 그것은 진한 향기와 싱그러운 울음소리로 차가운 마음을 녹여주었다.

이곳이 진정 현실의 세계인가 감탄하며 혹시나 도원경에 발을 잘못 들인 건 아닌지 걱정했고, 시간을 잃어버린 칼자루가 썩지 않을까, 검이 녹슬지 않을까 주의를 기울였었다.

그러나 가을의 보석을 그러모아놓았던 별천지가 지금은 어떠한가? 붉은 꽃은 검게 물들고, 푸른 수목은 생명을 노래하는 대신 사람을 태우기 위한 장작이 되었다. 화룡의 마수가 휩쓸고 간 이 자리에 생명의 편린은 느낄 수 없고, 통곡하고픈 슬픔만이 절절하다.

누가 어디서 자격을 받아 이런 참혹한 일을 저지른 것인가? 인간 역시도 자연의 일부, 자연과 떨어져 살 수 없는 존재인 것을 어찌하여 스스로 자신의 일부를 파괴하는 것인가?

자연을 파괴하는 것은 스스로를 자해하는 일, 그런 일을 아무렇지도 않게 해버리는 것은 오로지 인간뿐이다.

"아무것도 남지 않았군요. 불의 겁란 후에 남은 어둠의 부토와도 같은 검은 재뿐… 여기서 다시 화산규약지회가 열릴 수 있을까요, 류연?"

타다 남은 서까래, 형체를 알아볼 수 없는 문짝, 산산조각 부서진 지붕, 아직도 피어오르는 연기, 하늘을 덮고 바람을 타고 전해져 오는 재의 쓴 냄새, 인과 황의 매캐한 냄새……. 삶이 번창하던 자리에 갑작스레 끼어들어온 죽음은 포악하기 짝이 없었다.

계절을 잊고 피어 있던 붉은 매화가 아름다웠던 홍매곡은 이제 회색빛으로 변해 있었다. 재의 색깔이었다. 모든 희망이 사라진 듯한 절망의 잿빛. 수목이, 꽃이, 곤충이, 동물이, 자연이 지른 단말마가, 비명이 아직도 귀에서 사라지지 않고 있었다. 눈물이 나올 것만 같았다.

비류연이 조용히 그녀의 어깨를 감싸며 귀밑 머리카락을 부드럽게 쓰다듬어주었다.

"걱정 말아요. 그 비란 녀석이 한마디만은 옳은 소리를 했으니까요."

한숨 푹 자고 일어난 탓인지, 미인의 무릎베개를 한 탓인지 그의 목소리엔 다시 활기가 돌아와 있었다.

"……?"

이 참혹한 절망 속에 남겨진 것이 있단 말인가?

"불사조는 재 속에서 되살아난다!"

비류연이 활짝 웃으며 말했다. 태양처럼 환하게 빛나는 그의 얼굴 어디에도 절망의 그림자는 드리워져 있지 않았다. 그에게 감화되어서인지, 그의 빛나는 마음에 감응해서인지 나예린도 마음이 조금은 편해지는 것 같았다.

"아직 끝나지 않았어요. 이제 시작이죠. 우리는 아직 멀쩡하게 두 발로 걷고 있으니, 이런 짓을 한 놈들은 그 대가를 치르게 될 거예요. 희망은 아직 죽지 않았어요. 다만 다시 부활하기 위한 잠시 잠깐의 휴식을 취하고 있을 뿐. 그 부활의 전조는 바로 인간의 마음, 마음이 꺾이지 않는 한 인간도, 희망도 꺾이지 않아요."

비류연이 주먹을 불끈 쥐어 보이며 말했다.

"아직 되갚아줘야 할 게 많이 남았잖아요. 빚지고는 찜찜해서 잠을 못 자죠."

"그렇군요. 빚을 지고 그냥 있으면 안 되겠죠. 백 배로 되갚아주지 않으면!"

나예린이 힘을 내어 살짝 웃어 보였다.

"아뇨! 만 배예요! 이자는 복리에 복리에 복리가 붙어서 비싸다구요!"

비류연이 화답하듯 활짝 웃으며 말했다.

끝나지 않은 종언… 그리고 새로운 시작

"어… 어떻게 이런 일이……."
노인은 모든 것을 탐욕스럽게 집어삼키며 날뛰고 있는 불꽃 앞에 서 있었다.
화마는 일말의 인정도 없이 자신의 힘이 미치는 모든 것을 불태우고 있었다.

일렁이는 불꽃의 그림자가 노인의 새하얀 수염과 머리카락을 노을이 비친 듯 붉게 물들이고 있었다. 그림자가 성깔 있어 보이는 불꽃의 변덕에 따라 이리저리 춤을 추었다.

덜컹!

쿵!

대문을 떠받치고 있던 두 개의 육중한 기둥에는 불꽃의 뱀 두 마리가 똬리를 튼 채 헛바닥을 날름거리고 있었다. 지옥의 문처럼 업화가 타오르는 대문 위에 걸려 있던 현판이 돌바닥과 부딪히며 붉은 가루를 흩날렸다. 이미 저 불꽃의 문 너머에 살아 있는 생명은 없었다. 파괴와 살육의 연회장이었던 그곳은 불꽃과 함께 잿더미로 변해가고 있었다.

노인의 시선이 이곳의 운명을 상징하기라도 하듯 바닥으로 떨어진 현판을 향했다. 한때 이곳이 누렸던 영화를 반영한 듯한 훌륭한 서체와 장식으로 꾸며진 현판이었지만 지금은 불꽃에 휩싸여 숯 검댕이가 되었기에 큰 글자만 겨우 알아볼 수 있었다. 반 이상 타버린 현판의 불꽃 속에는 다음과 같은 네 글자가 적혀 있었다.

청룡은장(靑龍銀莊)

노인은 한 손에 종이 쪼가리를 움켜쥔 채 망연자실한 눈으로 그것을 바라보았다. 한때 '절대 노후 보장 연금'이라 불리던 이 종이 쪼가리는 불꽃과 함께 하루아침에 무용지물 쓰레기가 되었다. 그의 생활 유지비가, 그의 술값이 저 안에서 함께 타오르고 있었다. 가출한 제자 녀석이 수단과 방법을 가리지 않고 모아 남긴 유일한 '유산'이었다. 저것이 몽땅 사라지면 이제 자신은 무엇으로 연명해 가야 한단 말인가? '절대'란 말 대신 '화재 전소 전'이라고 이름이 바뀌야 할 이 휴지 조각이 아무런 도움도 주지 못할 것은 확실했다. 그래서 고객의 당연한 권리로 은장 안에 남겨진 금은보화들을 접수하려 했지만 이미 저 뒤의 나쁜 놈들이 빼돌린 후였다. 그가 도착했을 때는 빼돌려진 금은보화 대신 전각은 불타고 있었고, 백 명 남짓한 인간이 시체를 찔러가며 확인 사실이란 이름의 뒤처리를 하고 있었다. 당연한 이야기지만 그들은 목격자가 생기는 것을 달갑게 여기지 않았다. 그렇기에 노인의 입을 막기 위해 달려들었고, 그들은 지금 노인의 뒤에서 다시는 깨어날 가망이 없는 잠을 자고 있었다. 노인의 음주 생활에 막대한 악영향을 끼친 죄의 대가를 받은 것이다. 하지만 그런 건 지금 이 노인에게 전혀 중요한 문제가 되지 못했다. 살길이 막막해진 것이다. 내일 나올 새로운 미주(美酒)를 맛있는 안주와 더불어 먹지 못한다는 것은 정말 크나큰 문제가 아닐 수 없었다.

"다시 그녀석을 찾아봐야 하나……."

노인은 나직한 목소리로 중얼거렸다. 어디 있는지 알 수 없지만 무작정 찾아가다 보면 못 찾을 것도 없었다. 몇 가지 단서는 그의 손에 쥐어져 있었다. 무엇보다도 이대로 굶어 죽을 수는 없는 노릇 아닌가.

"오랜만에 강호 나들이나 한번 할까……."

백염백발의 노인은 들고 있던 증서를 불꽃 속에 집어던졌다. 그러고는 재가 되어 흩날리는 은장을 뒤로하고 새로운 목적지를 향해 한 발짝 내딛었다. 노인에게는 작은 한 발짝일지 모르지만, 강호에는 크나큰 발자취가 될지도 모를 그런 한 발짝이었다.

〈『비뢰도』 17권에 계속〉

신인 작가 모집

시작이 반이라고 했습니다.
작가의 길에 대한 보이지 않는 벽을 과감히 깨뜨리십시오!

청어람은 작가 지망생 여러분들의
멋진 방향타가 되어드리겠습니다.

저희 도서출판 청어람에서는 소설 신인 작가분들을 모집합니다.
판타지와 무협을 사랑하시는 분들의 많은 참여를 바랍니다.
소정의 원고를 메일로 보내주시면 검토 후 출판 여부를 알려드리겠습니다.

―

경기도 부천시 부일로 483번길 40(14640)
TEL 032-656-4452   **FAX** 032-656-9496   **e-mail** chungeorambook@hanmail.net
https://blog.naver.com/chungeoram_book